Os Diabos de Ourém

CONSELHO EDITORIAL

Beatriz Mugayar Kühl – Gustavo Piqueira
João Angelo Oliva Neto – José de Paula Ramos Jr.
Leopoldo Bernucci – Lincoln Secco – Luís Bueno – Luiz Tatit
Marcelino Freire – Marco Lucchesi
Marcus Vinicius Mazzari – Marisa Midori Deaecto
Miguel Sanches Neto – Paulo Franchetti
Solange Fiúza – Vagner Camilo –
Wander Melo Miranda – Walnice Nogueira Galvão

Maria Luiza Tucci Carneiro

OS DIABOS
DE OURÉM

Romance Histórico

Ateliê Editorial

Copyright © 2023 Maria Luiza Tucci Carneiro

Direitos reservados e protegidos pela Lei 9.610 de 19 de fevereiro de 1998.
É proibida a reprodução total ou parcial sem autorização, por escrito, da editora.

Dados Internacionais de Catalogação na Publicação (CIP)
(Câmara Brasileira do Livro, SP, Brasil)

Carneiro, Maria Luiza Tucci

Os Diabos de Ourém: Romance Histórico / Maria Luiza Tucci
Carneiro. – 1. ed. – Cotia, SP: Ateliê Editorial, 2023.

ISBN 978-65-5580-099-9

1. Romance histórico brasileiro I. Título.

23-146224 CDD-869.93081

Índices para catálogo sistemático:

1. Romance histórico : Literatura brasileira 869.93081

Aline Graziele Benitez – Bibliotecária – CRB-1/3129

Direitos reservados à

ATELIÊ EDITORIAL
Estrada da Aldeia de Carapicuíba, 897
06709-300 – Granja Viana – Cotia – SP
Tel.: (11) 4702-5915
www.atelie.com.br | contato@atelie.com.br
facebook.com/atelieeditorial | blog.atelie.com.br

2023
Printed in Brazil
Foi feito o depósito legal

SUMÁRIO

I   MULHER-FEITIÇO 7

II   OURÉM DOURADA 23

III   CIPRIÃO, O MAIORAL. 45

IV   SACRILÉGIO. 73

V   XAROPE DA TERRA 89

VI   O DIABO BENTÃO. 105

VII   NA TRILHA DA PENITÊNCIA. 113

VIII   SINAL DO CÉU 119

IX   SESSÃO ESPANTA-DIABO 127

X   NA TEIA DOS FATOS. 149

XI   O INQUÉRITO 183

XII   HOMENS DA FÉ 209

XIII   A DEFESA 227

XIV   O ABAIXO-ASSINADO. 235

NOTA AO LEITOR. 243

I

MULHER-FEITIÇO

Província de Belém do Pará, 1860.

O português Elias de Souza Pinto, ourives de profissão, vinte e nove anos mais ou menos, residia em Belém desde 1856, data que ficou conhecida como "ano da peste". Os médicos higienistas afirmavam que no ano anterior a Senhora Morte desembarcara em Belém com um grupo de operários portugueses que viajavam a bordo da galera *Defensor*. O fato é que durante a viagem morreram 36 passageiros, sendo recolhidos da embarcação que se tornou ponto de propagação da moléstia. Um ano após esse desembarque, já se totalizava mais de mil óbitos em Belém, fenômeno que espalhava medo, terror e desconfianças. Não era para menos, uma vez que a peste colérica já havia feito devastações mundo afora.

Os jornais de "moda e variedades" criticavam a falta de uma política de saúde pública, o uso de água insalubre pelas populações pobres, além de alertarem para o perigo dos enterramentos nas igrejas e fundo de quintais. Das províncias do Nordeste chegavam notícias terríveis trazidas por viajantes, religiosos e homens da imprensa. Falavam das dezenas de mortes registradas na Colônia Militar Leopoldina e em todos os povoados da Comarca da Imperatriz, incluindo a vila de mesmo nome. Ali a doença estava reaparecendo depois de tanta mortandade em 1855.

Na Província do Pará, durante o primeiro foco da enfermidade, centenas de corpos foram abandonados ao longo dos caminhos ribeirinhos, servindo de comida para os animais indiferentes à vingança divina. Nem todos conseguiram levar seus entes queridos até o campo santo para usufruírem da última morada. As benzedeiras, rezadores, ervateiros e curadores ofereciam seus remédios de proteção para curar qualquer doença. Os clérigos locais reforçavam em seus sermões e homilias proferidas durante os ofícios rituais que a doença ainda persistia em alguns povoados como uma punição. Exigiam muitas procissões e vigílias para aplacar o castigo supremo. As matracas protestavam, ainda que a doença estivesse em declínio naquela Província que continuava chorando pelos seus mortos.

"A dor ensina a gemer", dizia um velho ditado popular.

Imbuído de espírito aventureiro e sem medo de qualquer doença, Elias costumava embrenhar-se pelas trilhas sinuosas da Amazônia em busca de aventuras e joias raras para comprar e revender. Queria mesmo gozar a vida e, às vezes, a sorte era sua companheira. Por uma boa pechincha, conseguia antigas peças de alguém que, precisando de dinheiro, desfazia-se de heranças de indiscutível valor.

Com jeito de rapaz boa-pinta, Elias era conhecido nas redondezas da capital da Província como "Mouro", bom partido para as moças casadoiras. O marrom-escuro de sua pele lembrava a cor da canela, e os grandes olhos negros amendoados completavam sua figura de príncipe mouresco destronado, sem riquezas e sem poderes. Costumava apresentar-se como ourives, profissão que aprendera em Beja, sua terra natal, incentivado pelas habilidades do Mestre Ezequiel, artesão que lhe ensinara a arte de transformar ouro e prata em joia. O grande mestre do Alentejo lhe ensinara também a confeccionar cálices, vasos de sacrário e outras peças destinadas ao culto divino, além de anéis para servir ao alto clero da Igreja, sempre ávido de riquezas e honrarias. Também aprendera a criar castiçais, pequenas salvas, talheres e paliteiros para ornamentar as mesas das famílias nobres da redondeza de Beja. Mas ali, na Província de Belém, Elias sequer dispunha de uma oficina para aplicar seus conhecimentos de ourivesaria, sendo obrigado a perambular pelos povoados ribeirinhos para conseguir o seu sustento. De troca em troca, sempre conseguia algum ganho. Difícil era não ter sorte, mas às vezes ela dava lugar à urucubaca.

"Vida de mascate não é fácil, apesar de prazerosa!", costumava dizer.

Desinquieto, Elias entregava-se ao acaso, singrando os grandes e os pequenos rios em busca de uma boa mercadoria para trocar ou pechinchar, saboreando essas suas aventuras. Dependendo das marés, embarcava em um daqueles "armazéns flutuantes" e, como quem não quer nada, deixava-se levar por um ou outro furo, sem destino certo, só saindo depois da embarcação para pernoitar em algum vilarejo que despontasse à sua frente. Ia a qualquer baixa d'égua desde que lá pudesse ficar tranquilo, relaxado, "na bubuia", como ele mesmo gostava de falar. Nas viagens, costumava deixar seus pensamentos rolarem para além do horizonte, iluminado ora pelo sol ora pela lua, "dois irmãos gêmeos que habitaram a Terra há muitos e muitos anos". Aliás, Elias intrigava-se com lendas indígenas como essa, que sempre encontravam uma explicação simples para algo tão complexo ou, às vezes, inexplicável.

Movido por seu ímpeto aventureiro, atendia a qualquer chamamento para novos negócios, arriscando nos dois lados da moeda. Como se dizia na região, um bom negociante não seria um bom prático se não soubesse ler as linhas — e principalmente as entrelinhas — de seu melindroso cotidiano. Ciente de que os concorrentes estavam por toda parte, camuflados de qualquer coisa, procurava sempre vigiar a retaguarda, atento às surpresas desagradáveis que poderiam surgir das águas do rio, das matas encantadas ou até mesmo entrar por uma porta aberta atrás de si. Isso nunca! Preferia mantê-los ao seu lado, com a firme pretensão de estar no controle da situação.

Tinha sempre em mente um conselho atribuído a Leonardo da Vinci:

> Se um assassinato foi planejado para a hora da refeição, é claro que se deve posicionar o assassino nas proximidades de sua vítima (se à sua esquerda ou à sua direita), dado que, dessa forma, se interromperá menos a conversação ao manter-se a ação circunscrita a um pequeno setor.

Sabedoria de mestre!

Elias aprendera, nas suas conversas com as populações ribeirinhas, que comerciante esperto é aquele que sabe comer pelas beiras, aproveitando as sombras da correnteza. Caso contrário, estaria "remando contra a maré", tornando-se um ser infeliz. Cada aprendizado o ajudava mais a barganhar, vender alguma coisa e até mesmo tirar um concorrente de seu caminho. O importante era saber falar a mesma língua dos caboclos ribeirinhos. E, lá pelos lados da Amazônia, tudo que se falava estava calcado em crendices no permeio, sempre um quê de lendas e estórias, com ares de mistério e paixão.

Valendo-se da sabedoria popular, Elias fazia amizade fácil por todos os cantos do rio, se é que rio tem canto além do encanto da viva água corrente. Nos últimos dois anos, tornara-se assíduo frequentador da rota fluvial Guajará-Guamá, caminho pontilhado por pequenos vilarejos às margens dos rios, aqui e acolá. Alguns ainda guardavam na rústica arquitetura local a marca da presença portuguesa, antiga senhora daquelas terras provinciais. Talvez daí irradiasse a força que atraía Elias para aqueles confins do Judas. Insaciável, o jovem costumava se entregar aos afagos das mestiças e das negras dengosas que, sorrateiras, esnobavam requebros que português nenhum ousaria botar defeito.

Foi numa dessas viagens que o acaso virou caso. E caso sério! Elias pretendia descer de regatão até São Domingos do Capim para acertar negócios com um patrício que também perambulava por aquelas bandas. Foi aí que o feitiço de uma cabocla viçosa o forçou a esticar viagem até São Miguel do Guamá e, de lá, até Ourém, pequena vila fundada pelo irmão do Marquês de Pombal ainda no século passado. Uma atração inexplicável o impeliu a seguir aquela mulher, que mais parecia ter o diabo no corpo tão sedutor. Seus hormônios pareciam estar fora de controle, tentado a carne sensível e fazendo pulsar mais forte o coração. Difícil era resistir, todos os dias, a um dos sete pecados capitais. E um deles estava logo ali, dentro do regatão, bem ao lado de Elias.

Sem dúvida, aquela viagem do dia 6 de maio prometia muitos pecados! A presença daquela morena fogosa no barco virava a cabeça de qualquer um que se aproximasse dela. Que banho de ervas teria tomado aquela dona gostosa para enfeitiçar a todos daquela maneira? Parecia até que exalava o auge de sua puberdade. Lá pelas bandas do mercado de Ver-o-Peso, o jovem Elias ouvira estórias fantásticas sobre o efeito de plantas que agiam sobre a vontade dos homens. Bastava um banhinho com um chá daquelas raízes ou folhas para que uma mulher agarrasse seu homem como que por encanto. *Banho-de-cheiro,* diz o ditado, *é como banho de felicidade.* E que cheiro cheirava aquela cabocla? Patchuli, Pau-de-Angola, Buriti, Pimenta-Rosa?

Perfumes selvagens, misteriosos.

Elias nada tinha a perder. Resolveu jogar com a sorte. Indo em direção à jovem, passou e repassou os nomes dos cheiros da Amazônia, induzido pela experiência de que alguns eram inconfundíveis, fortes, sedutores.

— Patchuli? — arriscou Elias, puxando conversa.

— Segredo! — respondeu a cabocla, apoiada em uma das redes esticada no convés do regatão.

— Manjerona?

Silêncio...!

Elias não era homem de desistir facilmente, acostumado que estava a lapidar diamantes. Sabia que para conquistar qualquer coisa, precisava de paciência e tempo. Mesmo porque estava familiarizado com aqueles cheiros de mulher fogosa mesclados com perfume de mata virgem. Paciência, muita paciência...! As lições de seu velho mestre em Beja sempre haviam sido úteis. Arriscou um sorriso marombeiro e um olhar lânguido de galanteador. Esticou longe! Imaginando-se diante de um espelho, passou os dedos por entre os cabelos negros e cacheados, penteados para trás. Acertou os fios do bigode e escovou com a mão a barbicha que lhe dava um ar aristocrático.

— Tu precisas ter um bom faro, meu senhor...! — atiçou a cabocla que, aconchegando-se ao corpo de Elias, acariciou seus cabelos suados.

Elias arrepiou-se todo. Sentiu-se enfeitiçado por um perfume selvagem que lhe subia à cabeça. Por um momento, perdeu o rumo! Já não tinha mais certeza se desembarcaria em São Domingos do Capim ou se continuaria a viagem.

"E ela? Para onde estaria indo?", perguntou-se.

— São Miguel? São Miguel do Guamá é sua parada?

— Não, senhor. Não vou pra São Miguel, não. O senhor vai pra lá? Tá vendendo o quê?

Elias achou melhor não mencionar o seu destino, e muito menos dizer a ela que era mascate. Mesmo porque sabia que depois de São Miguel a próxima vila era Ourém, ponto final do trajeto. Preferiu permanecer calado, desviando o olhar para a margem do rio, onde naquele instante um cardume de peixes piriricava à flor d'água.

Percebendo o rapaz acabrunhado, a moça resolveu quebrar o silêncio.

— Ourém, não é isso? Oh! D'us! Eu também vou para lá! O senhor conhece a vila?

— Por ouvir dizer! Certa vez estive em Belém com o padre dessa freguesia. Coisa rápida. E a moça, conhece lá?

— Conheço, sim. Muito… muito mesmo, senhor… Senhor…?

Elias abriu um sorriso tão largo que seu rosto redondo ficou pequeno diante dele. Não podia perder a deixa para uma boa trela. Chegou a pensar no coitado do amigo patrício que o aguardava em São Domingos do Capim para fazer negócios com ouro e joias antigas. Balançou a cabeça rapidamente e, num piscar de olhos, espantou suas dúvidas para bem longe.

— Desculpe, moça, esqueci de me apresentar. Elias. Elias de Souza Pinto, de nascimento — disse o rapaz em tom coloquial, seguido de um beija-mão. Foi aí que de muito perto reconheceu o perfume tentador: patchuli! Cheiro selvagem e estonteante, cheiro de mistério. Ansioso, quis saber a graça da jovem mestiça, que disparou um olhar insinuante o suficiente para fazer Elias tropeçar em sua própria timidez.

— Sabá… este é o meu nome.

O rapaz não escondeu sua estranheza. "Sabá? Isso lá era nome de mulher mestiça?", pensou. Lembrou-se logo das estórias que ouvira em Portugal acerca dos incríveis "sabás" realizados por feiticeiras. Mas talvez aqui, na Província, sabá queira dizer outra coisa. Certamente quer!

— Ah, Sabá? Esse nome combina bem com esse teu cheiro de mulher bonita! — completou Elias, procurando esconder por entre as pernas sua atração pelo sexo oposto.

Sabá olhou-o curiosamente. Percebera que o jovem parecia querer ir além de apenas apreciar o seu perfume e, por uns instantes, preferiu permanecer em silêncio. Enquanto isso, Elias buscava palavras para disfarçar a sua situação.

— Sabá, sabes que me impressionas? — perguntou o rapaz, que não escondia nos lábios um certo charme de conquistador.

A morena não perdeu tempo.

— Sei...! — respondeu ela sem vacilar, confiante no seu feitiço de mulher bonita.

Elias ficou meio sem jeito diante da resposta tão direta. E agora? Pensou dez vezes antes de falar novamente.

— Ah! És adivinha também?

— Não. Sou apenas mulher! E não sou catiroba, não! — retrucou Sabá, deixando claro que não era mulher de vida fácil.

Os dois riram, observando a proa do barco que, de furo em furo, abria caminho fugindo das quebras d'água do Guamá como se fosse a arca de um Noé caboclo a desafiar o rio. Barganhando suas mercadorias, os passageiros ocupavam todo o convés, e os mais espertos ficavam apinhados junto das amuradas molhadas pelos respingos d'água que saltavam dos banzeiros. Ali, os passageiros eram distintos apenas pela cor da pele e por suas cargas. Negro escravo ou negro livre não podia entrar e nem comercializar nessas embarcações sem portar licença por escrito dos seus senhores, feitores ou administradores. Nem um peixe sequer podiam comprar dos pescadores que por ali zanzavam com suas canoas. Persistia a crença de que negros, índios e mestiços eram portadores de doenças ruins como malária, tuberculose e cólera. Tanto assim que se costumava dizer que preta era a cor da cólera.

Naquela arca cabocla, cada qual acomodava junto aos pés gaiolas com galinhas caipiras, peneiros com peixe salgado e sem salgar, amarrados com vassouras de piaçava, farinha de mandioca, cuias, castanhas e tabaco. Os guinchos estridentes de saguis escondidos em gaiolas fechadas denunciavam o tráfico de animais silvestres, comum na região. Esses ruídos estranhos se misturavam ao banzé que tomava conta daquele mercado flutuante.

Um suave perfume de baunilha vindo da mata somava-se ao cheiro de cana fermentada exalado de algum engenho instalado nas redondezas. Como era grande aquela natureza, rainha absoluta de tudo e de todos. Naquela imensidão de mundo, os homens se tornavam mirrados, pequeninos, e as enormes sombras das copas, à noite, se transformam em seres fantásticos e agourentos. Plantas sarmentosas em tom cinzento-esverdeado pendiam das árvores, se igualando a serpentes indóceis, escamadas, viscosas. A criatividade do caboclo encarregou-se de nomear essas parasitas: cipó-cururu, cipó mil homens, cipó-amargo, cipó-de-cobra, cipó-cravo, cipó-de-jabuti.

Foi quando passou por eles, largada à margem do rio, uma jiboia, do tipo que come um boi inteiro.

— Viu só o tamanho da bicha! Come rato e ovo inteiro... e sem quebrar! — explicou Sabá, que parecia entender de tudo um pouco. — Assim aconteceu no quintal de uma comadre minha onde se deu esse fato. Contou que precisaram de vários homens para acabar com a danada, que havia engolido uma ninhada inteira. Só perceberam quando a galinha-mãe começou a pererecar no galinheiro.

— Ichii! E caça rato também? Ouvi dizer que cobra bota ovo, verdade?

— Um monte... O senhor nunca viu? Nunca comeu? Dizem que faz bem pro sexo.

— É verdade pura?

— É sim, é pura verdade! — retrucou Sabá, que não gostava de passar por mentirosa.

Enfim, qualquer bicho ou cipó servia de desculpa para alimentar a conversa de Elias com Sabá e vice-versa. Cipó, ervas, raízes, banhos de cheiro, mingau, farinha d'água mais seca ou menos seca, naco de jabá com macaxeira e muito mais. O importante era não perder o fio da meada que, com tantos assuntos, havia se transformado numa grande teia.

— Que vila é aquela, morena? — perguntou Elias.

— São Miguel do Guamá. Em seguida vem Ourém, terra dos meus pais. Meu avô paterno era açoriano e chegou aqui quando a vila ainda se chamava Casa Forte, uma aldeinha de nada. Depois apareceu o tal do irmão do Marquês de Pombal, que fez a aldeia virar a vila que hoje é Ourém. Sei lá...! Assim contam por aí...! Uma coisa eu sei: o algodão e o feijãozinho, aqui plantado... sempre dá! Aliás, nessa terra tudo se plantando dá! — comentou a mestiça numa fala mansa e dengosa.

Procurando mostrar que não conhecia o roteiro, apesar de sempre usar a via do Guamá para chegar até Bragança e, ainda, ao Maranhão, Elias continuou indagando:

— E o que é aquilo ali... bem à margem do rio?

— Uma chuqueria, sabe o que é, não? Onde se faz chuqueras, que é o mesmo que tamancos. Mas essa aí é muito ratuína, vagabunda demais. Um bom tamanco tem que ser feito de marupaúba, madeira própria pra tamancos...

— Isso mesmo. Lá em Portugal, de onde eu vim, dizemos que os tamancos cantam quando as pessoas passam pelas calçadas ou entram em alguma igreja. Mas, aí, no caso das capelinhas, não prestam, não. Ainda mais quando alguém ajoelha para rezar. Aí cria certo embaraço, pois tamanco não dobra como o nosso corpo.

— É... melhor mesmo é ajoelhar descalça! — comentou Sabá.

Elias, que já estava sentindo o desejo aumentar dentro da calça, não precisou de muito para pensar em outra coisa que a morena poderia fazer "de joelhos".

Silêncio por alguns minutos, rompidos por uma pergunta.

— Sabá, falta muito para atracarmos a Ourém?

— Um pouco... Dali pra frente não dá mais pra seguir. Ourém é o fim da linha pois é lá que o rio faz cachoeira grande, impedindo os barcos de passar. Lá está a segunda cachoeira que existe nesta parte do Guamá. O senhor vai ver...!

Os olhos de Sabá brilhavam como dois sóis. Sem dar chance aos comentários de Elias, a moça não parava de falar.

— O senhor verá com os seus próprios olhos...! Perto da vila tem umas pedras enormes, maiores que aquelas árvores que aparecem ali do outro lado do rio. Vinte vezes maior que este barco! Veja! Lá está Ourém!

Elias nem percebera o tempo passar. Estava ansioso por chegar, principalmente porque não tinha nenhum compromisso em Ourém. Enfeitiçado pela fala mansa da moça mestiça, o rapaz só queria escutar. A moça delirava de alegria:

— Chegamos! Daqui dá pra avistar a velha matriz, o mercado, a praça principal de Ourém, pequenina, assim como nasceu. Amanhã, se o senhor tiver um tempinho, posso te mostrar tudo,

OS DIABOS DE OURÉM   17

tudinho. E se gostar de um bom tucunaré ensopado é só aparecer lá em casa para o almoço...!

Elias nem podia acreditar. De repente, um convite para almoçar. Ainda bem que o próximo barco só retornaria a Belém dentro de quatro dias. À sua frente, despontava a pequena Ourém, pousada às margens do Guamá, agora emoldurada pelo vermelho-alaranjado do pôr do sol que dava às águas um tom dourado, manchada pelas sombras das grandes seringueiras. Foi então que Elias se deu conta de que precisaria providenciar um lugar para dormir, e resolveu jogar com a sorte novamente!

— Sabá, agradeço o convite. Tucunaré é o meu peixe preferido. Só que agora preciso arrumar algum lugar para me hospedar.

A moça mais uma vez foi ligeira.

— Se for só por hoje podes ficar lá na casa do meu padrinho Simão. Por uns trocadinhos, te acerta uma boa rede pra pernoitar, podes crer!

— Então... vamos lá! Segura aqui no meu braço que o barco vai atracar! Tens bagagem? Só esta trouxa?

— É farinha d'água..., daquela boa e fina, apropriada para o preparo de pirão! Feita lá em São Domingos do Capim.

— Estou até imaginando um pirãozinho de tucunaré com bastante coentro, tomate e uma fritada de banana e mandioca. Planta bendita essa mandioca! Não é dela que vem o jambu, o tal do agrião do Pará? Aliás, dizem que tacacá sem jambu e pimenta de cheiro, nem pensar! — comentou o jovem português, animadíssimo com o tom da prosa.

— Pronto! Qualquer dia desses, se ficares por aqui, te convidarei para um putirum. Já fostes a um putirum? — perguntou a moça, que não escondia seu assanhamento.

— Já. Um amigo meu, lá das bandas do Tocantins, tinha uma grande plantação de mandioca e uma vez me convidou para uma dessas folganças. Rolou muita aguardente...! Sem falar nos manjares de lamber os beiços!

O movimento que Elias fez ao passar a língua molhada por entre os lábios instigou Sabá a imitá-lo. Nesse momento, a sensualidade tomou conta daquele rosto de mulher-índia, agora levemente iluminado pelos últimos raios de sol que ainda tocavam os telhados da pequena Ourém. Seus lábios de virgem de mel não deixavam dúvidas sobre o seu feitiço de mestiça sedutora.

De repente, o gancho atirado por um jovem ribeirinho postado à margem do Guamá agarrou o barco, fazendo um forte barulho e anunciando o fim da viagem. Alertados pelo baque, os passageiros agarraram-se ao beiral em busca de equilíbrio. Singela, a pequena Ourém surgiu aos olhos de todos como se fosse um monumento solitário, calado, plantado em uma das margens do rio.

Lentamente, a embarcação foi sendo puxada pelo ribeirinho em direção ao trapiche que dava acesso à terra. Seus gestos e os gritos garantiam a interação com o comandante que, alegremente, saudava a todos que o aguardavam em terra. O manejo foi perfeito, produzindo a sensação de normalidade, apesar dos trancos e balanços do barco. Troncos enfileirados, rolados sobre o barranco e amarrados por cordas entrelaçadas, formavam uma espécie de passarela cantante, tal eram os ruídos que produziam. Gemiam como se estivessem sendo sangrados, apesar das estrias cicatrizadas pelo tempo. No entanto, nada causava estranhamento, tais eram os sinais de normalidade.

O rio continuava calado, seguindo seu curso natural que, logo adiante, seria interrompido por uma barreira de pedras seculares. De cada lado, as duas margens abraçavam as águas, assim como D'us criou. Da mesma forma, acontecia com o sol que, como sempre, escondia-se no mesmo lugar, sem precisar anunciar que voltaria no dia seguinte.

OS DIABOS DE OURÉM   🍐   19

— Pronto! Podem desembarcar! Agarrem as suas mercadorias! — anunciou o comandante.

Cientes da estabilidade anunciada, os passageiros do barco-armazém prepararam-se para atravessar o trapiche e colocar os pés em terra firme. Sabá tirou seus tamancos para caminhar melhor em direção à areia quente que enfeixava as margens do rio. Assim, passo a passo, foi rebolando, mexendo elegantemente os quadris até ganhar a estreita calçadinha de pedra que levava até a vila. O barulho do roçar da saia de chita por sobre as coxas de Sabá bulia com os pensamentos de Elias que, cada vez mais, atrapalhava-se para seguir o caminhar daquela mulher dengosa.

— Vamos logo, Senhor Elias! Anda mais rápido senão vamos ficar às escuras. Assim que o sol se pôr, tudo fica na penumbra. É quando a sombra de homem parece bicho e cabelo de mulher vira mata. Apressa, homem! Te acompanho até a casa do meu padrinho Simão, que também tem um sanguinho português.

Foi assim que Elias acabou ficando em Ourém, dia após dia. Regateou bastante, arrumou negócios e fez sociedades. Mas, entre um e outro acerto sempre achava tempo para dar um cheiro em Sabá, que jamais perdia seu feitiço de mulher selvagem.

II

OURÉM DOURADA

A vida na pequenina freguesia de Ourém era pacata, parada no tempo. Localizada na margem direita do rio Guamá, Ourém servia de ligação com a cidade de Bragança, distante oito quilômetros do rio Caeté. Descendo pelo Guamá chegava-se ao porto de Serraria, onde ali atracavam os vapores com destino a Belém, capital da Província. Por Ourém passava também uma estradinha que ligava aquela região ao Maranhão, chegando até a vila de Turiaçu. Terra fértil, em Ourém tudo se plantando dava: tabaco, milho, feijão, arroz, cacau, goma e algodão, sem falar de outras tantas coisas desconhecidas da Amazônia.

Um dia, aquela monotonia de vila dos trópicos foi quebrada. Desde o último seis de abril a população andava apreensiva e agitada por um diz-que-diz. Por todos os cantos da vila comentava-se que Martinha, uma jovem escrava-parda, estava possuída por um espírito maligno que se apresentava como sendo de Maria do Nascimento, sua defunta patroa.

Elias, impressionado com os relatos, procurou conversar com os moradores da vila para se inteirar do caso. Desde criança ouvira estórias, lá pelas bandas de Beja, de que o demônio torpe costumava ter cópula com mulheres, seres fracos por natureza. E aquilo que contavam sobre a escrava Martinha não lhe parecia novidade. Quantas escravas negras que, após terem sido humilhadas pelos patrões brancos, não se entregavam a práticas misteriosas para amenizar seus sofrimentos?

Lembrava-se muito bem das descrições que ouvira sobre a figura negra do Demônio: meio homem, meio animal, alto, parecido com um bode. Sua pele áspera e fria dava-lhe uma aparência fantástica, sobrenatural. Os mais sábios costumavam chamá-lo de "o mago da metamorfose", dada sua capacidade para tomar múltiplas formas, podendo passar de bode a morcego e deste a serpente. Mudava de cor com a mesma facilidade que transformava sua feição, ora masculina ora feminina ora animalesca. Com uma pequena diferença: quando assumia a figura de uma mulher aparecia com os pés revirados e, se fosse homem, vinha com os pés de pata tripartida.

Elias rememorava essas imagens quando um dos moradores, com quem começara a conversar, chamou-o à realidade.

— Pois é, seu Elias. O senhor é novato por aqui, não é mesmo?

— Cheguei ontem no barco das seis da tarde. Vou passar um tempo por aqui fazendo negócios. Estou procurando pelo Bento Mattos, o espanhol. O senhor o conhece?

— Bento Mattos? Cruz-credo! Virgem Maria Nossa Senhora! Ele é a própria encarnação do diabo!

Sem compreender por que Bento Mattos assustava tanto aquele homem, Elias resolveu, como católico que era, procurar o vigário local, normalmente uma ótima fonte para o tipo de informação que ele buscava. Aliás, o vigário já era seu conhecido há alguns anos, quando este fazia preleções numa das paróquias de Belém. Não sabia a razão, mas aquele assunto lhe inspirava um mau presságio. O ar quente e úmido de Ourém parecia anunciar que algo de ruim estava para acontecer. Talvez isso explicasse os zumbidos que sentira nos ouvidos e as dezenas de espirros que tivera na manhã seguinte à sua chegada. Um estremecimento no corpo, como que açoitado por um vento frio e repentino, o alertara para a presença da Morte rondando por perto. Com a voz um pouco trêmula, murmurou para os seus botões: "Credo em cruz!... Vai-te pra longe e me deixa em paz!"

Elias sentia-se angustiado, meio perdido, dominado por aquela aura premonitória que lhe avisava para sair em busca de Luz, luz espiritual. Despediu-se do seu interlocutor e, a passos largos, caminhou em direção à praça. Não foi difícil localizar a igrejinha matriz, peça arquitetônica única naquela vila tropical. As paredes mal caiadas daquele pequeno templo deixavam à mostra as várias camadas de barro apiloado, descascadas pela umidade e pelo tempo.

Ciente de que estava no lugar certo, empurrou com as duas mãos a pequena porta de madeira que separava o sagrado do profano e, curioso, adentrou o recinto. Lá estava, diante do altar--mor, o vigário José Maria Fernandes que, alertado pelo ranger da porta, virou-se para dar atenção ao jovem forasteiro. Reconheceu Elias de imediato e, surpreso, perguntou o que ele fazia por aquelas redondezas. Conhecedor dos pecados do homem, o vigário logo imaginou que o jovem rapaz deveria ter sido atraído para aquele cafundó por um bom "rabo de saia" ou por algumas pepitas de ouro. Sabia muito bem, por experiência própria, que a cobiça – apesar de proibida pela Igreja Católica – alonga os olhos de qualquer ser humano, provocando discórdias.

Elias observou o vigário dos pés à cabeça tentando lembrar--se de sua figura quando se encontraram pela última vez na velha Belém do Pará. Achou-o um pouco mais gordo e envelhecido, pálido e com olheiras. O rosto ganhara algumas rugas e os cabelos exibiam um tom grisalho, quase prateado. A barriga saltava por debaixo da batina preta denunciando a prática de um dos sete pecados capitais. Aliás, esse assunto sempre servia aos sermões nas missas do vigário, que definia a gula como um dos pecados odiados pelo Senhor.

OS DIABOS DE OURÉM   25

As perguntas imediatamente tomaram conta dos pensamentos de Elias: "Pra que comer muito mais do que é preciso, sendo ele um religioso? Só pela vontade de comer? Irresistível? Ahhh, pelo prazer!"

Enfim, nem todo guloso é um pecador consciente. Ainda que maltratasse o próprio corpo e fizesse a maior lambança, o guloso tem prazer de comer, da mesma forma que a pessoa dominada pela luxúria vive para os prazeres, sem exercer domínio próprio. No entanto, tudo isso nada tinha a ver com aquela visita, pelo menos não naquele momento.

A voz indagativa e o fogoso abraço do pároco abriram as portas para o diálogo.

— E o que te aflige, meu filho? Quando chegaste à vila?

Elias apressou-se em ajoelhar para beijar a mão do vigário, cumprindo com a velha tradição de respeito aos senhores da Igreja Católica. De relance, percebeu que o vigário usava no dedo anelar da mão direita um anel de tucum, uma espécie de palmeira nativa na Amazônia, comum entre aqueles que se mostravam comprometidos com a causa dos pobres. Mesmo assim estranhou o objeto, pois conhecia de perto o gosto das autoridades católicas pelo ouro e pedras preciosas. Chamado pelo vigário, Elias resolveu deixar de lado os seus questionamentos, meio espinhentos, assim como a fruta do tucum.

— Senta aqui, meu jovem rapaz! Em que este pobre serviçal de D'us pode lhe ser útil? Quando chegaste em Ourém?

Elias ficou surpreso diante daquela calorosa recepção. Afinal de contas, conversara com o vigário uma única vez lá na capital da Província e, assim mesmo, muito rapidamente. Acabrunhado, preferiu não contar nada sobre Sabá. Achou melhor dizer que viera a negócios, pequenos negócios, nada de muito especial. Sem rodeios, logo adentrou no caso da escrava Martinha.

— Cheguei ontem, vigário. Mas desde que cá estou só ouvi coisas que me amedrontaram. O senhor sabe do que estou falando, não é mesmo?

— Ah! Imagino que sim... Aqui as novidades correm rápido, meu rapaz. Tu certamente estás te referindo ao caso da escrava--endiabrada, não é mesmo? Pois é fato...

— Verdade, padre José Fernandes? Me dá até um arrepio aqui na espinha só de pensar no assunto. Aliás, esse negócio de mulher endiabrada não é novidade para mim. Lá na minha terra, em Portugal, presenciei casos iguaizinhos a esse da escrava Martinha.

O padre arregalou os olhos e, curioso, quis saber detalhes sobre esses casos de possessão. Comentou que Portugal e Espanha sempre o fascinaram com suas histórias sobre inquisidores, autos de fé e fogueiras onde bruxas e judeus eram transformados em pó. Talvez muito mais os demônios do que as bruxas, reconhecidas com mais intensidade no restante da Europa do que na Península Ibérica. Disse que os inquisidores – assim como ele, um mero servidor de Cristo – haviam se tornado *experts* em rastrear a presença do demônio em terras tropicais. Não mediam distâncias!

José Fernandes demonstrou que tinha plena consciência desse passado, da mesma forma como tinha certeza de que o Diabo não sucumbe nas chamas. Ao contrário, acreditava que ele era como a fênix, tendo o poder de renascer das próprias cinzas, excitando sentimentos e paixões.

Percebendo o interesse do vigário por esse assunto, Elias não economizou palavras.

— Eu vi tudo isso, padre. Uma vez eu estava em São Cosme do Conselho de Gondomar quando presenciei cenas terríveis de possessão pelo diabo. Só vendo para crer! Impressionante!

— E quem era a vítima, meu rapaz? Uma mulher, certamente!

— Exatamente! — confirmou o jovem. — Aconteceu com uma mulher, irmã do meu mestre de ourivesaria. Ela urrava, saltava e fazia coisas incompreensíveis, incontroláveis. Rolava no chão como uma cobra doida e estufava a barriga como um grande sapo inchado.

Aproximando-se do ouvido de Elias, o vigário baixou o tom de voz, confessando em segredo que ali em Ourém o demônio também preferia as mulheres. Explicou que elas tinham o corpo fraco, facilitando o domínio e o controle pelos maus espíritos. E que, naquele caso, era a alma da finada Maria do Nascimento que estava no corpo da escrava Martinha...

— E faz tempo que este espírito se manifesta, vigário?

— Deixe-me ver... hoje é sete de maio, não é mesmo? A coisa toda começou no dia seis do mês passado, em plena sexta-feira da Paixão de Cristo. Exatamente durante a Semana Santa.

— É quem é essa tal escrava Martinha? — interrompeu Elias, que desconhecia a trama dos fatos.

— Martinha faz parte da escravaria herdada pela menina Olympia, filha mais nova da finada Maria do Nascimento. Desde a morte da sua patroa, Martinha vinha se queixando de coisas estranhas e narrando sonhos fantásticos. Até que um espírito maligno se apossou do seu corpo e começou a se manifestar dizendo que falava em nome da alma de Maria, que estava padecendo no Inferno. Acho que tudo isso é bem possível, pois essa mesma alma que hoje está no Inferno queixou-se para mim ainda em vida de abusos do Bentão, o Bento Mattos Pinheiro. Aliás, tu me disseste que estás hospedado na casa dele, não é mesmo? — cochichou o padre em tom de suspense.

Elias enrugou a testa e esgrouvinhou o nariz, deixando transparecer que não estava entendendo o que o vigário dizia.

Com ar de estranhamento explicou ao vigário que havia deixado suas malas na casa de Bento Mattos seguindo os conselhos de Sabá, afilhada do velho Simão.

E, com os olhos arregalados, perguntou:

— Mas o que tem o Bentão a ver com essa estória toda?

Pois é, meu jovem, o tal do espírito que entrou pelo corpo da Martinha disse que o Bentão botou doença ruim em Maria do Nascimento. Após os primeiros sintomas, ela pegou um esquentamento, foi piorando, piorando até a morte. Alguns achavam que podia ser cólera, enquanto outros afirmavam ser punição divina por ter violado os preceitos morais vigentes.

— B E N T Ã O? Tem certeza, padre? Ouvi dizer que Maria do Nascimento era casada com outro homem — insistiu o rapaz.

O vigário explicou que Maria do Nascimento havia sido casada com Antônio José de Souza Nascimento, açoriano de Graciosa, uma pequena ilha do arquipélago dos Açores. Ficara viúva há cerca de dez anos, o que não a impediu de pecar às escondidas com Bento Mattos, morador antigo da vila. Ele sim, casado e com dois filhos legítimos para criar.

Bento Mattos Pinheiro era um comerciante espanhol que há muito morava em Ourém. Figura popular naquele lugar que, como toda vila ribeirinha da Província, carecia de opções de lazer. Não havia morador na região que não houvesse passado pela sua Taberna do Espanhol, misto de hospedaria, botequim e prostíbulo. Ali costumavam se reunir alcoólatras, jogadores violentos, vagabundos e preguiçosos, além de toda espécie de gente de "moralidade duvidosa". Localizada ao lado do adro da matriz, a taberna costumava atrair mulheres de vida fácil, curandeiros e vendedores de ervas e talismãs. Os comentários dão conta que ali se podia comprar os melhores ingredientes para induzir o aborto. Enfim, a Taberna do Espanhol era uma espécie de antro do pecado!

Em poucos minutos, Elias tomou conhecimento dessas e outras estórias. O vigário José Fernandes fez questão de frisar que "padre não mente", acostumado que estava aos lamentos das velhas carolas que faziam do confessionário um "muro das lamentações". Contou que até bilhetinhos anônimos elas costumavam depositar por entre as treliças de madeira, suplicando perdão pelos seus atos de cobiça, inveja e luxúria. Eram os chamados "pedidos de parede", maneira apressada de se suplicar favores a um santo ou de contar segredos ao pároco local. Moda antiga, praticada desde o ano 370 a.c. no Egito antigo, quando peregrinos e viajantes de toda espécie acorriam ao grande templo dedicado a Ísis e ali, nas paredes de pedras, inscreviam mensagens e garatujas.

Elias, cada vez mais assustado, não conseguia perceber a relação dessa história do Egito antigo com o que estava acontecendo naquela pequenina vila encrustada às margens do rio Guamá. Assim mesmo, continuou a escutar as explicações do vigário, que deu a entender que Maria do Nascimento lhe confessara todos os seus pecados antes de morrer, sem passar bilhetinhos.

— Maria do Nascimento tentou morrer de bem com D'us, ainda que deixasse de fazer algumas reparações morais. Diria mesmo que não usou de má-fé, ao contrário, ela, como mulher viúva, foi usada por Bentão, que é um pecador mau. Pensando bem, temos aqui um caso de traição que interpreto como um ato de má-fé por parte do Bentão. Ainda que Maria, por estar em idade adulta, tivesse plena consciência de que estava cobiçando um homem casado. E se fez sexo às escondidas com um homem casado, foi punida por isso. — Comentou o vigário José Fernandes.

Sem esperar qualquer comentário de Elias, o pároco continuou com a sua preleção.

— Sabe o que é isso, Elias?

— Fornicação!

— Nãããããããooooo, meu rapaz! É adultério! E adultério é crime contra a fé do matrimônio, contra a família e, como tal, vai contra os preceitos da nossa Igreja.

— Mas quem pecou não foi o Bentão, que traiu a sua mulher, pobre coitada? Ela é quem teve a sua honra traída, não foi?

Diante dessa pergunta o vigário parou para pensar no assunto e, em seguida, respondeu.

— A mulher do Bentão não precisa restabelecer sua honra. Por tradição, não tem esse direito. Somente os homens traídos! No entanto, Maria do Nascimento, ainda que viúva – ela sim – pecou por aceitar ser amante do Bentão. A sorte é que esse caso foi apenas confessado no leito de morte, sem sofrer denúncia anônima. Se isso tivesse acontecido meu caro rapaz, ela teria sido açoitada pelo povo desta vila com baraço e pregão, como sempre se fez.

— Mas sempre pensei que açoite é castigo que, aqui na Província, se aplica apenas aos negros que andam divagando pelas ruas depois das três da manhã, sem bilhetes dos seus senhores. E sem falar dos traidores da lei, que também merecem açoites de chicote ou de bacalhau em público.

— No caso de Maria do Nascimento, açoite vale também para as mulheres viúvas que, por repúdio, devem ser "jogadas fora", expulsas...

— Agora entendi por que Maria foi condenada como pecadora. E o senhor acha que ela vai ficar no Inferno para sempre? Inferno é Inferno e de lá ninguém escapa, não é mesmo?

— Isso mesmo, meu jovem. Uma vez julgada pela justiça divina, a alma do morto – se condenada por pecados graves – será jogada para sempre nas profundezas de um mundo inferior, uma espécie de abismo escuro onde permanecem os espíritos que não merecem a salvação. Esse é o mundo dos perdidos que, por seus pecados graves, são abandonados em um imenso lago de fogo. Imagine a cena...! Horrível!

Elias ouvia tudo como se estivesse sendo engessado pelas palavras do vigário, que se misturavam em seu pensamento e iam formando um redemoinho desvairado. Até então tinha dúvidas sobre o Purgatório, mas sempre teve certeza de que não existia salvação para uma alma condenada ao sofrimento eterno. Pensando nessa condição dos perdidos, Elias recordou-se de uma oração que, referindo-se a Jesus Cristo antes da Ressurreição, dizia que Ele "desceu ao Inferno e subiu aos Céus..."

Elias não conseguiu completar mentalmente a oração, pois neste momento foi interrompido pelo vigário que, em tom de suspense, proferiu um "mas", seguido de uma pausa.

Silêncio por alguns segundos!

— MAS... o que, vigário? — reagiu Elias.

— Quero dizer que, se Maria conseguiu se arrepender sinceramente no leito de morte, então ela deve estar aguardando na borda do Inferno, onde existe um lugar reservado aos pecadores com alguma esperança de salvação. Dali ela deve vislumbrar uma colina – que os maus não conseguem enxergar – e, após a escalada, poderá percorrer uma estrada que a levará até o Purgatório, onde irá expiar seus pecados. Como se fosse uma prisão temporária... entendeu?

— Do Purgatório dá para enxergar os pecados, vigário?

— Elias, expiar quer dizer purgar os pecados, purificar a alma das coisas ruins cometidas em vida ou, como dizem por aqui, "lavar a alma". E isso somente é possível se os pecados forem leves. Pecadores maus nem saem daquele abismo profundo onde permanecem para serem comidos por monstros, asfixiados por serpentes e devorados pelo fogo eterno. Difícil de entender, meu rapaz?

— Mais ou menos, padre. Sempre ouvi dizer que do Inferno ninguém escapa...!

— Isso se aplica aos maus cujas almas pecadoras são jogadas na camada mais profunda desse abismo, justamente onde reina Lúcifer. Após atravessar o arco que se abre para o mundo dos perdidos, a alma não terá volta. Imagine esse lago do fogo como uma sepultura definitiva para os perdidos.

Elias, boquiaberto, permaneceu em silêncio tentando digerir tantas explicações filosóficas. Lembrou-se de ter visto, ainda na infância, imagens horríveis do Inferno nas igrejas de Beja. E como poderia esquecer as pinturas que compunham o altar-mor da matriz? Lá estavam representados de forma impressionante os Céus, o Purgatório e o Inferno. E agora, ouvindo o vigário, aquelas imagens reapareciam em sua mente como se fossem pequenos fragmentos de vidro colorido em movimento dentro de um caleidoscópio. Imagens espelhadas, um tanto assimétricas e confusas.

Elias sentia que havia um fundo de verdade nos argumentos apresentados pelo vigário, que assistira Maria no leito até a hora da morte, momento em que o espírito seguiu rumo ao Além. Lembrou-se de que essa passagem da alma, para ser tranquila, deveria ser acompanhada de cânticos, rezas, choros e muitas velas.

— Padre, o povo de Ourém rezou por Maria do Nascimento?

José Maria Fernandes explicou que as almas que padecem no Purgatório só conseguem chegar ao Paraíso com a ajuda dos vivos que, fiéis ao morto, devem mandar dizer missas e rezar muitos terços. Mas aqueles que caíam nas profundezas do Inferno, naquele lago de fogo, estavam condenados a sofrer para sempre, sem poder voltar.

— Não tem reza que salve alguém do Inferno, entendeu meu rapaz?

— Não! — respondeu Elias, franzindo a testa.

Instigado pela resposta, o vigário explicou que, como havia dito, havia uma única exceção para aqueles que, apesar de condenados, conseguiam escapar das três feras que guardavam o arco de entrada para o abismo infernal. Apenas estes eram capazes de vislumbrar a colina que os conduziria ao Purgatório, desde que os pecados fossem leves.

Aproveitando-se do silêncio de Elias, que tentava digerir tanta informação, o vigário resolveu dar detalhes sobre a sala que havia sido preparada para o velório de Maria. Ele mesmo ajudara a "fazer o quarto", costume comum de respeito ao morto e aos seus familiares que, na calada da noite, devem aguardar o corpo esfriar e enrijecer para ser levado à sepultura.

Assim aconteceu.

O corpo de Maria do Nascimento foi velado por alguns poucos que cantaram, choraram e rezaram manifestando sua dor desfeita em prantos. Duas carpideiras – profissionais do choro – foram contratadas para prantear pelo defunto alheio, seguindo os antigos costumes. Aliás, foram pagas com as moedas deixadas pela própria Maria, que escreveu em seu testamento como gostaria de ser velada.

Elias, por curiosidade, quis saber detalhes sobre a vida de Maria do Nascimento que, segundo as más-línguas de Ourém, havia engravidado de Bento Mattos.

— Verdade, padre? Pecado mortal?

O vigário José Maria preferiu não tecer comentários sobre este "pormenor". Mas contou ao rapaz que Maria do Nascimento havia deixado uma boa herança para Olympia, filha bastarda gerada fora do casamento de Bento Mattos que incluía – além da escravaria no valor de mil e seiscentos réis por cabeça – quatro quadros dourados, uma poltrona usada, três castiçais de prata, cinco vasos para flores de louça portuguesa, um guarda-roupa de madeira de lei e um oratório com uma imagem rara de Nossa Senhora.

— Presentes caros do amante, lógico! Pelo menos a menina Olympia, hoje com doze anos, herdou esses bens de valor deixados por Maria do Nascimento, além da escravaria... Família azarada essa. Antônio José, marido de Maria do Nascimento, morreu de varíola; Catherine, sua filha mais velha, morreu ao dar à luz Januária, e Maria do Nascimento morreu de esquentamento transmitido por Bento Mattos. — Explicou o vigário.

— Virgem Maria! A coisa é mais séria do que eu imaginava! — exclamou o jovem ourives.

Num movimento rápido e meio desajeitado, Elias levantou-se do banco, tomou a benção do vigário e explicou que precisava ir embora. José Fernandes, boquiaberto, pensou com seus botões: "Que raio atingiu este rapaz? Foi só falar no Bentão e ele ficou pálido como uma vela!"

Sem querer ouvir outras explicações, Elias começou a caminhar rapidamente em direção à porta da igreja. Aquela conversa o deixara um tanto alterado, ainda mais por saber detalhes sobre Bento Mattos. Antes de passar para o lado de fora, virou-se em direção ao vigário, que tentava lhe dizer algo. Conseguiu apenas ouvir que, no final do dia, haveria reza para as almas que padeciam no Purgatório. Em voz alta, quase gritando, o rapaz se desculpou alegando que tinha pressa, pois precisava providenciar um lugar para dormir. Estava nervoso e assombrado com sua própria sombra.

Caminhando a passos largos, Elias deixou o local sagrado e saiu em direção à casa de Bento Mattos, onde deixara a sua bagagem. Em poucos minutos chegou à residência do espanhol. Aliás,

OS DIABOS DE OURÉM   35

em Ourém tudo era muito perto. Bateu palmas e, sem aguardar que alguém o atendesse, foi logo entrando e gritando "Ó de casa!" Bateu palmas novamente, pisou forte, tossiu, mas nada se mexeu. Adentrou um pouco mais e, firmando seu olhar na escuridão que tomava conta da casa, percebeu uma luz amarela que escapava do quarto dos fundos.

— Ó de casa! Posso entrar?

Olhando pela fresta da porta entreaberta, Elias percebeu uma silhueta caminhando em sua direção como se fosse um espírito cambaleante, levemente iluminado. Agitou rapidamente a cabeça, espreitou o interior do quarto e, num piscar d'olhos, sentiu a presença de uma entidade sinistra e amedrontadora. Apesar do medo, abriu a porta e olhou direto para aquela sombra negra que, em silêncio, o observava segurando uma velha lamparina de azeitão. Foi aí que Elias constatou que a silhueta tinha cabeça, tronco e membros e não era um espírito. Nada mais que uma velha escrava índia, cuidadora da casa e acompanhante da senhora Mariazinha, esposa de Bento Mattos, ausente naquele momento.

Índia mansa, índia civilizada!

Com gestos lentos, a anciã escancarou a porta, deixando escapar uma leve brisa carregada com cheiro de azeite queimado. Com esse frescor, o corpo de Elias experimentou uma carícia diferente, quente, que o acalmou por alguns segundos. Em seguida, retomou seu nervosismo ao ouvir a voz rouca da velha índia.

— Entre! Entre, seu moço! Elias, não é mesmo? O patrão está na taberna e vai voltar tarde da noite. Dona Mariazinha foi até a igreja pra reza das seis, mas antes de sair pediu-me pra colocar sua bagagem no quarto de hóspede. Lá está, com tudo arrumado para o senhor aqui pernoitar. Vou acompanhá-lo com a luz...

— Agradeço, senhora. Não vou ficar aqui na casa, não. Ocorreu um imprevisto e preciso ir embora. Avise o patrão e a dona Mariazinha, por favor!

Acompanhado da índia-anciã, Elias entrou no quarto de hóspede em busca da sua pequena bagagem. A luz fraca da lamparina não ajudava muito, mas não tinha outra escolha. Mal conseguia segurar sua língua, tão nervoso que estava. Resmungando consigo mesmo, recolheu suas coisas com gestos ríspidos e destrambelhados. A anciã — meia surda, meia cega e meia desdentada — não conseguia compreender a atitude do rapaz que "nem bem chegou e já estava indo!"

Elias estava, realmente, muito estranho. Resmungava, rezava e grunhia sem parar. Abriu e fechou rapidamente sua pequena mala de viagem, clamou por Jesus Cristo, rezou pela Virgem Maria e amaldiçoou Bento Mattos a passar a eternidade comendo o próprio rabo nas profundezas do Inferno. Influenciado pela versão contada pelo vigário, Elias estava certo de que aquele homem havia pactuado com o diabo, que por aquelas bandas espalhava a peste colérica.

Elias despediu-se da velha índia que, com dificuldade para caminhar, acompanhou-o até a saída da casa. Numa atitude inesperada, estendeu a mão e, antes de dizer adeus, entregou-lhe uma pedrinha verde, pequenina, com o formato de uma rãzinha. Era um muiraquitã, amuleto usado pelo seu povo para desejar saúde e felicidade.

Emocionado, Elias recebeu o pequeno talismã entre os dedos como se estivesse sendo agraciado com uma pedra das estrelas ofertada por uma deusa guerreira. Com um "Fique com D'us!", Elias despediu-se da velha índia que, num sinal de gratidão, espremeu os olhos, bateu com os dedos na testa enrugada e abriu um largo sorriso que brotou emoldurado por seus lábios acinzentados e enrugados. Inesquecível a silhueta daquela anciã destribalizada que nada tinha de selvagem, inútil e traiçoeira, como diziam por lá os colonos brancos! Índia arqueada como o arco velho dos índios; filha espontânea da natureza!

Antes de buscar outra pousada, Elias parou no meio do caminho para guardar seu talismã no bolso do paletó, ciente do poder daquela pequena escultura, comumente encontrada nas proximidades dos rios Nhamundã e Tapajós. Ouvira dizer que prevenia epilepsia e cálculos renais, além de evitar a infertilidade.

"Nunca se sabe!", pensou consigo mesmo.

Sentindo-se protegido por aquela pedrinha, Elias saiu em busca da casa de Matias Alves, também ourives, com quem há alguns anos barganhara ouro em pó lá pelos arredores de Belém. Não tinham muita amizade, mas agora o rapaz não via outra saída. E assim o fez. Não foi difícil encontrar a residência de Matias, pois em Ourém todos se conheciam. Até que foi bem recebido, melhor do que imaginava. A casa era muito simples, com apenas uma sala e um cômodo usado como quarto de dormir. Piso de terra socada, terra úmida, casa de gente pobre.

Matias Alves era um homem quieto, reservado, sem muita conversa. Aceitou o visitante sem especulações, acostumado às práticas católicas de ajudar o próximo, ainda que fosse um forasteiro. Entre uma conversa e outra, comeram umas iscas de peixe moqueado com uns pedaços de macaxeira cozida, acompanhados de vários tragos de cachaça das boas. Em seguida, foram descansar, cada qual na sua rede.

No dia seguinte, bem cedinho, Elias deixou a casa de Matias Alves. Sem destino certo, ficou perambulando pela vila com a bagagem apoiada sobre um dos ombros. Andou de um lado para o outro evitando muita conversa. Almoçou um peixinho frito no mercado, tomou um suco de açaí e, enquanto descansava na praça, conseguiu uma pequena negociata envolvendo um velho anel de família. Coisa barata, sem muito valor. Fez alguns réis, o suficiente para passar mais alguns dias na vila. Apreensivo, não via a hora de retornar para Belém. Mas nem sempre havia embarcação partindo do porto de Serraria para a capital da Província.

Com o passo apertado, Elias saiu em busca de outra pousada. Lembrou-se de Antônio Marques de Souza, conhecido pelo apelido de Queixo, outro padrinho de Sabá. Casado com Madalena, o casal era gente boa, católicos por tradição, descendentes de portugueses e espanhóis. "Hospitaleiros", como costumava dizer Sabá!

O barulhinho dos grilos machos anunciava que a noite estava chegando. No caminho, entre uma casa e outra, o rapaz teve a sensação de ter ouvido um estranho ruído. Apavorado, ele pensou que aquilo poderia ser o aviso de mau presságio. Ao mesmo tempo, sentiu sua pálpebra tremer persistentemente. Uma certa malemolência apossou-se do seu corpo, dando-lhe a sensação de fraqueza nas pernas. Correu rua adentro até chegar, esbaforido, na casa de Antônio que, como de costume, estava sentado na soleira da porta enrolando um cigarrinho de palha. Sem compreender o que se passava, Antônio foi logo perguntando:

— O que aconteceu rapaz!? Parece até que viu o diabo na sua frente!

— Sou Elias, amigo de Sabá, sua afilhada. Se o senhor não se importar, eu poderia dormir aqui hoje? Qualquer cantinho serve... É que eu vi algo estranho no caminho e fiquei muito assustado. Era uma espécie de boi, seu Antônio... ou coisa parecida. Saí correndo! Sabe como é, tudo que a gente não enxerga, faz medo!

Elias, pálido, tremia da cabeça aos pés. Mal conseguia explicar o que havia acontecido, pois gaguejava tropeçando nas próprias palavras. Abraçado ao senhor Antônio, implorava por ajuda. Este, com ar de interrogação, concordou em lhe dar pouso sem pedir muitas explicações. "Imagine só se todos se assustassem com o berro de um boi!" – pensou consigo o velho Antônio que, com voz pausada, tentava acalmar o rapaz.

— Tudo bem, seu Elias. Sendo amigo de Sabá como diz ser, então é nosso amigo também! Você fica esta noite com a gente. Vem cá, vem! Vamos tomar um copinho daquele vinho de beijum que tenho guardado no meu velho baú da sala. Vá entrando, a casa é nossa!

— Obrigado, seu Antônio. Sei que o senhor nem me conhece, mas estou numa maré de azar. Tudo isto é sinal de mau agouro. Ontem apareceu um morcego no quarto em que eu dormia lá na casa do seu Matias. Senti que ele mordeu o meu pé direito...!

Antônio tentou explicar ao jovem que tudo aquilo era bobagem e que bichos existiam em todos os cantos da vila. Costumam aparecer das sombras e na escuridão. Ofereceu-lhe uma dose de vinho do Porto, chá de levante, suco de açaí e até mesmo uma "branquinha" das boas. Elias preferiu o vinho do Porto, bebida rara naquela região. Antônio acompanhou-o degustando gole a gole, dando estalidos com a língua tentando sentir fundo o sabor daquele santo licor. Ouviu com muita paciência o relato de Elias, que continuava preocupado com o berro que havia escutado na estrada. Penalizado com a situação do rapaz, Antônio pediu à sua mulher que providenciasse uma rede para ele dormir.

"Bendito seja o seu Antônio!" – pensou Elias. Nem conseguia acreditar que estava são e salvo. Mesmo assim, não tinha certeza. Não demorou a pegar no sono, embalado pelo vaivém da rede e pelo calor provocado pelo vinho do Porto. Mas o medo e a fé voltaram a incomodá-lo. Elias podia jurar que ouvira o padre José Maria Fernandes gritar bem alto e próximo de seus ouvidos: "Eu te esconjuro Elias! Te esconjuro!"

Sobressaltado, Elias pulou rapidamente da rede e, de joelhos, tentou rezar. Não conseguiu. Como católico, sabia que aquela invocação só era usada em ocasiões especiais. Ouvira de seus avós portugueses que *esconjurar* se prestava para mandar almas infernais de volta às chamas. O jovem ourives lembrou-se do que disse um viajante francês que conhecera há alguns meses em Belém: *"Parlo me do une, se siés bono umo! Se siés marrido torno i flamo!"* Outros diziam simplesmente "Se és alma infernal, longe de mim sete palmos, com os poderes de D'us!"

A hora não pedia reflexões desse gênero.

Hora é hora!

Elias tentou gritar por Antônio e Madalena. Faltou-lhe voz. Forçou um pouco e sentiu que um som gutural saiu da sua boca como se fosse um longo arroto que, imediatamente, tomou forma líquida e saltou um pouco mais à frente, espalhando-se pelo chão. Como se fosse carniça carcomida, carunchosa, transformou-se num líquido pastoso, mal cheiroso, nojento. Apavorado, Elias enfiou os dedos finos pela garganta adentro tentando puxar a voz, mas nada aconteceu. Sem hesitar atravessou o corredor que ligava a sala aos cômodos de dormir e estancou diante do quarto do casal. Com muita dificuldade, conseguiu murmurar qualquer coisa, mas o medo lhe truncava as frases, que saiam sem sentido. Trêmulo, bateu violentamente à porta do quarto de Antônio que, aos sobressaltos, pulou da cama sem entender o que estava acontecendo.

Assustado, o velho Antônio abriu a porta, deixando passar a luz tremeluzente de um velho castiçal que exalava um forte cheiro de cera de carnaúba derretida. Madalena, meio escondida, agarrou-se às costas do marido com vergonha de ser vista em traje de dormir. Elias, aos prantos e gaguejando, clamava por ajuda.

OS DIABOS DE OURÉM   🖤   41

— Ele está aqui, seu Antônio. Eu senti... é o demônio! Ele veio do teto e entrou pelo meu pé direito enquanto eu estava dormindo. Agora ele vai me comer por inteiro...!

Antônio tentou distraí-lo com um "Calma... Devagar, seu Elias!", mas o rapaz não queria ouvir ninguém. Desesperado, agarrou-se ao dono da casa dizendo que o diabo havia se apossado dele.

— Estão sentindo? Estão sentindo o cheiro de enxofre? Ele está aqui... e está comigo! O diabo está aqui dentro, no meu corpo. Não deixem ele me carregar pro Inferno! Não deixem, por favor! Me ajudem, pelo amor de D'us. Preciso ver o vigário, por favor!

E assim foi feito. Antônio e Madalena trocaram de roupa e, em seguida, agasalharam Elias com um velho cobertor e saíram. Estavam assustados com o rapaz que expelira um vômito negro e parecia padecer de febre muito alta, além de alegar dores nas coxas e pernas. Seus olhos estavam vermelhos, lacrimejantes e sensíveis à luz, enquanto a língua mostrava-se saburrosa e com pontos rubros. Eram quatro da manhã quando chegaram à Casa Paroquial. O sol sequer havia despontado. O vigário José Maria Fernandes os recebeu de mau humor, bocejando e tentando pentear os cabelos com os próprios dedos. Perguntou imediatamente pela saúde de Elias que, transtornado, não conseguia se explicar. Estava mesmo atormentado!

Antônio, mesmo com poucas palavras, relatou ao vigário o que havia ocorrido em sua casa, descrevendo os gritos e os gestos do jovem. Dona Madalena acomodou Elias em um velho banco e colocou-se ao lado do rapaz, que tremia mais que vara verde. Carinhosamente lhe afagava os cabelos, enquanto com um lenço de algodão enxugava o suor em gotas que brotava de sua testa gelada. Elias parecia uma escultura de cera, paralisado pelo medo que lhe comia a alma.

O padre José Fernandes não hesitou, dando mostras de que sabia com quem estava lidando. Convidou Elias para proferir algumas preces e receber água benta, segundo o ritual para afugentar os demônios e aliviar a consciência dos pecados venais. Ordenou que se ajoelhasse, mantendo a cabeça baixa e o olhar em direção ao chão. Para Elias não foi difícil ficar de joelhos, pois suas pernas dobraram por si. Mal conseguia falar "amém" para as rezas que o padre proferia em latim. Cheio de trejeitos, entortava a boca, ora para a direita ora para a esquerda, alterando totalmente sua fisionomia. Simultaneamente, apertava as pálpebras, como se os olhos estivessem cheios de areia.

O padre rezava fervorosamente, ao mesmo tempo que respingava água benta sem parar sobre Elias. Durante aproximadamente meia hora a situação manteve-se inalterada. Assustados, Antônio e Madalena ajoelharam-se no canto da sala. Foi quando o vigário propôs levar o rapaz à igreja para exorcizá-lo. Explicou que havia feito isto recentemente com Martinha, a escrava-parda, e que obtivera bons resultados. Apavorado e balbuciando palavras incompreensíveis, Elias deixou-se conduzir até a igrejinha da vila. Ao longo do caminho passaram por pequenas fogueiras erguidas nos cantos das ruas onde eram lançadas ervas cheirosas, como ramos de bálsamo, aroeira e alecrim, forma antiga de purificar o ar e debelar doenças.

Do espaço profano passou para o sagrado.

III

CIPRIÃO, O MAIORAL

A igrejinha matriz de Ourém guardava muitos segredos desde que havia sido reconstruída por ordem de D. Francisco de Souza Coutinho e inaugurada em 10 de fevereiro de 1802. A antiga construção de taipa erguida antes de 1773 deu lugar a essa nova edificação de alvenaria erguida graças à sabedoria do mestre carpinteiro Manoel Antônio Raio, homem da terra que comandou o trabalho de seis índios trazidos das bandas de Bragança. Era um espaço sagrado dedicado aos vivos e aos mortos.

Desde que a epidemia de *cólera-morbus*, também conhecida como "mal de Ganges", tomara conta da Província em 1855, a sineira encimada do lado direito do templo passou a chamar o povo para rezar todos os dias às seis da manhã e às seis da tarde. Hora de rezar era hora sagrada, pois das orações caridosas dependiam os doentes e as almas penadas que sofriam abandonadas no Purgatório. Era comum por aquelas bandas encomendar, ao cair da noite, as almas dos mortos e rezar por aqueles que se encontravam na agonia do prenúncio da morte. Aproveitando os momentos de reflexão, devia-se agradecer pelos frutos da terra e do rio, que serviam de alimento e garantiam a continuidade da vida. Assim ensinavam os padres jesuítas e carmelitas que, desde a fundação de Ourém, dedicavam-se à evangelização dos indígenas e dos negros escravos, tratados como "homens sem D'us". Não era fácil modificar os hábitos desses selvagens acostumados ao pecado, como costumavam explicar os religiosos. Da mesma forma como não era possível alterar o furor uterino das mulheres, eternas pecadoras.

Daí a Procissão das Almas ser só de homens, realizada nas sextas-feiras ou segundas-feiras à meia-noite, acompanhada de ladainhas cantadas em voz alta e anunciada com rebecas, matracas e campainhas. Dedicada aos condenados à morte, os presos de cadeia, os perdidos nas matas e os mortos sem confissão, a Procissão das Almas acabava sempre tingida pelo sangue dos pecadores, açoitados com chibatas de couro cru ou de fios de corda amarrados com pedaços de pedras e cacos de vidro. As lamentações assombrosas que acompanhavam a encomenda das almas assustavam a todos, pois geralmente eram animadas pelo sinistro batido das matracas e gemidos dos açoitados e penitentes. E, em tempos de peste, o barulho era ainda mais infernal, assim como o cheiro de carniça.

Naquele ano de 1860, os sinos e as matracas anunciavam que a epidemia estava se alastrando por todas as províncias do Império, deixando muitos óbitos no Pará. Já havia passado pela Bahia, e Rio de Janeiro, e agora atingia também Pernambuco e Ceará. Todos procuravam por um bode expiatório, sendo os negros, homens e mulheres, os mais visados por sua índole e raça. Os mais céticos diziam que ainda estava para chegar o fim do mundo, castigo final que levaria à decadência os corpos que não conseguissem purgar seus pecados.

Ninguém sabia dizer com certeza se a Senhora Morte já havia se retirado. Assim era o dia a dia nos vilarejos do Alto, Médio e Baixo Amazonas, onde o toque do sino e da matraca funcionavam como uma espécie de marcador sonoro do tempo e dos acontecimentos. Até mesmo o som de um berra-boi servia como aviso, uma espécie de código entendido por todos. Esses chamamentos chegavam a estremecer o silêncio, acordando os vivos para as orações, além de ajudarem a "espantar o capeta", como explicavam os mais crédulos. Daí os rituais de encomendação das almas ou de exorcismo acontecerem sempre em lugares onde havia uma cruz: encruzilhadas, cruzeiros, capelas e cemitérios.

No entanto, naquela manhã de domingo, dia 13 de maio, o sino não badalou pois o vigário José Maria Fernandes ia atender ao jovem Elias, suspeito de estar endiabrado e acometido de cólera. Mas, o fato de o sino não ter tocado colocou a povo de Ourém de sobreaviso. Além do silêncio do sino, um outro sinal chamava a atenção daqueles que por ali passavam: as portas do pequeno templo estavam fechadas, pois o ritual não seria aberto ao público. As matracas ficaram guardadas na sacristia, sem alardear as almas já falecidas e sem avisar a população.

Do lado de fora, alguns curiosos foram chegando e formando rodinhas para especular. Entre eles estava o índio Atanásio, escravo de Manoel José Maia, morador de Ourém, plantador de cacau e fumo. Conhecido como um depravado por suas práticas de feitiçarias, Atanásio logo encontrou ouvintes ávidos de novidades. Todos queriam saber mais sobre a proliferação da peste que continuava matando gente nas Províncias do Nordeste e Sul do país. Um senhorzinho que ali estava, um tanto acabrunhado, sugeriu rezarem ao Senhor Bom Jesus dos Aflitos. No entanto, aproveitando-se da ausência da vigilância local, Atanásio resolveu ensinar a oração de São Marcus que, segundo ele, era uma fórmula eficaz para atrair mulheres solteiras, casadas ou viúvas.

— Vô rezar baixinho pra ninguém nos escutá — cochichou Atanásio.

São Marcus, pela árvore divina três cálices
consagrados, o Espírito Santo te confirme por estes
teus olhos em terra de Lambis assim meu São

> Marcus briozo, sou pedra de diamante, joias de
> ouro para os teus olhos, assim como digo assim tal
> fulana abranda-te como manso cordeiro digo
> abranda-te rico plantor o coração de touro bravo,
> abranda-te fulana pela Árvore e pela Cruz.

Como se estivesse sendo vigiado, o índio orientou seus possíveis seguidores a fazer uma segunda oração, assim que acabassem de dizer as palavras que enfeixavam a primeira reza.

> Fulana juro-te por esta cruz que teu sangue será
> embebido e não poderás comer nem beber nem
> sossegar sem que tu venhas falar comigo!

Enquanto rezava, Atanásio desenhava uma cruz com a ponta do pé esquerdo deslizando-o livremente sobre o chão de terra socada. Era como se ali, através daquela mandinga, conseguisse gozar de sua liberdade. Assim que concluiu a segunda reza, começou a pisotear a imagem da cruz como se fosse um inseto. Seus pés arrebentados pelos trabalhos forçados dançavam sobre aquele símbolo descarregando, em nome de seu povo, sua revolta secular. Em seguida, cobriu os olhos com a palma da mão direita, abaixou a cabeça e, como se fosse uma mula aloprada, começou a corcovear ao mesmo tempo que rezava:

> *Juruparí são ende cremunhaõ se remimutara, eyxe a*
> *caquere vaerame cuà à Cunhanerume; esxe avec*
> *amunhaã ne rimimutara sereriraso cuau ne irume!*

— Pronto! É assim que vocês devem fazer pra dormir tanto com uma mulher virgem como uma deflorada. Pra disfarçar, caso tenha alguém ao vosso lado, rezem uma ave-maria e dois padre-nossos. E não contem pra ninguém que aprenderam isso com este índio véio que vos fala — aconselhou Atanásio sem alterar seu tom de voz.

Enquanto isso, no interior da igreja o cenário era bem diferente. Na sacristia, o vigário José Maria preparava-se para entrar em cena como se estivesse sendo aguardado por uma grande plateia. Ao seu lado o sacristão Crisóstomo, um velho mameluco que o ajudava nos serviços religiosos. Filho de índio com uma branca, Crisóstomo era o homem de confiança do vigário, respeitado por seus bons costumes e fidelidade à Igreja Católica. Confessava pelo menos uma vez por semana, pois morria de medo de ir para o Inferno, aquele mundo desconhecido e ameaçador do qual tanto falavam os padres da região.

O ar estava quente e o cheiro de umidade tomava conta daquela salinha mal iluminada por uma pequena claraboia. Fazendo apenas um sinal com a cabeça e sem proferir uma única palavra, o vigário ordenou ao velho sacristão para abrir a porta que dava passagem para a nave única. Espremida pelos ferrolhos que a prendiam no velho batente da igrejinha, a porta rangeu alto, anunciando o início do espetáculo. Com a cabeça erguida e segurando um crucifixo de prata à altura dos olhos, o vigário José Maria atravessou aquele portal cuja construção seguia regras canônicas.

O santo vigário vestia uma batina preta, que apesar de desgastada pelo tempo e carcomida pelas traças, reforçava sua identidade de clérigo a serviço de D'us, como sinal de consagração. Logo atrás vinha Crisóstomo carregando um turíbulo do qual exalava um forte cheiro de mirra queimada em meio aos pedacinhos de carvão em brasa. Erva poderosa essa mirra, que servia para acalmar os medos e equilibrar as funções do corpo, remédio para todos os males físicos e espirituais. Com a mão esquerda, o sacristão segurava a parte que prendia as correntes e, com a direita, balançava o turíbulo espalhando a fumaça sagrada por todos os lados.

José Maria ajoelhou-se rapidamente diante da imagem da padroeira Nossa Senhora da Conceição, fez o sinal da cruz e, em seguida, posicionou-se de costas para o altar-mor. Envolvido por aquela névoa de fumaça santa, começou a cantar uma reza que falava de duas eternidades: o Céu, para onde iam os bem-aventurados, e o Inferno, destino dos condenados. Era a *Ladainha das Almas* que, em alguns trechos, se fazia entremeada por um padre-nosso e uma ave-maria dedicados às almas que estavam dentro do mato e nas ondas do mar. Alertava também para aquelas almas que vagavam pelo Purgatório sem terem chegado ao Céu ou ao Inferno:

> Acordai quem está dormindo, acordai o vosso sentido,
> lembras que tá chegando o tempo, de encomendar
> as almas de nossos pais falecidos.
> Reza um padre-nosso com ave-maria,
> Reza mais um padre-nosso prás almas...

Mantendo um tom de lamento choroso, José Maria continuou rezando como mandava a tradição, mas sem despregar seus olhos da porta da sacristia. Minutos depois, entraram Antônio e Madalena, um tanto acuados pelo medo. Eram os únicos convidados. Entendendo que a hora não era para pânico, o casal aguardou em silêncio a ordem para sentar. A sensação era de impotência e desequilíbrio, como se uma força maior estivesse tentando controlar seus gestos e pensamentos.

— Meus caros irmãos, Antônio e Madalena, podem sentar! — sinalizou o vigário.

O casal acomodou-se no primeiro banco destinado aos fiéis, sem perder de vista a entrada para a sacristia cuja porta estava semiaberta. Cinco minutos após a entrada de Antônio e Madalena veio Elias, que percorreu o mesmo trajeto do vigário e do sacristão em direção ao altar-mor. Cabisbaixo e meio amedrontado, o jovem vestia um terno de linho azul-marinho adquirido de segunda mão de um comerciante português. Carregando um rosário de contas enrolado entre os dedos, ajoelhou-se diante do retábulo que guardava a imagem de Nossa Senhora da Conceição, padroeira local.

Em tom melodioso, o vigário começou a dizer diversas ladainhas pedindo a piedade do D'us-Pai, de Jesus Cristo, filho de D'us-Pai, de Maria, mãe de Jesus, virgem imaculada, dos anjos do Senhor, do Arcanjo Gabriel, de Sant'Ana, São Benedito. Jesus foi elevado a rei e, como tal, teve seu coração oferecido como fonte de vida e de santidade. Ciente da sua missão, José Maria clamou várias vezes pelo Cordeiro de D'us que tirava os pecados do mundo, suplicando por perdão e pelas almas que padeciam no Purgatório.

Entre esse vaivém de ladainhas, o vigário proferiu a expressão *"Ab insidiis diaboli...!"* Olhando em direção a Elias, repetiu três vezes a mesma expressão: *"Ab insidiis diaboli...!"*, *"Ab insidiis diaboli...!"*, *"Ab insidiis diaboli...!"*. E, por fim, completou: *"Libera nos, domine! Ut ecclesiam tuam secura tibi facias, libertate serire, te rogamos, audi nos!"*

Elias estremeceu por inteiro. Sentiu uma forte dor no peito e, como se tivesse sido atingido por um raio, abandonou seus joelhos e atirou-se no chão. Irado, o vigário começou a lhe bater com o bastão de esborrifar água benta:

— Toma isso, diabo velho! Toma!... Toma! — gritava José Fernandes ao mesmo tempo que caceteava, sem dó, a cabeça do jovem ourives.

Elias não chegou a sangrar, mas sua cabeça ficou cheia de calombos. Com as mãos tentava se proteger dos golpes sagrados calcados pelo vigário, mas a dor não tardou a dominar o seu corpo. Um calor inexplicável tomou conta do seu pênis, dando a sensação de que suas veias iam estourar. Esse calor medonho subiu em direção ao rosto que, imediatamente, ficou tomado de suor. Arrepiados, os pelos das pernas e dos braços ergueram-se em sinal de alerta.

Indiferente ao sofrimento do rapaz, o vigário gritava:

— Ah! Aqui está o moleque! Fora! Fora, desgraçado!

Elias sequer teve tempo para compreender o que estava acontecendo quando sentiu um forte movimento no estômago. Era como se estivesse sendo esticado por todos os lados. A barriga começou a crescer, abrindo-se em duas partes. Desesperado e sem poder controlar aquele seu estado de desintegração, Elias berrou pedindo por ajuda.

José Maria Fernandes correu em direção ao altar e, com as mãos trêmulas, agarrou um crucifixo de prata e apontou-o em direção ao rapaz. Desesperado, perguntou sobre o espírito que carregava consigo. O rapaz, que continuava estirado no chão, de repente virou-se de quatro — tal qual um cachorro — e com a voz rouca, começou a gritar.

— Sou Ciprião! CI-PRI-ÃO!

O vigário rapidamente jogou água benta sobre Elias, traçando no ar o sinal da cruz. Indiferente aos respingos do líquido sagrado, o rapaz clamava por ajuda.

— Aqui, vigário! No meu braço... ele está andando aqui! Agora foi para a minha cabeça... Me ajude, por favor! Minha cabeça está se abrindo!

— Em nome do Pai, do Filho e do Espírito Santo! Eu te esconjuro... *Glória Patri*! — continuava o padre-exorcista.

— Água, padre, quero água! Está tudo queimando aqui dentro da minha barriga. Água pelo amor de D'us! — gritava Elias que, desesperadamente, deixou de ser um animal para assumir os movimentos de um inseto rastejante. Andou desnorteado de um lado para o outro, implorando descontroladamente pelo precioso líquido.

O padre José Maria, ciente que os demônios têm aversão por água benta, ordenou a Madalena para preparar uma porção de cachaça forte misturada com água sagrada colhida da pia batismal. Aquela bebida deveria acalmar o rapaz e talvez até livrá-lo do seu mal. Prontamente, a mulher entrou na sacristia e, instantes depois, retornou com uma cuia de cabaça carregada de aguardente. Sem dar tempo de adicionar a água benta, Elias apossou-se bruscamente do recipiente e bebeu o tão desejado líquido. Alegando ainda estar ardendo em brasa, pediu mais uma porção.

Santa água!

Preocupado, o vigário solicitou ao rapaz que se concentrasse nas orações, ciente de que diabo não suporta qualquer louvor ao Senhor. Em casos de fraqueza, o espírito manifesto poderia aproveitar-se daquela situação para dominar o corpo da vítima. Enquanto rezava, José Maria olhava atentamente as feições do rapaz em busca de alguma manifestação de "coisas admiráveis". Acostumado aos clássicos manuais de exorcismo, aprendera que tais fenômenos deveriam ser medidos com o olhar, a audição e o olfato. Daí estar preocupado em constatar se o semblante de Elias havia se alterado, ainda que as manifestações do Mal fossem, muitas vezes, difusas. Aspirou bem fundo tentando perceber se persistia no ar algum cheiro diferente: enxofre, ovo podre, urina, carniça, dentre outros sinais que comprovassem a presença de um demônio ou anjo caído. Mas o que contava mesmo para a comprovação do fenômeno eram três indícios: fisionomia raivosa irradiando uma cor de fogo azul, cheiro de enxofre e uivos de animais selvagens.

Ao perceber que o vigário o fitava atentamente, Elias apavorou-se ainda mais. Começou a uivar cada vez mais forte como se fosse um coiote em noite de lua cheia! Entre um uivo e um grunhido, tentava explicar que vários demônios estavam assaltando o seu corpo que ardia em meio a grandes labaredas. Com gestos bruscos e repentinos, Elias ajoelhou-se e, agarrado às vestes do vigário, suplicou por ajuda.

— Não deixe não, seu padre! Não deixe que o diabo me leve...! Me ajude, por favor!

O vigário prosseguiu com as ladainhas em latim, lembrando que os demônios e os anjos decaídos estavam citados 511 vezes no Novo Testamento. Aos poucos, Elias foi emudecendo até se calar por completo. Sem forças, estirou-se no chão, encolheu as pernas e adormeceu naquela posição de feto como se nada de estranho estivesse acontecendo.

Crisóstomo, em sinal de respeito, enrolou as correntes do turíbulo procurando fazer silêncio. O padre José Maria recolheu sua reza e guardou seu canto para um outro momento. Alguns raios de sol tentavam entrar pelas frestas das janelas da nave principal. Parece até que queriam ver o que se passava naquele lugar santo.

Afagando o rosto suado do rapaz, o vigário José Fernandes procurou acordá-lo, mas ouviu apenas um sussurro. Aconselhou-o a voltar para casa de Antônio e Madalena e, se possível, descansar um pouco. Explicou que um espírito maligno de nome Ciprião tentou entrar no seu corpo que, certamente e apesar de maltratado por tantos pecados, se mostrou protegido por seus anjos, para os quais deveria rezar muito procurando não reincidir nos seus erros. Após oito dias, deveria retornar para mais uma sessão de exorcismo.

Antônio e Madalena aproximaram-se do rapaz e, timidamente, procuraram ampará-lo como se faz com um ébrio de cem anos. Atordoado pelos golpes que levara na cabeça, Elias mal conseguia caminhar. Arrastado por seus anfitriões, o rapaz deixou-se levar. Já estavam ultrapassando a soleira da porta principal que se abria para rua quando ouviram a benção do vigário: "Que D'us ilumine o vosso caminho! Reze muito, meu filho".

E assim fez o jovem rapaz.

Enfurnou-se na casa de Antônio e Madalena rezando dia e noite. Não queria ver ninguém, nem mesmo Sabá que, segundo suas lembranças, exalava o cheiro do demônio. Aliás, parecia-lhe que toda a vila cheirava a enxofre e que toda a população estava endiabrada.

O transcorrer dos "oito dias de reza e abstinência" receitados pelo vigário lhe pareceu uma eternidade. Elias passou muitas noites sem dormir, com medo de fechar olhos e ser dominado pelos diabos enviados por Lúcifer. Comia pouco, alegando que a comida poderia estar envenenada pelos maus espíritos que queriam torná-lo fraco, doente, desequilibrado das suas faculdades mentais. Preocupados com sua saúde, Madalena e Antônio rezavam todas as noites ajoelhados diante do pequenino altar mantido em um cantinho da sala. Entre vários sinais da cruz e pedidos de perdão, assim rezavam de mãos dadas:

> Bendita Cruz em que foi cravado Nosso Senhor Jesus Cristo, estendei sobre nós os vossos braços protetores. Defendei-nos, Sagrado Lenho, das tentações demoníacas. Santa Cruz, nós viemos a Ti como ao nosso verdadeiro abrigo e fortaleza, nosso escudo e arma, nossa luz e salvação dos perigos, doenças, crimes e pecados.
>
> Meu Senhor Jesus Cristo, sede meu Mestre e meu Amigo, concedei-me com perdão dos meus pecados a graça de: Aliviai o coração aflito, confortai nosso ânimo. Iluminai nosso espírito e dai-nos coragem para evitarmos o pecado.

Antônio, preocupado com o estado de saúde do jovem ourives, levou-o até o Mestre Chico Bento, filho de Exu, que diagnosticou o caso como de "enfermidade extravagante e desconhecida". Aconselhou-o a recorrer a um exorcista, o único ser humano capaz de desentranhar demônios de corpos achacados. Seguindo os conselhos do mestre, Elias concordou em ser exorcizado, mas desde que estivesse aos cuidados do vigário José Maria. Em nenhum momento deixou de lado seu rosário de contas com um crucifixo pendente, herdado de sua avó. Sem parar, balbuciava o padre-nosso e ave-maria, muitas vezes sem nexo, trocando alhos por bugalhos.

Os oito dias finalmente ficaram para trás e a sessão de exorcismo foi marcada para as 12 horas do dia 20 de maio, domingo. Pela posição do sol e badaladas do sino da matriz, Elias constatou que era hora de ir.

O sino chamava!

Acompanhado de Antônio e Madalena, Elias caminhou rapidamente até a matriz que, desta vez, estava aberta. Olhou para os lados e não viu ninguém. "Como as ruas podiam estar vazias?", pensou. Respirou fundo, piscou apertado várias vezes como se quisesse apagar aquele momento de sua mente. Pensou em desistir, mas percebeu que não tinha outra opção. Escutou apenas Madalena sussurrar no seu ouvido "Coragem, Elias!" As palavras funcionaram como um coice de cavalo, com força suficiente para empurrar Elias recinto adentro.

O sino badalava sem parar avisando o povo que algo estranho ia acontecer na vila de Ourém. Cabisbaixo, como se quisesse ocultar o rosto, Elias fixou o olhar na figura de Jesus Cristo que jazia pendurado em uma das extremidades do seu rosário de contas. Foi quando percebeu que suas pernas tremiam como varas verdes. Ergueu a cabeça e, desesperado, procurou pela figura do vigário José Maria Fernandes, que se encontrava diante do altar da padroeira, ansioso para começar o espetáculo.

O vigário sempre fora afeito a uma plateia maior.

Aquele era o momento!

Um grande e importante momento!

Ele desceu lentamente os três degraus que davam acesso ao espaço dos fiéis e, como se estivesse encenando uma peça de teatro, agarrou Elias pelo braço e, sem dar chance para qualquer recuo, ajudou-o a caminhar até o altar-mor. Antônio e Madalena acomodaram-se no banco destinado aos membros da Irmandade, que imediatamente se afastaram para abrir lugar para o casal sentar. Foi aí, nesse exato momento, que perceberam que não estavam sozinhos naquele recinto sagrado.

A pequena igreja de Ourém estava apinhada de gente. Os bancos e os corredores laterais estavam lotados de curiosos. Todos queriam ver a cerimônia do espanta-diabo, coisa rara desde que a epidemia de cólera fora extirpada pelas benzedeiras e curandeiros locais. Velhos, senhoras e crianças se acotovelavam procurando ganhar um passo à frente. Não havia um único lugar vago. No púlpito, reservado aos sermões dominicais, estava Martinho dos Santos Martines, irmão mais novo da finada Maria do Nascimento e presidente da Câmara Municipal de Ourém. O mezanino de madeira, construído para abrigar um pequeno órgão que nunca fora adquirido por falta de recursos, estava enfileirado de fiéis como se fosse um poleiro. Parecia até que era o dia da festa da padroeira ou de Cristo-Rei, senhor dos mundos! Afinal, não era sempre que se apresentava a oportunidade de ver o diabo se manifestar. Ou melhor, dois diabos, pois o vigário também convidara Martinha, a escrava-parda que pertencera à finada Maria do Nascimento.

Dois endiabrados!

A sessão começou agitada! O vigário puxou rapidamente uma ladainha enquanto erguia um grande crucifixo à altura dos olhos. Martinha, irrequieta e faceira, aguardava do lado direito do altar-mor enquanto Elias, do lado oposto, mexia e remexia a boca, arregalava os olhos e arrotava sem parar. Entre os dois, o vigário José Maria Fernandes comandava a cena medievalista.

Ciente de que estava no controle da situação, o vigário aproximou-se de Elias e, aos berros, ordenou:

— Fala Ciprião! Urra diabo, filho da puta!

Assustado, Elias encarou o vigário e permaneceu em silêncio.

O vigário insistiu:

— Tu não és o único na vila, não é mesmo? Existem mais quatro espíritos soltos por aí, não existem? Quem são os teus sócios? Que sociedade é essa da qual tu participas? Vamos! Fala, homem das trevas!

Entre uma e outra frase, o vigário jogava água benta sobre a cabeça de Elias, que estremecia a cada esborrifada santa. Ora mostrava-lhe o grande crucifixo de prata, ora oferecia-o para beijar. Os fiéis (e também os infiéis) observavam em silêncio. As velhas carolas rezavam implorando a proteção de D'us entre dezenas de sinais da cruz.

— Fala, safado! Desembucha logo! — gritava o padre.

Elias ensaiou uma voz rouca seguida de um estranho rosnado tirado do fundo dos pulmões. Foi quando começou a falar:

— Sou Ciprião, o maioral!

— Já sabemos... Desembucha!

Ciprião desembuchou valendo-se da voz de Elias. Explicou que era um espírito maligno que fazia parte de uma sociedade secreta que agia na escuridão. Tinha como sócios Joaquim Balancê, Antônio Marques de Souza, o capitão Paulo Antônio da Silveira e o escrivão Porfírio José Carvalho. E disse mais: que todos eles dedicavam-se a libertar os negros escravos incentivando-os a fugir para a mata. Desta forma, os proprietários de terras ficariam desamparados e endividados, sendo forçados a venderem suas terras por qualquer preço.

O vigário não escondeu um suspiro de alívio. O sucesso do espetáculo estava garantido. Enfrentando o olhar vidrado de Elias, agora sentado no primeiro degrau que conduzia até o altar-mor, o vigário insistiu:

— E essa sociedade, Ciprião? O que é essa...?

Sem dar tempo ao padre para completar a pergunta, Elias foi logo respondendo em tom pausado que a sociedade era da Maçonaria com alguns espíritos malignos. E que tinha muito mais gente. Muito mais!

— Tem mulheres? — perguntou o padre, interessado.

— Tem sim... Tem Cypriana, aquela que mora no sítio Uri Curitiba e suas filhas Catharina e Marianna. Conhecidas de todos...!

— E quem mais? Fala diabo!

— Tem a escrava Maria... Isso mesmo: Cypriana, Catharina, Marianna e Maria.

Contando nos dedos da mão, Elias balbuciava nomes sem parar. Alguns incompreensíveis, outros muito conhecidos nas redondezas. O povo mostrava-se inquieto, murmurando a cada palavra do rapaz:

— Cypriana? Marianna?

— Maria? Qual delas? A do seu Ozório?

— Imagine, nem a Catharina escapou!

O murmurinho foi crescendo, crescendo até se transformar em falatório. O fato de Elias ter se referido à Maçonaria amedrontou a maioria dos fiéis que, inculta e despolitizada, não se encontrava em condições de avaliar a extensão daquela denúncia. A maioria desprezava a realidade histórica do país, preferindo condenar a Maçonaria como uma associação tenebrosa, anticatólica. O próprio vigário costumava instruir o seu rebanho para se manter afastado dessas sociedades perversas e proibidas pela Igreja, da mesma forma como não deveriam acreditar em superstições, feitiçarias e maldades do espiritismo.

Tudo aquilo soava mais como um "recado mandado" pelo vigário José Fernandes, que parecia ter colocado aquelas palavras na boca de Elias. A população certamente desconhecia as reais ligações de alguns homens da vila que, atualizados com a vida política do país, participavam de uma tal confraria secreta e que nos últimos anos vinham falando em acabar com a escravidão.

Irritado com o tumulto, o vigário pediu silêncio. O olhar do público concentrou-se em Elias que, para atrair a atenção, havia começado a rosnar e a fazer ruídos estranhos extraídos do fundo da garganta. Balbuciava palavras incompreensíveis mudando o tom de voz que ora saia aguda, ora rouca e grossa. Pelos trejeitos do rapaz se expressar, o espírito do Ciprião continuava presente. Choramingando aos pés do vigário e arrastando-se como se fosse um verme viscoso, Elias implorava:

— Me ajude, vigário! Tira esse demônio do meu corpo. Não deixe ele engolir minhas tripas, não deixe…!

O vigário carinhosamente ajudou Elias a erguer-se do chão e o conduziu até o primeiro banco dos fiéis que, rapidamente, se levantaram para dar lugar ao diabo. Elias deixou-se levar como se fosse uma criança dócil, indefesa. Segurado pelas mãos, o vigário ajudou-o a sentar. Em seguida, perguntou há quanto tempo sentia tais sintomas.

— Que eu me lembre, fora da igreja, foi só aquela vez que eu estava na casa do senhor Antônio Marques e da dona Madalena. Depois disso fiquei bom. Como, bebo, dou risada, converso com todo mundo. Aliás, todo mundo quer conversar comigo. Estou no meu perfeito juízo, podes crer! Só me sinto estranho quando estou aqui na igreja sendo interrogado pelo senhor...

O vigário, que se acomodara diante de Elias, explicou que o problema era justamente esse: estar na casa de D'us, um espaço sagrado, iluminado. E que Satanás, por ser o Senhor das Trevas, não tolerava a Luz. Sentindo-se sufocado naquele ambiente, ele tentava lutar com as armas de que dispunha: charlatanice, falsidade, exibição. Procurava enganar o povo fazendo-se passar por corvo, bode, cachorro, serpente ou morcego... Ao ouvir essa explicação, Elias contou que, à noite, costumava escutar barulhos estranhos, estrondos e outros tantos sussurros selvagens.

De repente, Martinha, que ficara esquecida no canto da cena, se manifestou. Elias, assustado, chamou a atenção do padre José Maria que, rapidamente, correu para perto da escrava. A massa de fiéis avançou para a frente, (re)criando o clima de tumulto. Fala-fala, diz-que-diz... Os mais velhos e crentes agarraram-se aos crucifixos e faziam o sinal da cruz. Ajoelhados, rezavam pedindo a proteção de D'us e de Jesus Cristo.

O sino voltou a badalar sem parar.

Chegara a vez de Martinha fazer a sua apresentação. Os mais crédulos choramingavam amedrontados com que o pudesse vir a acontecer. O medo apoderou-se de todos que presenciavam aquele horrível espetáculo. O vigário procurou imediatamente abrir espaço em frente ao altar-mor, facilitando os movimentos de Martinha que começou a caminhar em círculos, como uma Pombagira. Os fiéis, que haviam se apossado de grande parte do recinto, foram sendo acuados pelo sacristão que, educadamente, implorava por mais espaço.

Martinha, de pouca estatura e com os cabelos presos em trança, corcoveava sem parar. De repente, jogou-se no chão e, abrindo as pernas, começou a se masturbar. Ao mesmo tempo, dava longas gargalhadas que ecoavam no ar... no ar... no ar! Todos estavam assombrados, indignados com o que viam e ouviam. Não conseguiam compreender como o corpo daquela pobre escrava conseguia tremer daquele jeito, entremeado por convulsões violentas de gozo e alegria. Parecia até que estavam diante de uma égua selvagem que dava coices por todos os lados. De repente, Martinha estancou.

Silêncio sepulcral!

A pardinha sentou-se de cócoras como uma velha índia e cobriu o rosto com as mãos. Cantarolava uma melodia estranha, entremeada por palavras indecifráveis O tom de voz mudava a cada segundo. Repentinamente, começou a emitir sons feito uma gata no cio. O som era gutural, cavernoso, arrancado do fundo da garganta. O padre tentou aproximar-se de Martinha e acariciar sua cabeça. Como que numa explosão de corpo, a escrava ergueu os braços e, abruptamente, deu um salto para frente como se quisesse enfrentar o vigário.

— Rezem... rezem pela alma de minha senhora Maria do Nascimento. — Implorou a menina-escrava.

Os fiéis, apavorados, se acotovelavam tentando espiar a cena. Foi quando empurraram Elias para o centro da roda.

— Vá pra lá você também, diabo véio! — gritou alguém.

Elias perdeu o equilíbrio e tropeçou em alguma coisa que propositadamente fora colocada no seu caminho. Caiu estatelado, emitindo um baque parecido com um saco de farinha jogado ao chão. O vigário correu em sua direção e, levantando a batina até as canelas, começou a lhe dar pontapés. Aos berros pedia que ele urrasse, deitasse, mostrasse os dentes e colocasse a língua para fora. Como que hipnotizado, Elias obedecia dando urros fortíssimos como se fosse um coiote. Enquanto isso, Martinha corria pelos quatro cantos do templo pedindo ao povo que orasse por sua senhora Maria do Nascimento. Sua voz mais parecia um chiado arranhado por um sotaque português.

Ao perceber que Martinha chamava a atenção dos fiéis, o vigário resolveu abandonar Elias por alguns instantes. Agarrou a menina endiabrada pelo braço e a conduziu até o altar ordenando que se sentasse no degrau mais alto. Martinha não aceitou. Abriu as pernas e, de pé, urinou em protesto. Ao seu lado o velho Crisóstomo balançava desesperadamente o turíbulo, cobrindo o ambiente com uma fumaça suavemente perfumada de alecrim. Mesmo assim, pairava no ar um forte cheiro de enxofre e urina.

— Quem é você? — perguntou o padre.

Martinha virou-lhe as costas e, caminhando em direção à plateia, gritou:

— Sou Heródias batizada e estou ardendo nas chamas do Inferno.

— Heródias? Aquela que se casou com Felipe, o próprio tio, que não foi rei em lugar nenhum? A que teve com ele uma filha chamada Salomé?

— Sim… essa mesma. Mas agora falo aqui em nome da alma da finada Maria do Nascimento — respondeu Martinha com cara de quem não conhecia a história.

— E tens aí algum outro espírito contigo, menina?

— Sim! Tenho aqui mais dois Herodes: o Cobra-Velho e o Pai Negrão.

— E a Maria… ainda está no Inferno? — perguntou o vigário.

A pardinha ficou pensativa. Levantou-se e começou a andar, mancando com a perna esquerda. Permaneceu em silêncio por alguns segundos, e em seguida respondeu como se fosse Maria, sua finada patroa. A voz era de uma senhora portuguesa, quase sem forças:

— Passei por lá, mas sobrevivi a todos os tormentos do Inferno: o fogo, a desordem, o enxofre, o ódio de Lúcifer. Fui parar nas Trevas por causa de uma briga que tive com minha mãe por ocasião da partilha do meu falecido pai. Ela, a minha mãe, me amaldiçoou. Por isso, preciso de ajuda de todos, senão não poderei alcançar a salvação. Estou usando o corpo de Martinha para chegar até o povo de Ourém, que é também o meu povo... Não pude me salvar porque, em vida, deixei de fazer certas cousas e fiz outras que eram proibidas. Mas agora estou de volta e quero reclamar o cumprimento dessas cousas.

A escrava parecia um sacerdote pregando o sermão de domingo. Encarava a todos, um por um, dona da situação. Tinha a certeza de que estava impressionando pois tocara num assunto que interessava a qualquer cristão: garantir à alma o caminho da salvação eterna.

Valendo-se das palavras da escrava, o padre José Fernandes alertou os fiéis para os perigos de uma morte súbita. Lembrou que aqueles que faleciam repentinamente, de um tiro perdido ou de um acidente, não tinham tempo de organizar sua morte. E Maria do Nascimento, ainda que consciente de sua doença, não havia se preocupado em organizar a sua. Antes de morrer, ela deveria ter indicado a quantidade de missas, cantadas ou não, que havia prometido aos seus santos devotos, e os donativos em dinheiro a serem feitos aos pobres. Se assim tivesse se comportado, certamente teria evitado o Inferno, ou ao menos abreviado sua passagem pelo Purgatório.

O sermão do padre estendeu-se por alguns minutos além do tolerado. O público começou a ficar inquieto pois estava ali para assistir a um espetáculo de exorcismo e não para ouvir uma preleção. Indiferente aos desejos do público, o religioso continuou a falar sobre a alma de Maria do Nascimento e que ela não descansaria enquanto o morto não tivesse todas as suas dívidas pagas, fossem elas morais, espirituais ou financeiras. Razão pela qual todos os bons cristãos deveriam fazer seus testamentos com antecedência enumerando seus desejos e credores. Tudo seria contabilizado e creditado no Julgamento Final: dívidas e promessas não pagas. Até mesmo os velhos pecados da carne deveriam ser corrigidos na hora da morte. Os desafetos deveriam ser esquecidos. As mentiras não deveriam ter lugar na hora da morte pois o julgamento divino era inexorável. Era este o momento ideal para os pais pecadores reconhecerem seus filhos ilegítimos e os amantes fazerem herdeiras suas amásias.

Dirigindo-se para Martinha, que o escutava atentamente, perguntou:

— E você, espírito de Maria, deixou de fazer cumprir com teus deveres de boa cristã? Por que estás padecendo no Inferno?

Martinha, ainda arrastando aquele leve sotaque português, explicou que Maria não estava mais no Inferno, mas que para conseguir purgar suas penas e sair do Purgatório precisaria da ajuda de todos os moradores de Ourém. Pediu ao vigário que procurasse por uma imagem de Nossa Senhora da Conceição que, certamente, continuava guardada no porão da Chácara Graciosa, sua antiga moradia. A santa deveria ser encarnada e entregue à matriz de Ourém que, de acordo com o testamento deixado por sua finada patroa, era a verdadeira proprietária.

— E o que mais? Você disse que eram várias cousas... — quis saber o padre, que não pretendia interromper o diálogo.

A possessa tornou a fazer silêncio. Deu as costas para o público e, calmamente, subiu os três degraus que conduziam até o altar-mor. Fixou seu olhar na fina cortina de filó que ornamentava o retábulo de mármore, sobre a qual se lia a frase divinamente bordada por uma mão feminina: "Bendita és tu entre as mulheres". Analfabeta, Martinha não conseguia compreender a extensão daquelas palavras tão carregadas de simbolismo. Mas nem por isso deixou de sentir orgulho do papel que estava representando. Ainda que parda (mal)dita, sentia-se superior a muitas outras brancas, senhoras (bem)ditas.

Uma toalha branca decorada com renda renascença pousava sobre a mesa do altar-mor, compondo com um forro em tom verde-musgo. Um antigo crucifixo de ouro cravejado com pequeninos rubis e esmeraldas reluzia contrastando com a simplicidade daquele ambiente sagrado. Martinha, no entanto, mostrava-se indiferente a tudo isso. Um pretenso sorriso dominava o canto de seus lábios carnudos, arroxeados. Deu meia-volta e, balançando a cabeça de um lado para o outro, começou a imitar o pêndulo de um relógio. Lentamente foi parando. Juntou as mãos em sinal de oração e, dirigindo-se aos fiéis, falou:

— Aqui vos fala Maria do Nascimento. Vocês têm que mandar dizer missas por minha alma... muitas missas. Minha alma está vagando por aí desassossegada pelas Trevas. E tem mais: Martinha, que me recebeu em seu corpo, deverá ser alforriada, pois não tive tempo de fazer isso em vida.

— E o que mais, Maria? — sussurrou o padre.

Martinha, compartilhando o tom confidencial sustentado por José Fernandes, não conseguiu esconder um leve sorriso, irônico e digno de qualquer demônio. Pausadamente continuou:

— Lá no meu sítio, na Chácara Graciosa, tem dinheiro enterrado. Uma porção dele... Moedas de ouro, uma porção delas...

E tudo aquilo deve ser desenterrado e lavado. Tem mais: abram a minha sepultura e deitem ali muita água benta. Mas só minha mãe é que pode fazer isso pois foi ela quem me amaldiçoou em vida. Enquanto isso não acontecer, a terra não vai querer minha carne...

Bastou Martinha falar em abrir sepultura para que o murmurinho recomeçasse. Um diz-que-diz tomou conta do povo que, revoltado, começou a esbravejar. Mexer com os mortos era um sacrilégio e os cemitérios eram lugares sagrados. Era ali, na última morada, que os corpos repousavam à espera da ressurreição universal dos mortos, ao fim do mundo. Não era novidade que, desde os primeiros tempos do cristianismo, os corpos dos fiéis eram sepultados em lugares apropriados, consagrados com a benção da Igreja e separados de todo o uso profano. Rezavam os regulamentos que para evitar a profanação das sepulturas dos fiéis os cadáveres ou suas cinzas nunca deveriam ser exumados sem expressa licença do Ordinário, ainda que se tratasse de cemitérios secularizados ou profanados. Em casos de urgência, o pároco poderia dar licença desde que os responsáveis cuidassem da decência e conveniência de uma nova sepultura.

O exorcista José Fernandes não teve dúvidas. Assumiu a responsabilidade perante todos alegando "estado de emergência". Fazendo sinal com as mãos, implorou por silêncio. Convencido, o povo se calou e José Fernandes, envaidecido, prosseguiu com a sessão. Insistiu para que Martinha explicasse, com detalhes, quais eram os desejos de sua finada patroa Maria do Nascimento. A menina-parda repetiu todos os pedidos impondo-os como condição para que a sua Maria chegasse ao Céu.

— E como saberemos se você chegou ao Céu? — perguntou o padre.

— Mandarei um sinal. Aguardem... — retrucou enfaticamente a escrava.

Percebendo que a endiabrada estava voltando a se comportar como Martinha, o vigário José Fernandes implorou ao espírito para ficar mais um pouco entre os vivos. Acostumado a lidar com os sentimentos e as superstições do povo, o exorcista procurou sustentar o diálogo em torno do cadáver de Maria do Nascimento. Martinha, esgotada daquela possessão, se mantinha imóvel e com os braços caídos ao longo do corpo. O padre, desesperado, ajoelhou-se aos seus pés e, agarrando sua saia de algodão, apelou para o nome da finada Maria. Foi quando a escrava se viu sacudida por uma força inexplicável. Como que possuída por um outro espírito, muito mais forte e masculino, entrou em convulsão sucessiva. Tomou posições ridículas, arrancando risos do público que não conseguia se conter. Ficou de quatro e, pastando como um boi, balançava o traseiro de um lado para o outro. Depois, enfiou a cabeça por entre os joelhos e, como se fosse uma bola, rolou sobre si mesma... De repente, estancou e olhou para os pés que estavam revirados como os do Curupira.

Os fiéis contiveram o riso e, boquiabertos, observaram aquele fenômeno inexplicável. Martinha começou a gritar como se estivesse totalmente enlouquecida. Implorava por ajuda dizendo-se consumida por enormes labaredas. Passava as mãos pelo corpo esguio de menina tentando se livrar de bichos asquerosos, nojentos e invisíveis. Nomeou serpentes, lagartixas, sapos e aranhas. Subitamente, cobriu o rosto com as mãos implorando aos corvos que não lhe arrancassem os olhos. Os fiéis, apavorados, esforçavam-se para enxergar o fantástico, mas nada mais viam do que uma fisionomia transtornada, molhada de suor e lágrimas. Uma baba branca e espumante escorria por entre os lábios carnudos daquela mulher endiabrada.

Silêncio de hora morta!

Martinha estancara novamente, permanecendo imóvel por alguns segundos. Em seguida, com os braços abertos e os pés virados para trás, caminhou em direção ao público como se fosse uma cobra-cega. Com os olhos cerrados, jogou-se em cima das crianças, dos homens e das mulheres causando um grande tumulto. Amedrontados, todos procuraram fugir, pisoteando uns aos outros. Martinha, sem medir palavras, começou a praguejar:

— Vocês vão morrer de cólera e fome! Não querem acreditar, não é mesmo? Acreditem no que estou dizendo senão... vão se arrepender. Vão passar fome, vomitar negro e ficar podres até os bichos comê-los vivos caminhando por dentro das suas tripas. D'us vai mandar raios e tempestades pra arrasar suas plantações. Virão pragas, muitas pragas! Mosquitos! Morcegos... Muitos! Depois, a seca... os rios ficarão sem água e os peixes desaparecerão após boiarem apodrecidos como folhas secas. Vai haver fome, muita fome...! E vocês, se não rezarem, vão vomitar negro e começar a feder como os coléricos.

Morte e peste sempre apavoram.

Horrível! Não é preciso muita idade para se ter medo da morte, principalmente da morte súbita, inesperada; ou da morte multiplicada aos milhares, sem controle. Muitos dos presentes já tinham "ouvido falar" a respeito da cólera divina que estava destruindo a vida dos habitantes da Corte do Rio de Janeiro. Jornais vindos da capital da Província do Pará contavam detalhes acerca do vômito negro, interpretado pelos articulistas como "o anjo da morte que D'us enviou àquela capital". Tanto a cólera como a febre amarela eram noticiadas como expressão da justiça divina despertada pelos vícios e pecados da população.

O padre José Fernandes, valendo-se do medo do vômito negro, posicionou-se como o "advogado da peste". Lembrou aos moradores de Ourém que eles também estavam sujeitos à ira de D'us e que, se não atendessem aos pedidos de Maria do Nascimento, seriam castigados pela Divina Providência. Receitou jejum e abstinência por três dias, liberando apenas os doentes, as crianças e os idosos.

Em decorrência da fala do vigário, o estado de pânico cresceu ainda mais entre os presentes. O clima era de incerteza, e a confusão, generalizada. As crianças se agarravam às saias das mães choramingando e pedindo colo. Elias, que continuava sentado no banco diante do altar-mor, tremia em silêncio. Ao seu lado sentou-se Sabá, que ao perceber o estado debilitado do rapaz decidiu ampará-lo. Carinhosamente, segurou sua mão. O jovem não reagiu. No ar, o cheiro de alecrim misturava-se com outros tantos cheiros, inclusive o de urina e fezes de cachorro.

O padre-exorcista achou por bem interromper a sessão. Precisava encerrá-la de forma espetacular como mandavam os manuais de exorcismo. Apanhou o crucifixo e mostrou-o a Martinha, oferecendo-lhe a imagem de Jesus para ser beijada. A reação veio rápida: a rapariga tentou atingi-lo com longas cuspidas. José Fernandes solicitou a ajuda do sacristão, que rapidamente retirou a pardinha do recinto e a conduziu para a sacristia.

Exaltados e assustados, os fiéis foram se retirando.

Do lado de fora da matriz, comerciantes de bilhetes vendiam preces manuscritas para aplacar a ira de D'us e expulsar os demônios. Várias delas eram dirigidas contra São Benedito, o mesmo santo que na Corte do Rio de Janeiro havia sido acusado de causar epidemias. Falava-se, inclusive, em excluí-lo da próxima procissão do Divino em Ourém, relacionando a cor escura de sua pele com os sintomas do vômito negro. Outros, mais imediatistas, atendiam aos "clientes" na própria praça oferecendo-lhes seus préstimos. Por alguns poucos réis vendiam-se conselhos às famílias cristãs. Tabuletas escritas por semianalfabetos anunciavam o produto: como se comportar em caso de epidemia. Tinha benzedor para tudo e, em especial, para rezar em ofendido de bicho mau, para estancar sangue, curar bicho-de-pé ou qualquer outra bicheira. Mas, alertavam alguns, "pra rezar em bicheira de animal qualquer pessoa de fé pode fazer".

Cruz-credo!
Credo em cruz!

IV

SACRILÉGIO

O cemitério da pequena vila de Ourém ficava na parte mais elevada da região, do lado oposto da estrada que conduzia ao centro da vila. O muro alto de alvenaria com portão de ferro trancado com cadeado, impunha os limites entre o mundo dos vivos e o dos mortos. Estava ali com uma única função: evitar que as sepulturas ficassem expostas a qualquer perigo de profanação.

Aquele reduzido campo santo, pontilhado de pequenas cruzes brancas, azuis e cor-de-rosa desbotadas, testemunhava que a imortalidade é um privilégio dos deuses. No meio do cemitério uma cruz alta, com base sólida e de pedra lavada, dominava todas as outras. Ao fundo, encostadas ao muro, as sepulturas dos excluídos: suicidas, prostitutas, ladrões e assassinos, os chamados "pecadores manifestos". Distinguiam-se das demais por estarem cobertas de capim, desprovidas de número, esculturas, flores e velas. O povo, administrado pelas ordens da Igreja, passava longe daquela área, virando as costas para aqueles que morreram contumazes ou que se deram a morte por desespero ou ira, e não por loucura. Ali eram também enterrados os infiéis que não haviam entrado na Igreja pela porta do batismo. Mas, à noite, nada disso era visível. Às vezes, os mortos assustam mais que os vivos. Talvez pelo seu silêncio!

Todas as sombras fazem medo!

Após o pôr do sol ninguém se atrevia a subir pela estradinha tortuosa que escalava o morro até o campo das sepulturas. Entretanto, isso não assustou o povo de Ourém que, dois dias após o espetáculo dado por Martinha e Elias na igreja matriz, saiu em procissão rumo ao cemitério. Foi logo após a reza das seis da tarde, quando o sino badalou sem cessar, além do costumeiro, alertando a todos que algo de estranho continuava acontecendo na vila.

O caminho a ser percorrido era longo, estreito e cheio de cascalhos. As mesmas árvores que durante o dia refrescavam a estrada proporcionando sombra e brisa fresca àqueles que iam orar pelos mortos, à noite atiçavam o imaginário das pessoas, parecendo transformar-se em vultos gigantescos, fantasmagóricos, sem forma e sem cor. Interessante como os enigmas se parecem na escuridão, onde o impossível é possível. Cada sombra pode ocultar sob suas vestes imaginárias um feitiço ou um animal fantástico.

Como diz o ditado, "A vida nos engana com sombras".

De alguns pontos da mata exalava um forte cheiro de catinga, que colaborava ainda mais para arrepiar até os ossos dos mais destemidos. Ainda que amedrontados, os fiéis caminhavam em procissão, lentamente, rumo ao cemitério. Para espantar o medo, cantavam e rezavam num único coro: *Ave, Ave, Ave Maria...! Ave, Ave, Ave Maria...! Amém!*

Amém!

O cântico monótono dos fiéis se fazia acompanhar do roçar de pés calejados que atritavam as pedras do caminho, sofridas como os errantes que por lá passavam. As luzes das velas tremeluziam acalentadas pela brisa tropical que insistia em participar do cortejo. A sombra de cada cidadão se estendia alongada e disforme sobre o chão irregular, tremulando compassadamente com o balé das chamas. Às vezes, os mais corajosos ameaçavam espiar por sobre os ombros em direção à mata, mas rapidamente desviavam o olhar para o grande crucifixo que chefiava aquela massa de crédulos assustados.

A figura fantástica da assombração amedrontava a todos.

Sombras indistintas confundiam-se com as folhas e os cipós tortuosos da mata virgem. Diz o ditado que é nas trevas que o inimigo se atocaia. Um fedor de carniça persistia ao longo do trajeto, apesar do perfume de alecrim exalado do turíbulo carregado pelo velho sacristão Crisóstomo. Alguns arriscavam-se a pensar que poderia ser um bando de janaús, animais encantados que usavam seu forte odor para estontear suas vítimas e, então, devorá-las. Ao lado do cortejo, alguns moleques cantavam rimas com janaú: "ganaú, cranaú, vaganaú, orumanaú, pantanal, uhhhh, vai tomar no cu!" Assim cantaram até o momento em que ouviram um outro "uhhhh" vindo das redondezas. Imediatamente, juntaram-se aos fiéis caminhantes, cientes de que as matas são traiçoeiras.

À frente do séquito, acompanhado do velho sacristão e um coroinha, caminhava o padre-exorcista que rezava em latim, arrancando repetidos améns da multidão. A procissão arrastava-se, lentamente… até estancar diante do grande portão de ferro que dava acesso ao campo santo. Parados e em silêncio, todos aguardaram que o sacristão, guardião das chaves, abrisse o cadeado que lacrava o mundo dos mortos. As velhas dobradiças rangeram ruidosamente, como se estivessem prenunciando algo incomum que ali iria acontecer.

A multidão, sempre liderada pelo vigário-exorcista, caminhou silenciosamente cemitério adentro, serpenteando por entre os túmulos. Um coveiro os aguardava próximo da sepultura que trazia inscrito apenas o número 1.340. Excitado com tanto burburinho, o coveiro fez um sinal apontando para a cova de Maria do Nascimento. Apoiado em sua enxada, aguardava apenas a ordem do vigário para começar a cavar.

O padre José Fernandes aproximou-se do local, acompanhado do sacristão e seu inseparável turíbulo de espalhar incenso. Os fiéis fizeram silêncio atendendo ao pedido do celebrante, que vestia sobrepeliz e estola. O vigário explicou aos presentes que aquela cerimônia era uma solene manifestação de fé, um ato coletivo de religião e piedade. Como um ato sagrado deveria ser praticado com espírito de oração, caridade e penitência. Lembrou a todos que, atendendo aos pedidos do espírito de Maria do Nascimento, estariam garantindo o bem-estar do povo de Ourém livrando-o das pestes e do vômito negro. Em seguida, ordenou ao coveiro para desenterrar o cadáver, cuidando para não rasgar a mortalha que o abrigava.

Experiente, o velho coveiro não teve dúvidas. Calcou o pé na pá e empurrou-a terra adentro. Cortada, a terra gemeu, molhada. A multidão acotovelou-se em torno da sepultura em busca de uma visão melhor. Pedidos de silêncio ecoaram aqui e acolá. No meio do povo alguém arriscou um comentário:

— Sacrilégio! Não se deve mexer com os mortos!

O vigário puxou logo um padre-nosso, sendo imediatamente correspondido por aqueles que estavam próximos da sepultura. A cerimônia pedia mãos, gestos, reverências e palavras benditas. Enquanto isso, o som oco do contato da pá com a terra marcava o ritmo lento da ladainha.

— Pronto! Cá está ela! — exclamou em voz alta o Zé Coveiro, figura conhecida e temida nas redondezas.

O padre ergueu as mãos, fazendo um sinal para a multidão que comprimia cada vez mais o espaço ao redor do túmulo.

— Calma! Não se aproximem. Continuem rezando...!

A atmosfera era sombria, cinza, silenciosa.

Lá estava, embarreada, molhada e rasgada, a mortalha que envolvia o corpo de Maria do Nascimento, totalmente exposto ao ar dos vivos. A carne estava incorrupta, sem deitar mau cheiro, sem vermes, sem sinais de putrefação. A pele parecia preservada com toda a propriedade como que se recusasse a apodrecer. O lenço rendado que atava o rosto do cadáver impedia que o maxilar inferior se abrisse, garantindo certa serenidade àquela mulher comum, ainda que pecadora.

O padre José Fernandes, tendo a mão esquerda sobre o peito, deitou com a mão direita por três vezes o incenso no turíbulo aberto. Em seguida, o sacristão fechou a tampa e ofereceu o incensário ao vigário que, segurando-o pelas correntes, ajoelhou-se e inclinou-se diante do cadáver de Maria do Nascimento. Incensou-o por três vezes, conforme os ditames da Igreja. Então, jogou água benta com o hissope de prata traçando uma cruz sobre a sepultura. Em voz baixa proferiu o *Libera* em nome das almas do Purgatório acompanhado de algumas orações. Após uns quinze minutos solicitou a Profina Maria Filippa, mãe da falecida, que se aproximasse para jogar água benta sobre o cadáver, atendendo ao pedido do espírito que falara pela boca de Martinha. Ajudada pela mão firme do vigário, a velha Profina chegou à beira da cova e, muito trêmula, assumiu a sua missão: encheu a boca com água benta e, sem forças, cuspiu sobre o corpo da filha. Emocionada, a anciã desatou a chorar chamando pelo nome da filha. Seus gritos de dor e desespero ecoaram por todo o campo santo.

Praticamente cega e mal podendo caminhar sozinha, Profina foi imediatamente arrastada para longe da cova de Maria.

Martinho dos Santos Martines, outro dos presentes, abraçou-a carinhosamente, oferecendo-lhe o braço como apoio. Lentamente saíram em direção ao grande portão que dava acesso ao mundo dos vivos. Tentando acalmar a desafortunada mãe, Martines argumentava que Maria iria descansar em breve, pois havia sido uma mulher de fibra, boa mãe e esposa.

— Tens razão, meu filho. Maria esteve tão doente e sofreu muito. Dois anos inteiros de sofrimento, só sofrimento! No fim da vida estava só osso e pelanca. Osso e pelanca, coitadinha!

— Temos que rezar muito, minha mãe! — continuou Martines, acariciando a mão da velha senhora. Você sabe que Martinha pediu a todos que orassem por ela, certo? Assim iremos fazer. Agora, vem cá! Senta aqui nesta pedra e vamos aguardar o término da cerimônia. Em seguida, te levarei para a minha casa. Não acho apropriado a senhora e a menina Olympia retornarem à Chácara Graciosa ainda esta noite.

Guardando uma pequena distância dos dois, estava Olympia, rapariga de doze anos, filha ilegítima de Maria do Nascimento e Bento Mattos. Por direito, havia herdado a Chácara Graciosa, a posse da escrava Martinha e de sua progenitora Andrecca, além de outros bens móveis seguindo a vontade de sua falecida mãe. Assustada, como todos, a menina órfã se aproximou, acomodando-se ao lado da velha avó. Choramingando, puxou conversa.

— Martinha ficou doida, não é mesmo minha avó? Não está falando coisa com coisa! Acho que o demônio tomou conta do seu corpo fazendo-se passar pela alma da minha mãe, não?

Imediatamente a velha retrucou, não aceitando a ideia de que sua filha fosse identificada com o diabo. Explicou que o espírito era o de Maria do Nascimento e que enquanto ela não pagasse suas dívidas com D'us, ficaria aguardando no Purgatório.

— Não é bem assim, minha avó. A vila inteira está falando que a minha mãe está no Inferno e que vai ser muito difícil ela sair de lá. E, além deste espírito, Martinha carrega mais dois diabos...! — argumentou a menina em voz alta.

Martines, tentando evitar que a discussão se acirrasse, procurou descrever os fatos à velha mãe que, além de esclerosada, se mostrava confusa diante dos últimos acontecimentos. Explicou que Martinha trazia no corpo um espírito bom, a alma de Maria do Nascimento, e que ela penava no Purgatório após ter passado pelo Inferno. No entanto, aproveitando-se do corpo fraco de Martinha, dois outros espíritos maus, endiabrados, a possuíram e se manifestavam também.

Insatisfeita com aquela explicação, Profina quis saber mais detalhes.

— Como foi mesmo que começou essa invasão de diabo pra cá, diabo pra lá? — perguntou a velha dirigindo-se para Olympia.

— Deixa que eu conto, tio Martines. Eu estava lá na casa da chácara, já era tarde da noite e todos estavam dormindo. Foi quando Martinha, a pardinha, veio lá do seu quarto gritando como uma aloucada. Dizia que a mãe-senhora a havia pisoteado. Logo em seguida, começou a ter convulsões ou sei lá o quê... Parecia uma epiléptica. Foi quando acudimos e resolvemos levá-la até a paróquia, pois só o vigário poderia resolver esse caso.

— Agiu certo, minha menina! Nesses casos se deve benzer logo, para expulsar os maus espíritos. — Comentou Profina, acostumada a dar palpite em tudo.

— Mas vó, preste atenção! As convulsões não pararam. Aconteceram uma atrás da outra. Fiquei com um medo danado! O pior de tudo era aquele fedor desgraçado de carniça! Naquela hora, por acaso, o tio Martines estava lá na chácara com a gente. Acho que a senhora minha avó estava viajando. Colocamos a pardinha na charrete e fomos em direção à casa paroquial. A bichinha sacolejava que nem uma cabrita doida. Apanhamos o padre na sua residência e corremos para a igreja. Interessante que o padre nem se assustou... Até parecia que estava acostumado a ver o diabo todos os dias!

Olympia, ignorando a presença de Martines, emendou:

— Os gritos da Martinha eram horríveis! Ela dizia que o fogo do Inferno a estava queimando por dentro e que a causa desse fogo eram os diabos que estavam habitando o seu corpo.

— É verdade, minha sobrinha. A pardinha realmente está possuída por vários demônios: dois do lado esquerdo e um do lado direito. Este último é o que se apresenta como Heródias batizada e que, por assim dizer, fala em nome do espírito da nossa finada Maria — explicou Martines pacientemente.

Lentamente, os três começaram a caminhar em direção à vila de Ourém. Profina, mais calma, apoiou-se no braço da neta que, em uma das mãos, carregava uma vela acesa para iluminar o caminho. Curiosa, a velha senhora quis saber um pouco mais sobre o espírito maligno que ocupava o lado esquerdo, o Cobra-Velho. Foi aí que Martines entrou novamente na conversa. Como antigo morador da Província e homem de política, conhecia a história de todos os moradores. Explicou que Cobra-Velho era um velho açoriano, negociante radicado naquela vila há cerca de vinte anos. Veio com a intenção de fazer negócios com farinha d'água e cachaça, e assim acabou ficando. Há uns dois anos, ficou doente de gota reumática e acabou morrendo, apesar dos chás de ervas que lhe receitaram. Diziam as más-línguas que tudo aquilo era castigo de D'us pois Cobra-Velho havia se tornado um explorador implacável do povo de Ourém. Quase toda a população lhe tomava dinheiro por empréstimo e, quando ele morreu, deram "graças a D'us".

Segundo a interpretação de Profina, Cobra-Velho havia voltado na forma de espírito para cobrar seus devedores, deixando todos em estado de pânico. E, baseada na sua experiência, comentou que o melhor seria ele ter tomado óleo de capivara ou de anta, o melhor remédio para curar gota reumática. Depois de tanta explicação, Profina confessou que havia conhecido o tal homem lá pelas bandas do mercado. E assim, entre uma e outra revelação, foram caminhando...

Atrás de Profina, Martines e Olympia, vinha o vigário acompanhado de algumas senhoras da Irmandade das Filhas de Nossa Senhora da Conceição. Guardavam certa distância. Um pouco mais atrás, outro grupo de homens comentava sobre a sessão realizada no cemitério. Se diziam impressionados com o fato do cadáver de Maria do Nascimento estar intacto. Nem mau cheiro deitava, imaginem! E pensar que havia morrido há mais de quatro meses! A cada vez que este assunto era comentado, todos se benziam fazendo inúmeros sinais da cruz. Os mais afoitos batiam no peito, três vezes.

Finalmente o cortejo chegou ao pátio da matriz. Aos poucos o povaréu foi se diluindo e desaparecendo por entre o casario. Cada qual tomou uma direção diferente, atraído por uma ou outra luz de lamparina que, no interior das modestas habitações, insistia em esperar por seu dono. Já era tarde e, na vila de Ourém, nem todos iriam dormir tranquilos naquela noite.

No ar pairava uma ideia de profanação!

No dia seguinte, o murmurinho era geral. Os que haviam ido ao cemitério na noite anterior noticiavam o ocorrido. Só se falava no corpo intacto de Maria do Nascimento. Santa ou diabo? Os banquinhos de madeira colocados diante das entradas das casas convidavam para a roda de conversas formando pequenos ajuntamentos. Apreensivos, todos aguardavam o toque do sino da igreja matriz, cientes de que a sessão de exorcismo iria continuar.

Rompendo o murmurinho, o sino começou a repicar. Não foram necessárias muitas badaladas para que o corre-corre recomeçasse. Em menos de meia hora a matriz ficou apinhada de gente. Aqueles que não conseguiram entrar, ocuparam o pátio externo improvisando um lugar para sentar. Qualquer objeto servia de assento: caixotes de madeira, troncos de árvores, sacos de farinha d'água e até mesmo pedras que para lá foram arrastadas.

O pátio tomou a aparência de uma grande feira. Muitos se aproveitaram da ocasião para vender refresco de açaí, manteiga de tartaruga, chapéus de piaçaba, cheiros, raízes, óleos milagrosos e benzeduras. A vila nunca estivera tão movimentada como naquele dia. Nem na festa do Santo Pretinho se via tanta gente. Muitos haviam abandonado suas roças acudindo aos apelos do vigário-exorcista que, diariamente, convocava a todos para orar pela alma de Maria do Nascimento. No ar pairava a preocupação com as maldições apregoadas pela escrava-endiabrada que, a cada sessão, lançava novas pragas sobre o humilde povo de Ourém:

— Rezem! Rezem durante oito dias seguidos, senão as vossas plantações irão secar, a caça vai ser pouca. Haverá fome e peste. Vocês vão ter diarreias e vomitar negro sem parar. E não adianta fazer chá de vespa com folhas da mata que este mal não vai ter cura!

Lá estava novamente a menina-parda dominando a cena. A cada maldição apregoada, o povo respondia com exclamações e muito diz-que-diz. Aos poucos, uma roda foi se formando em torno da pardinha. No altar-mor, indiferente aos acontecimentos, São Benedito continuava de braços abertos e com olhar de santo protetor. Ao lado da escrava, o padre-exorcista parecia um animador de teatro ambulante. Aliás, não era sempre que a população de Ourém tinha a oportunidade de presenciar espetáculos daquele tipo. Martinha, entre gritos e corcovos, andava em círculos segurando a cabeça com uma das mãos e arrastando a perna direita como se estivesse ferida. Em tom de lamento implorava ao público que retornasse ao cemitério e repetisse o cerimonial da exumação do cadáver.

Correndo para o lado da pardinha e abraçando-a com carinho, o vigário José Maria procurava dialogar com o espírito que ali se manifestava.

— Maria... és tu, Maria? Fala! O que fizemos de errado? Nós fomos lá no cemitério, botamos água benta no seu corpo exumado... Fizemos tudo de acordo com as tuas ordens... O que saiu errado, Maria?

— A água benta. Ela deveria ter sido jogada na minha boca. Escutem bem, na minha boca e não da forma como vocês fizeram. E quem deve deitar novamente a água benta sobre o meu corpo deve ser minha mãe, a velha Profina, pois foi ela quem me amaldiçoou. Na minha boca! Na minha boca! — repetia a escrava sem parar.

De repente, com um dos braços erguidos em sinal de ataque, Martinha avançou em direção ao público que, assustado, disparou em direção da porta principal. As crianças gritaram, enquanto os mais devotos agarraram-se aos seus rosários beijando-os repetidas vezes. Outros arriscaram rápidos comentários acerca do demônio e fugiram.

Martinha parecia uma vaca enraivecida. Berrava, babava e avançava para cima dos poucos curiosos que ainda permaneciam no recinto. O vigário José Fernandes tentava colocar ordem na casa implorando para que todos saíssem do recinto e se organizassem em procissão. Do lado de fora o sacristão Crisóstomo tentava acalmar o povo e organizar um novo cortejo rumo ao cemitério. A maioria estava por demais assustada para pensar. Muitos preferiram regressar às suas casas, resguardando-se dos ataques do diabo. Assim mesmo, restaram algumas dezenas de fiéis.

Martinha, totalmente destrambelhada, foi levada à força para a sacristia, sendo atendida por duas senhoras da Irmandade que prontamente se encarregaram de tranquilizá-la. Uma lhe ofereceu água enquanto a outra procurava refrescá-la com um grande abano trançado em fibras de carnaúba. A jovem escrava, um pouco mais calma, chorava sem parar. Entre um e outro soluço, dizia que a velha Profina deveria botar água benta na boca da finada Maria.

Finalmente, o cortejo foi organizado, ainda que improvisado com os poucos fiéis presentes. Todos deveriam seguir atrás de Crisóstomo, que empunhava uma grande cruz de madeira ornamentada com a imagem de Jesus Cristo confeccionada em prata. A ordem dada por Martinha era a de levar novamente a velha Profina até o cemitério para verter água benta pela boca do cadáver de Maria do Nascimento. Uns vinte passos atrás, caminhava Martinha ao lado do vigário José Fernandes, rodeados por várias mulheres que rezavam e cantavam sem parar.

A cena da noite anterior repetiu-se no campo santo!

A terra do cemitério estava úmida, pois naquela madrugada havia chovido muito. Um barro avermelhado, típico de piçarra, se agarrava teimoso aos pés dos fiéis. A maioria dos fiéis estava descalça, carregando nas mãos seus velhos botinões, tamancos e chinelos de fibras trançadas. Poucos se atreveram a encarar novamente o cadáver da finada Maria. Desta vez, quase nada restava da mortalha e o lenço que lhe segurava o queixo, estava desatado. A boca enrijecida estava totalmente aberta deixando à mostra alguns poucos dentes amarelados e apodrecidos pela terra. No canto dos lábios serpenteavam, lentamente, pequeninos vermes brancos, únicos testemunhos vivos da presença da morte.

Bem diz um velho provérbio: "As caveiras dos mortos desencantam as cabeças dos vivos".

Diferentemente da noite anterior, agora o mau cheiro era insuportável. O forte odor de carniça provocava enjoo nos mais sensíveis. Os supersticiosos reclamavam de calafrios e benziam-se sem parar. Outros rezavam alto, abraçando com os dedos trêmulos as contas do rosário-crucifixo. Ajudada pelo padre José Fernandes, a velha Profina se aproximou da sepultura e, após encher a boca com água benta, despejou-a por entre os lábios arroxeados da finada filha. Ajudada pelo filho Martines, a velha senhora repetiu o gesto por mais duas vezes.

Profina apertou as pálpebras tentando reafirmar alguma imagem. Não conseguia enxergar nada além de pequenos borrões de luzes que tremiam à sua frente. Vozes indistintas murmuravam orações por todos os lados. Doía-lhe a coluna curvada pela idade e maltratada pelo reumatismo.

Martinha, que até então se mantivera afastada do grupo, resolveu dar sinal de vida. Um uivo, que mais lembrava o de um lobo faminto, foi suficiente para atrair a atenção de todos para a menina-escrava que começou a rolar pelo chão enlameado do cemitério. Parecia que estava lutando com um animal enfurecido. De repente, estancou, revirando os olhos em círculos e rosnando com os dentes à mostra.

O padre José Fernandes correu para o lado da endiabrada e mostrou-lhe um grande crucifixo de prata. Atrás dele veio o velho sacristão que, apavorado, jogou-se ao chão agarrando-se à batina do padre. Sobrava barro por todos os lados. Mas isso era o que menos importava naquela hora do diabo. Martinha uivava, rosnava, botava a língua para fora e corcoveava. Do lado oposto, esquecida, jazia Maria do Nascimento, cujo corpo ficara exposto à garoa fina que começava a cair. Ao lado da sepultura restaram apenas Profina e Martines que, em silêncio, aguardavam o retorno da razão. Mas, às vezes, a razão demora a voltar.

O espetáculo de Martinha se estendeu, pelo menos, por quase meia hora. A pardinha só sossegou quando o padre José Maria ordenou a dois negros escravos, fortes como um touro, que a levassem para fora do cemitério.

Foi quando o silêncio se fez ouvir...

Lentamente, todos retornaram para perto da sepultura de Maria. O coveiro agarrou a pá e, com gestos lentos e compassados, começou a cobrir o corpo com terra molhada. Enquanto isso, o velho sacristão – mais parecido com uma estátua de barro – espalhava incenso por todos os lados como se estivesse tentando espantar os maus espíritos. Uma voz estridente rasgou o tom de uma ladainha que, melodiosamente, encobria o silêncio. Martines, cansado e com a roupa molhada pela fina garoa, abraçou a velha mãe pelos ombros e, carinhosamente, conduziu-a de volta para a estrada onde os aguardava uma carroça puxada por Lamprero, o burrico de estimação da família. Ao ultrapassar o portão do cemitério Profina murmurou:

— Que os mortos descansem em paz!

Martinha, coberta de lama dos pés à cabeça, aguardava do lado de fora do campo santo ladeada pelos dois escravos que não escondiam a ansiedade por se verem livres daquele encargo. Alguém, de passagem, avisou-a que no dia seguinte haveria outra sessão de exorcismo. Sem esperar pela ordem de Martines, os dois servos agarraram a escrava pelos pés e braços e, como se estivessem carregando um saco de farinha, jogaram-na na parte traseira da carroça. Martinha reagiu com um grunhido de porco-espinho e, em seguida, calou-se. Aos poucos, uma inércia de bicho-preguiça tomou conta de seu corpo que, sem reação, entregou-se ao trotar acelerado do burrico.

Martines, acomodado ao lado de Profina, assumiu o comando da carroça. Um estalido de chicote cortou os ares esquentando a anca de Lamprero que, afoito, saiu priscando em direção à vila. Era final de tarde e, em razão do estado debilitado da velha mãe e pensando na distância até a Chácara Graciosa, Martines decidiu levar Profina e Martinha para sua casa, que ficava ao lado da igreja matriz e da Casa Paroquial.

Todos estavam cansados e com o humor alterado. Profina, assim que entrou na casa de Martines, procurou um quarto para descansar. Nada mais justo depois de um dia agitado como aquele. Doíam-lhe as juntas e as pernas estavam inchadas, deixando à mostra varizes arroxeadas. Martinha jogou-se na primeira rede que encontrou esticada na varanda. A brisa que por ali passava lhe refrescaria a cabeça. A saia de algodão estampado estava imunda e rasgada em trapos, dando à menina a aparência de um porquinho magro. O tom amarronzado da terra grudada em seus braços e pernas diluía-se na cor parda de sua pele de escrava maldita. Ali, terra e raça se confundiam, dando à jovem um aspecto estranho, animalesco. Rapidamente, embalada pelo silêncio que ali reinava, adormeceu.

OS DIABOS DE OURÉM 87

V

XAROPE DA TERRA

Martinha, desde as últimas semanas, não tinha mais residência fixa. A Chácara Graciosa, onde morava com Profina e Olympia, ficava longe da vila, exigindo longas caminhadas pela mata adentro. E, de acordo com as instruções do padre-exorcista, a pardinha deveria receber a benção todos os dias, compromisso que a obrigava permanecer na vila de Ourém.

Por algum tempo, Martinha foi hóspede de José Pestana, ex-genro de Maria do Nascimento, viúvo de Catherine. Depois, transferiu-se para a casa do espanhol Juan Maldonado, mais conhecido por Donadinho, antigo negociante da vila, casado com Januária, neta de Maria do Nascimento. Apenas naquela noite em que retornara pela segunda vez do cemitério, aceitara o convite para dormir na velha casa avarandada de Martinho Martines, irmão da sua falecida senhora. Olympia e Profina acompanharam a escrava, por medo e por prevenção contra possíveis ataques de espíritos malignos.

A Chácara Graciosa estava agora habitada por dezenas de morcegos e alguns escravos fugitivos, acometidos de cólera. Foi-se o tempo em que a Graciosa recebia visitas de missionários, viajantes estrangeiros e comerciantes afoitos por fazer bons negócios com aipim e fumo de corda.

Na casa de Martines, cada qual procurou um cantinho para esticar seus nervos. Martinha ajeitou-se na rede de vaivém pendurada na varanda, lugar de aconchego, afetividades e procriação. Diziam também que era o lugar da preguiça, da descontração, por onde o vento passa acariciando os corpos que por ali estão, esparramados, largados.

Vida de rede é sempre vida de preguiça.

Martines dormiu no próprio quarto, o melhor cômodo da casa apesar do chão de terra batida e a ausência de forro. Ao lado de sua cama ficou Profina que, sem escolha, contentou-se em dormir no velho leito de pau-preto, arrematado há muitos anos num leilão na praça de Belém.

Espalhados por esse cômodo estavam ainda dois grandes bofetes de jacarandá, um baú de moscovita, duas cadeiras de sola com os pés e braços de pau-preto e um guarda-roupa de pau de caixeta, testemunhos da situação econômica de seu proprietário. Em Ourém, vilarejo pobre de lavradores, raros eram aqueles que possuíam escravaria e bens móveis de valor como esses.

Martines sequer teve o trabalho de se despir. Com um jarro de louça branca despejou água fresca numa bacia e rapidamente lavou o rosto e as mãos. Em seguida tirou as pesadas botas de couro, sujas de barro viscoso e merda de galinha. O corpo estava doído, moído pelo cansaço. Em seguida, estirou-se no leito de jacarandá decorado com uma velha colcha de damasco encarnada. O fato de poder dormir sozinho numa cama de casal deixava-o mais à vontade. Dona Isabel, sua mulher, viajara para Cametá com o propósito de visitar alguns parentes.

Na casa reinava o mais puro silêncio, entrecortado apenas pelos grunhidos cavernosos da pardinha que dormia na varanda com a boca semiaberta. A menina Olympia foi a única que não conseguiu pegar no sono. Permaneceu na sala sentada na velha marquesa de jacarandá acolchoada com couro de búfalo, móvel raro naquelas redondezas onde qualquer tronco costumava servir de banco. Uma grande vela de cera de carnaúba iluminava parcamente o ambiente. Impressionada com os últimos acontecimentos, a rapariga arriscava, de tempos em tempos, um olhar em direção à porta de entrada que, entreaberta, lhe permitia avistar Martinha. "D'us meu! Imagine só se o diabo do Satanás resolve baixar aqui... O que faço? Será que ele vai se aproveitar do sono de Martinha para se apossar do seu corpo? Diabo é capaz de tudo..." — pensava a rapariga, imaginando a cena daquilo acontecendo.

Olhou novamente para Martinha, que continuava imóvel na rede. Procurando desanuviar o pensamento, ocupou-se durante um longo tempo com um trabalho de agulha enquanto Capitão, o velho papagaio, cochilava no poleiro ao seu lado. Mas fantasias e superstições embaralhavam o raciocínio daquela jovem que tinha medo de adormecer. Sua atenção mantinha-se concentrada no rosto da pardinha. "O rosto dela está calmo... sereno. Ainda bem! Quando o diabo está com ela, sua cara fica horrível! É... mas o diabo também sabe se disfarçar de anjo. Bem, rosto bonito não quer dizer nada!" — pensava a menina Olympia.

Interrompendo o bordado, Olympia lembrou-se de uma velha oração que aprendera com sua falecida mãe e que, segundo ouvira dizer, tinha efeito infalível. Servia para afugentar Satanás e deveria ser dita elevando o pensamento a São Custódio:

> Sete raios leva o Sol.
> Sete raios leva a Lua.
> Arrebenta para ahi o diabo.
> Que esta alma não é tua.
> Que est' alma não é tua...
> Que est' alma não é tua...!

Repetindo a última frase sem cessar, Olympia retomou o seu afazer. Parecia hipnotizada pelo som monótono da própria voz recitando aquilo em sussurros. Foi quando deu um grito e um salto repentino que a colocou de pé frente à marquesa. O bordado de cambraia branca estava todo salpicado de sangue, assim como sua mão direita. Distraída, apertara a agulha por entre os dedos enquanto rezava tentando afugentar Satanás. O sangue quente corria solto por entre os delicados dedos da menina-moça.

Martines, mesmo em sono profundo, escutou o grito. Assustado, correu para acudir a sobrinha que estava pálida como palha de milho seco. Olympia continuava em pé, sem reação, apenas olhando para a mão ensanguentada sem saber o que fazer. Martines aos berros pediu socorro a Profina, que até então permanecia dormindo, desfalecida pelo cansaço. Sobressaltada, a anciã arregalou os olhos e lentamente levantou-se, arrastando seus 77 anos. Mal conseguia enxergar o caminho para sair do quarto. Guiou-se pelos minguados feixes de luz amarelada que entravam pela cortina de miçangas suspensa na porta entreaberta. Descalça, caminhou em direção a Olympia e Martines.

— Oh gente! Que barulho foi esse? O que está acontecendo? Vocês me assustaram!

Martines, desesperado, fazia gestos para a velha mãe se apressar, ao mesmo tempo que tentava acalmar a rapariga. Prontificou-se a buscar uma toalha com água morna para limpar o sangue, mas pediu silêncio. Não queria acordar Martinha, que se mantinha indiferente a tudo. Olympia, em estado de choque, repetia sem parar: "Que esta alma não é tua! Que esta alma não é tua!" Profina aproximou-se da neta e, agarrando-a pelos ombros, cochichou carinhosamente:

— Tenha calma, minha menina. Vou te fazer uma benzedura, e daqui a pouco não terás mais nada. Senta aqui ao meu lado, vem...

Olympia obedeceu em silêncio. Em pouco tempo, Martines retornou trazendo uma bacia de porcelana branca com água morna e uma toalha branca de algodão. Enquanto ele ajudava Olympia a limpar o sangue da mão, Profina balbuciava frases incompreensíveis mantendo os olhos fechados e uma das mãos sobre a cabeça da menina. Recitava orações acompanhadas de um acentuado balanceamento do busto e da cabeça, oscilando em vênias ininterruptas. Em vários momentos pediu à menina Olympia que lambesse as unhas, insistindo nesse gesto tradicional do exorcismo judeu herdado dos tempos coloniais. Era uma forma popular de dar graças por não estar envolvido com o possuído.

— Considere-se feliz! — disse Profina em voz alta.

Assim que Martines recolheu a bacia e a toalha, a velha Profina segurou as mãos de Olympia e proferiu uma cantilena:

Sanguis mane in te;
Sicut Christus fecit in se;
Sanguis mane in tua vena;
Sicut Christus in sua pena;
Sanguis mane fixux
Sicut Christus fuit crucifixux.

Ao ouvir tais palavras, Olympia desatou a chorar convulsivamente. Mirava, assustada, os lábios plissados da avó. Sabia da fama que Profina levava de "velha curandeira". Aquelas frases eram-lhe muito estranhas. Pensamentos fugazes e apavorantes vieram à sua mente: "D'us meu! Será que a vó Profina incorporou Satanás? Dizem que o Diabo fala várias línguas... O que será que ela está dizendo?"

Enquanto Profina a benzia, Martines cobria com areia os pingos de sangue derramado no chão de terra batida. Desde criança aprendera com seus avós que nódoa sangrenta não deve ficar exposta na superfície do solo porque sangue é a alma. E sangue exposto atrai mais sangue, acarretando até mesmo algum passamento. Felizmente a pequena Olympia não teve nenhum mal-estar mais grave, nem chegou a desmaiar.

Percebendo que o sangue estancara, Olympia interrompeu o choro e, dirigindo-se para a avó, perguntou sobre a origem daquela cantilena estranha. Com voz pausada, Profina explicou que era uma benzedura, costume antigo trazido das terras açorianas. Falada em latim, estancava qualquer sangue corrente e curava até ferida. Mas, era preciso ter fé...!

Olympia, importunada com o comportamento da avó, quis saber se ela mantinha pacto com o Diabo. Ofendida, a velha levantou-se e, ranzinza, caminhou em direção ao quarto de Martines. Antes de se recolher aos aposentos, olhou para Martinha e, apontando-lhe o dedo indicador, ralhou:

— Aquela lá sim tem o diabo no corpo...!

Olympia avançou em direção à menina-escrava, mas foi logo impedida por Martines que a puxou por um dos braços e a empurrou de volta para a marquesa. Ordenou que permanecesse sentada e calada. Mas a menina ainda não estava convencida. Insistia na pergunta, querendo saber se a avó era uma bruxa, pois ouvira dizer que várias delas costumavam, após a meia-noite, ir banhar-se nas águas do rio Guamá. E que crocitavam como corvos e voavam tão rápido como as águias.

Martines explicou que Satanás não gostava de velhas cansadas e que só encantava moças novas que lhe entregavam o corpo e a alma em troca do poder maléfico. Essas sim, se deixavam seduzir pelos encantos de Lúcifer. E que, à noite, elas viajavam pelo céu mais rápidas que um relâmpago, indo em busca de suas presas. Mas, para desapontamento de Olympia, Martines disse que bruxas desse tipo não existiam em Ourém. Só apareciam no velho continente, onde centenas delas haviam sido queimadas em autos de fé organizados pelo Santo Tribunal da Inquisição.

— Não acredito em bruxas, mas que elas existem, existem! — completou Profina ao dar o último passo e atravessar a cortina de miçangas da porta.

Aproveitando-se da disposição do tio para contar "causos de verdade", Olympia perguntou sobre os pedidos feitos por sua mãe através da boca de Martinha. Apertando os lábios, Martines esforçou-se em silêncio por alguns segundos tentando relembrar o que havia sido dito pelo espírito que estava dentro da pardinha.

— Acho que a minha irmã falou sobre uma imagem de Nossa Senhora da Conceição. Você sabe qual é, não é mesmo Olympia? Por falar nisso, precisamos descobrir onde é que essa santa foi guardada.

Animada com a conversa, Olympia comentou que a mãe-senhora sempre dizia que aquela santinha deveria ser novamente encarnada. "Possivelmente estaria lá no porão da casa da chácara", sugeriu a menina. E completou:

— Aliás, faz um tempão que não entro naquele buraco escuro cheio de baús de viagem e roupas velhas. E por falar em escuro, vejo que o sol já está se despontando e a Ana Prisca acabou de entrar pela porta da cozinha.

Enquanto conversava com Olympia, Martines acompanhava a entrada da escrava Ana Prisca, que ali estava para preparar os primeiros quitutes da manhã. Negra como aquela era coisa difícil de se ver nas redondezas do rio Guamá, normalmente habitada por uma população indígena, mestiça de espanhóis e açorianos. Prisca era uma peça de valor deixada por seu pai Antônio de Souza Nascimento quando este ainda fazia comércio pelas praças da Bahia e Rio de Janeiro. Bons tempos aqueles em que se conseguia trocar fumo e açúcar mascavo por escravos de boa qualidade. E ali estava Ana Prisca, cheia de préstimos. Sabia fazer de tudo: cozinhar, passar e engomar; vendia quitanda e tecia acolchoados como ninguém. E ainda era boa de cama!

Pensando com seus botões, Martines ia misturando sexo com diabo, Nossa Senhora da Conceição com Ana Prisca. De repente, se deu conta que feixes de luz varavam a porta de entrada da sala, anunciando a chegada do sol. No teto, pequenos morcegos agarravam-se às telhas de barro cozido, acostumados que estavam à sombra agourenta. Do lado de fora, esticada na rede da varanda, Martinha continuava a roncar, indiferente aos primeiros rumores vindos da rua.

— Benza-te D'us...! — pensou Martines em voz alta.

Olympia, que passara a noite em claro ao lado do tio, apresentava sinais de cansaço. Foi quando ele sugeriu que ela fosse dormir no quarto principal ao lado da velha Profina. A rapariga, sem esboçar argumentos, obedeceu. Martines, agora sentado na sua marquesa de couro de búfalo, esticou o pescoço, atento aos peitos de Ana Prisca que sovava massa de pão debruçada sobre a mesa da cozinha. Entusiasmado com o vaivém do corpo da crioula, Martines requisitou-a para fazer-lhe um cafuné.

— Já vou, seu Martines. Espera só um pouquinho... Deixa eu esquentar o forno pra colocar estes pães para assar.

Limpando as mãos no avental de algodão, Ana Prisca correu até a área que ficava no fundo da cozinha e, guiada pela experiência, enfiou a mão pela abertura do forninho de barro para sentir a temperatura. Resolveu aguardar mais um pouquinho, dando tempo para a massa sovada crescer. Em seguida dirigiu-se até a sala, atendendo ao chamado de Martines.

— Prontinho, seu Martines. Bom dia! Às suas ordens!

— Chega cá, Aninha! Me dá um cheiro! — foi logo se manifestando o rapaz que, sentado na marquesa, passara os braços em torno dos belos quadris da crioula.

— Calma lá, seu Martines! Tô amassando pão lá na cozinha!

— Pois eu tenho aqui o pão que o diabo amassou! — brincou Martines que, sem muita cerimônia, levou as mãos entre as virilhas.

Ana Prisca tentou desviar o assunto.

— Não me fale em demônio, seu Martines. Ele é capaz de botar quebranto nos meus pães. Em que eu posso ajudar o senhor? — perguntou a escrava, enquanto deliberadamente passava o bico dos seios viçosos pelo rosto do patrão. Martines fechou os olhos e respirou fundo. Em seguida pediu um chazinho para a gripe e uma boa dose de cafuné com sexo.

— E agora é hora de cafuné, seu Martines? Pode ficar sossegado que o chazinho chega logo. Água quente tenho lá no fogão.

— Põe gengibre, Ana Prisca!

— Gengibre, laranja da terra, cebolinha, aipim e castanha de umiri... Bem, não sei se ainda temos castanha aqui. Mas, se tiver, é um tranco só!

Rodopiando sobre os calcanhares descalços, Ana Prisca deu meia-volta e correu para a cozinha. Rapidamente arrastou um banquinho para perto do armário da dispensa e começou a remexer por entre os potes de "remédios da terra". Em poucos minutos encontrou tudo o que precisava, até umiri. Enquanto falava o nome dos produtos, Ana Prisca jogava os ingredientes na chaleira que fumegava a todo o vapor. Da sala, Martines arriscou uma pergunta atrevida:

— E o cafuné, Aninha... pode ser três vezes ao dia? Olha, eu estou podre! Faz um cafuné aqui, faz...! — insistiu Martines num tom de voz chorosa.

— Deixa disso, seu Martines. Aqui está o seu chazinho. Vá tomando aos pouquinhos enquanto vou coar o restante que ficou na chaleira. E para a podridão que o senhor diz ter no corpo, vou preparar um emplastro com leite de súcuba ou anani que também serve. Isso sim espanta até diabo!

— Não fala nele agora, Ana. Leitinho só o teu...! — retrucou Martines agarrando-se aos quadris da escrava que, a todo o custo, tentava segurar a bandeja com o bule de chá quente.

— Devagar, homem, que o bule é de louça! Se quebrar dona Isabel me mata de tanta pancada!

Ana Prisca, com um rebolado arisco, soltou-se do abraço do rapaz, colocou a bandeja sobre a mesinha da sala e correu para a cozinha, de onde exalava um cheiro selvagem de caldo derramado. Preocupada em preparar o chá para Martines esquecera-se de mexer o angu de fubá e couve que cozinhava para o almoço. Excitado com a presença de Ana Prisca, Martines apressou-se em tomar o chá. Em seguida, tirou a camisa para fora das calças e dirigiu-se para a cozinha com a intenção de roubar uns carinhos da jovem escrava. Antes, entretanto, observou Martinha, que continuava esticada na rede com o corpo molhado de suor. Parecia uma escultura de bronze. Aí deu mais tesão!

Ana Prisca continuava ocupada com o grande coador de pano por onde passava, ainda quente, o restante do tal xarope da terra. Martines arriscou uma pergunta:

— Ana Prisca, esse chá também é estimulante, não é? Faz o pau crescer, não faz? Estou que não me aguento!

— Não, senhor — respondeu a escrava. O melhor chá estimulante é feito com casca de pau-homem. Mas não acho que é disso que o senhor está precisando, não.

— Chega de conversa mole, minha neguinha. Deixa o chá esfriando e senta aqui no meu colo, vem! Aproveita que dona Isabel só volta amanhã. Quero te perguntar sobre um assunto que está me importunando... Não é sobre o meu pau, não!

Ana Prisca largou o coador, arregaçou a saia branca rodada e, faceiramente, sentou-se no colo do rapaz que não conseguia conter seu desejo.

— Tu és uma nega chula, mesmo! Sabes muito bem o que estou querendo, não sabes?

Ana Prisca, em silêncio, balançou a cabeça positivamente. Martines continuou:

— Mas, antes disso, me diga uma coisa: tu te lembras de uma velha imagem de Nossa Senhora da Conceição que minha irmã Maria tinha no oratório da Chácara Graciosa?

— Lembro-me sim, senhor. Foi guardada no porão da casa, com certeza, dentro de um daqueles velhos baús de viagem. Só que a santa estava toda desbotada. Era muito bonita... de respeito! — respondeu mansamente a crioula.

— É... eu me recordo dela. Ficava na entrada da chácara num oratório de madeira construído por meu pai. Minha irmã sempre dizia que era uma santa milagreira e que fazia chover se preciso. Quando ela ficou doente, fez promessa de doá-la para a igreja de Ourém, caso sarasse daquela tal doença. Mas morreu antes e não chegou a cumprir a promessa. Meu pai me disse certa vez que ele havia trazido essa imagem de muito longe... lá de Itu, um vilarejo que fica não sei onde. Acho que lá pelas bandas da Província de São Paulo. Lembra-se, Ana? Nos pés da santa havia uma porção de anjinhos gorduchos com duas meias-luas de cada lado.

Enquanto falava, Martines acariciava as nádegas volumosas de Ana Prisca que, carinhosamente, se entregava aos seus desejos. De repente, ela o interrompeu para perguntar sobre os outros pedidos de Maria do Nascimento. Martines explicou que, além de mandar encarnar a santa, sua irmã havia pedido para que eles mandassem dizer algumas missas e alforriassem Martinha e sua mãe Andrecca.

— A Martinha? E por que ela e não eu? — retrucou a escrava, sem esconder uma pontinha de inveja que, de repente, despontava em seu coração.

— Por quê? Porque foi ela a única pessoa que teve coragem de hospedar o espírito de Maria do Nascimento em seu corpo...

— Mas por que a finada senhora Maria não veio falar comigo? Pra ficar livre eu aceito receber até o diabo. Aliás... vida de negro e de escravo já é um inferno mesmo; um diabo a mais não faz diferença.

Irritado com o rumo que a conversa estava tomando, Martines afastou-se da crioula e, aproximando-se do fogão a lenha, apanhou a chaleira e encheu a xícara com mais uma dose do "xarope da terra".

Silêncio por alguns minutos.

Martines retomou a conversa.

— Não sabes o que é ter o diabo no corpo, Ana Prisca. Mas esse negócio das missas eu me recordo qualquer coisa, sim. Maria, antes de morrer, havia prometido dizer três ou quatro missas, sendo uma cantada e as outras rezadas. Ela sempre se preocupou em organizar a própria morte, pois não queria ser apanhada de surpresa. Tanto assim que considerou a sua doença como um sinal das forças divinas preparando-lhe a salvação. Mas pelo jeito que as coisas transcorreram, ela não levou isto em consideração, influenciada que estava pelos conselhos de Bento Mattos.

Ana Prisca arregalou os olhos e, assustada, perguntou:

— Seu Martines... então é verdade o que o tal do espírito falou através de Martinha?

— É sim, Ana. E devo o quanto antes providenciar o atendimento desses pedidos. Vou conversar com José Pestana, viúvo de Catherine, para arranjar a liberdade de Martinha. Devo ainda fazer umas restituições em moeda para algumas pessoas aqui de Ourém, assim conseguirei abreviar a passagem de Maria pelo Purgatório. Dívidas que a Maria deixou no mundo dos vivos, promessas feitas e não cumpridas... Tudo isto está registrado no livro de contas do poder divino. Bem diz o ditado: "A morte com hora desassombra".

— E quem são os credores da senhora Maria?

— Coisa de pouco valor. Pediu que se desse cerca de dois mil réis a cada um dos seus dois afilhados...

A conversa foi interrompida com um "Com licença, tio." Era Olympia, que entrara na cozinha para beber água. Aproveitando-se da presença da menina, Martines perguntou sobre as promessas de sua mãe. A menina confirmou:

— Mãe Maria queria que três missas fossem cantadas e oferecidas a Nossa Senhora da Conceição; e quando ela morresse deveria haver benção sobre seu túmulo. Lembro-me muito bem de que ela escolheu ser enterrada com uma mortalha de manto e que nenhum retalho fosse dela cortado. Mãe Maria costumava dizer que "furtava-se ao morto".

Ana Prisca lembrou que Maria do Nascimento havia pedido que nos primeiros sete dias após sua morte, toda a família fizesse abstinência de carne verde, frutas e doces. E que na semana da sua morte os parentes mais próximos comessem apenas peixe d'água doce com sal, pirão de farinha sem cheiros, broas e ovos duros. E, somente depois de tudo isso, é que a família poderia visitar a cova.

Martines achou por bem retirar-se da cozinha com a menina Olympia que, a seu ver, não devia escutar conversas sobre a morte e, muito menos, de ver sexo. Na sala, pelo menos, poderiam conversar sossegados sem a intromissão de Ana Prisca, que continuava enciumada com a possibilidade de Martinha e Andrecca serem alforriadas. Foi quando Martines e Olympia esbarraram em Martinha que, cambaleando, procurava a porta da cozinha.

OS DIABOS DE OURÉM

Os olhos da menina-parda estavam esgazeados, inquietos, como os de uma aloucada. Sacudindo a saia manchada de lama e passando as mãos pelos cabelos embarreados, Martinha deu meia-volta, resmungou algumas frases incompreensíveis e retornou para a varanda jogando-se novamente na rede. Como se nada tivesse acontecido, voltou a dormir. Olympia e Martines entreolharam-se aguardando alguma outra reação da pardinha que, inerte, retomou seus sonhos. Sonho e realidade se confundiam naquele cotidiano tropical, onde o sagrado e o profano conviviam, em conflito, criando dúvidas e confirmando certezas. Enquanto isso, no meio da mata, figuras fantásticas pulavam e cantavam cantigas sem-fim.

VI

O DIABO BENTÃO

Martinha, sentada em um banquinho tosco de madeira colocado bem à frente do altar-mor da igreja matriz, aguardava o início da sessão. De um dos lados do altar-mor estava o vigário José Maria e, do outro, Elias, o jovem ourives que, de pé, mantinha-se calado e com os olhos avermelhados. Vestia terno branco de linho respingado de lama na barra das calças. Chovia muito naquela tarde, apesar do sol ter brilhado forte pela manhã. O calor estava infernal e o ar sufocante, abafado pelo mormaço típico daquele paraíso tropical. Ali também, Paraíso e Inferno se confundiam trocando cenários.

A pardinha cantarolava baixinho qualquer coisa que não dava para se compreender bem. Parecia sonada, meia tonta, embriagada. Vestia saia de algodão cru, rodada e comprida. A blusa era branca, decotada e com mangas fofas. Sobre os ombros, um longo e largo chale listrado, jogado à moda da mãe-África. Completando a linguagem dos panos, um turbante branco atava-lhe os cabelos, em forma de arranjo. O corpo cheirava fera selvagem e a fera cheirava maniva, planta que depois de moída serve para fazer maniçoba.

A igreja, como sempre, estava lotada, cada vez mais superlotada. Sentados nos bancos, nas janelas e no chão, empoleirados no púlpito e no coro, os fiéis aguardavam o início do espetáculo dos diabos. Muitos rezavam em voz alta respondendo à oração cantada por dona Benedita, responsável pela Irmandade das

Filhas de Nossa Senhora da Conceição. No altar, o incansável sacristão Crisóstomo acendia as velas dos castiçais de prata especialmente preparados para aquela cerimônia.

Uma luminosidade ambarina dominava o ambiente, refletindo-se na rouparia branca que decorava o altar-mor. Diante do Santíssimo Sacramento uma pequenina chama alimentada com óleo puro de oliveira delimitava o espaço sagrado do tabernáculo. Tudo calmo... até que um grito horrível rasgou o ar sagrado.

Era Martinha!

O vigário-exorcista correu em sua direção dirigindo-lhe a palavra.

— Martinha... Quem está aí com você?

Arrancando o turbante, Martinha deixou à mostra um bonito penteado de tranças. Nem parecia aquela menina suja que, no dia anterior, rolara no barro santo do cemitério da vila. Ensaiou uma voz rouca e, quase rosnando, respondeu que era a alma de Maria do Nascimento e que queria fazer a confissão pública de seus pecados.

— Fala, Maria... Estamos te ouvindo! O povo de Ourém está aqui para te ouvir e rezar por tua alma! Veja quanta gente abandonou suas roças e veio aqui para te ouvir! — falou o padre Maria Fernandes que, carinhosamente, alisava os ombros da escrava.

— Eu nunca pude confessar isso em vida. Agora... quero fazê-lo aqui, na frente de todos... — falou Maria do Nascimento através da boca de Martinha.

Ciente de seu papel de espírito falante, Martinha respirou bem fundo antes de continuar.

— Foi com Bento Mattos Pinheiro, o espanhol negociante. Ele fornicava comigo, por todos os lados. Ia sempre lá na roça e dormia na minha cama. Abusava do meu corpo feito um doido... como se eu fosse um cavalo! Foi quando peguei um esquentamento. Escondi de todos com vergonha. Não me tratei e fiquei doente por ter pecado. Morri de uma moléstia que D'us me deu como castigo. E o Bento... esse sim, trocou o sangue com o diabo só pra ter mais dinheiro. Sempre queria mais, mais, mais sexo, mais dinheiro... Entreguei-lhe tudo o que tinha; minhas joias, meus panos de seda, meus talheres de prata. Ele só não conseguiu apanhar minhas moedas de ouro porque as enterrei fundo, muito fundo...

Intrigado e curioso, o vigário perguntou sobre o lugar onde as moedas haviam sido enterradas. Martinha, como resposta, soltou uma estupenda gargalhada, seguida de outra e mais outra. Continuou rindo desvairadamente, colocando à mostra os dentes alvos e a língua vermelha cor de brasa. Em seguida, comentou pausadamente:

— Onde o ouro fala, meu amigo, tudo cala! Por isso Bento Mattos tem que sair desta terra pois, levado pela cobiça, fez pacto com o Demônio e com outros espíritos maus! — respondeu a escrava que, levantando o rosto em direção à janela, ficou com o semblante todo iluminado. Um leve sotaque português indicava que o espírito ali manifesto era o da finada senhora Maria do Nascimento. Ao escutar tal confissão o vigário virou-se rapidamente para o público e, aos berros, começou a perguntar pelo tal espanhol.

Um diz-que-diz tomou conta do recinto santo. Em poucos minutos, apareceu Bento Mattos Pinheiro que, empurrado à força, foi parar diante do vigário, que imediatamente lhe perguntou:

— O senhor ouviu o espírito da senhora Maria do Nascimento, não ouviu? O que me diz de tudo isso?

Aterrorizado com a acusação e com medo de ser linchado pelo público, Bento Mattos respondeu que estava sentindo cheiro de catinga. Tal resposta foi suficiente para que os presentes começassem a berrar.

— A catinga é tua, desgraçado, filho da puta!

— Fora! Fora, amaldiçoado!

Enquanto isso, na Chácara Graciosa da finada Maria, Martines procurava o dinheiro que, segundo Martinha, estava enterrado no fundo do quintal. Trocando palavras consigo mesmo, Martines andava de um lado para o outro em busca do tal tesouro. Sabia que a irmã possuía joias e moedas de ouro, herança do velho pai que começara a vida em Belém comercializando fumo e açúcar mascavo.

Dúvidas e mais dúvidas...

Acompanhado dos escravos João Preto e Maria Nova, Martines deu ordens para que eles cavassem por todos os cantos. Mas nada mais foi encontrado além dos ossos de uma velha vaca de estimação morta há alguns anos. Decepcionado, o rapaz partiu em busca da imagem de Nossa Senhora da Conceição que, segundo Ana Prisca, estava em um velho baú no porão da casa principal. Não foi difícil localizá-la. Enrolada em uma antiga manta de lã de carneiro, a santa sorria com os braços abertos, como se estivesse lhe dando as boas-vindas. Feliz com o achado, Martines pediu ajuda a João Preto que, com muito cuidado, amarrou a santinha com uma corda de cipó no lombo de seu cavalo. Deveriam levá-la até a casa de Filó, conhecida oleira da região, especialista na lida com santas de barro. Antes, porém, Martines manifestou seu desejo de passar na igreja para assistir ao final da sessão de exorcismo.

Meia hora depois, Martines apeou na frente da igrejinha de Ourém, que continuava apinhada de gente, por dentro e por fora. Percebeu de imediato que a confusão era grande. A gritaria era geral. Os fiéis, exaltados, tentavam linchar Bento Mattos.

— Fora! Fora, Bentão — gritavam todos.

— Tá cheirando catinga veia, seu filho da puta!

— Volte pro Inferno, Bentão! Volte pro seu lugar...

— Vai lá com Satanás!

Martines custou a acreditar no que estava acontecendo. Entre um "com licença" e um empurrão, conseguiu adentrar na igreja enfiando-se no meio do povaréu. De imediato avistou Martinha que, saracoteando aos gritos e de braços erguidos, encontrava-se empoleirada no altar-mor atiçando a balbúrdia.

— Sai diabo, velho! Sai daqui!

No canto do altar lateral estava Bento Mattos Pinheiro, acuado como um coelho amedrontado. Tremia mais que vara verde! Buscava, com o olhar apressado, uma brecha para escapar... Difícil! Olhou para a porta da sacristia... Nem pensar, havia ali uma muralha humana encarando-o ferozmente. Pela janela? Impossível, pequena demais.

Foi quando Martines conseguiu abrir um pequeno espaço em direção ao altar-mor. Nos braços, trazia a imagem de Nossa Senhora da Conceição, toda esfolada, desbotada. Por uns instantes a atenção de todos desviou-se para o recém-chegado. Os gritos diminuíram. Todos se ajoelharam e fizeram o sinal da cruz, com exceção de Martinha e o vigário, que tentavam recuperar o espetáculo atiçando o povo contra Bento Mattos.

— Cuidado pessoal! Segurem o demônio. Ele vai fugir...! — esgoelava Martinha.

Dito e feito!

Num instante de descuido dos presentes, Bento Mattos atravessou rapidamente o saguão e escapou pela porta principal, correndo pelo pátio afora. Atrás dele, uma multidão de moleques tentava atingi-lo com pedras, paus, caroços de manga, cachos de açaí e qualquer outra coisa que pudesse ser arremessada. Até mesmo uma jiboia morta foi lançada. Nada disso atingiu aquele homem, que corria como se tivesse asas nos pés. Escafedeu-se mato adentro, e nunca mais foi visto pelas bandas do Guamá.

No dia seguinte, cada um tinha uma explicação:

— Voltou para o lugar de onde veio...!

— Soube que o subdelegado intimou o Bentão para comparecer à delegacia...!

— Foi sim... Vi Paixão, o Inspetor do Quarteirão, procurando pelo safado, cujo destino desta vez está selado!

— Isso mesmo, cheirou xiri de mulher varejeira, mulher safada...!

— Que nada, a Maria sempre deu em cima do homem alheio, sabemos disso, era uma pipira!

Para alguns moradores, a verdadeira razão da perseguição a Bento Mattos residia no fato de sua taberna ser ponto de algazarra e desordem até altas horas da noite. Ali morava o pecado, diziam alguns. Mas para outros Bento Mattos havia sido vítima de um "trabalho encomendado" feito por gente ruim para desgraçar o sujeito de uma vez por todas.

— Coitado! Ele enlouqueceu de tudo! Dizem por aí que Bentão tomou uma droga preparada com miolo de boto... foi a conta pra ele ficar louco e deixar a Maria prenha da menina Olympia.

— Que nada! Tudo isso é potoca, conversa fiada mandada pela escrava pardinha que quer a sua liberdade.

— Absurdo, as aparências enganam!

VII

NA TRILHA DA PENITÊNCIA

Aqueles que permaneceram na igreja após a chegada de Martines carregando a imagem da santa, não estavam preocupados com o destino de Bento Mattos. Vieram para assistir ao espetáculo de Martinha. Esta, logo após a fuga estratégica do espanhol, desceu de seu poleiro e começou a urrar e a blasfemar. Dizia que carregava consigo a alma de Maria do Nascimento e de mais uma legião de espíritos malignos. Cuspia e dava pontapés nos observadores mais próximos, tremia e fazia movimentos como se estivesse com calafrios. De repente, ficou imóvel com os braços colados ao corpo. Sua respiração estava ofegante. Pelos cantos dos lábios cor de carmim escorria uma baba de saliva grossa, viscosa, esbranquiçada.

O padre José Fernandes aproximou-se da rapariga e mostrou-lhe o crucifixo de prata, enquanto o sacristão a cobria com fumaça de incenso. Com voz aflita e trêmula, solicitou insistentemente que o povo rezasse, pois só assim ajudariam a alma pecadora de Maria do Nascimento a alcançar o Céu. Foi, então, que sugeriu a todos que saíssem em procissão acompanhando Martinha, que não conseguia retornar à razão.

A ideia de pecado pairava sobre todos.
Aliás, quem nunca pecou?

Por ordem do vigário, o sacristão subiu até a torre para tocar o sino convocando os fiéis para a peregrinação. Em ritmo de cortejo — como sempre se faz nos rituais da Igreja Católica — alguns poucos deixaram a matriz e saíram rezando. A chama das velas queimava a cera que, chorosa, escorria por entre os dedos dos caminhantes, marcando a trilha da penitência. Havia velas de todas as cores e perfumes, correspondente ao problema em questão. Boa mesmo era a cera de abelha, que produzia uma luz brilhante, mas essa cera era fraca diante do fogo nocivo; derretia logo sem conseguir expulsar os inimigos.

Como uma serpente em movimento, todos se organizaram, acostumados que estavam a formar alas para rezar. Na frente, em primeiro lugar, vinham os escravos negros, indígenas e mestiços. Todos descalços e considerados os menos dignos, seguidos sucessivamente na sua ordem pelos mais dignos. Alguns deles preferiam caminhar descalços, transformando os pedregulhos nos espinhos de seu suplício. Acreditavam que ali estava o remédio para os seus males e o bálsamo para as suas aflições. As mulheres, vestindo preto, traziam a cabeça coberta por um véu de renda. No final, encerrando a procissão, vinham os personagens principais.

O vigário e Martinha — totalmente fora de si, estonteada — caminhavam debaixo de um grande pálio amarelo de tafetá carregado por quatro homens, os mais importantes da vila, que se revezavam a cada quarteirão percorrido. Função sagrada, disputada. O vigário conduzia o sacrário, acompanhado do fiel sacristão que, com seu inseparável turíbulo, espalhava incenso por todos os lados. Atrás, silenciosas, vinham as mulheres da Irmandade das Filhas de Nossa Senhora da Conceição conduzindo o andor da santa. Usavam vestido azul celeste, trazendo na cintura uma larga faixa branca de cetim preguada. Algumas calçavam velhos tamancos confeccionados em marupaúba, madeira típica da região que produz um rumor cantante que ninguém procurava moderar. A voz agudíssima do coroinha parecia vir do Céu entoando um cantochão, monódico, quase sem ritmo.

A chuva chegou, respingando todos os fiéis que mal se importavam com a roupa que lhes grudava ao corpo. Caminhavam lentamente amassando o barro vermelho que, atrevido, entrava por entre os dedos dos andarilhos descalços. O contato com a terra molhada se fazia estranha, gelada. Uma hora após terem deixado a matriz, todos se mostravam cansados, esfomeados e embarreados. Poucos se deram conta de que haviam passado várias vezes pelo mesmo lugar, preocupados que estavam em atender ao pedido do vigário. Andaram em círculo pelas ruas estreitas de Ourém, parando apenas diante dos pequenos altares que marcavam o roteiro da Via Sacra. As crianças, inquietas, choramingavam implorando atenção das mães que rezavam sem parar.

Já estava anoitecendo.
A chuva insistia mansa, teimosa.

Aos poucos, a multidão foi se dispersando, parando ora aqui ora acolá à medida que o cortejo passava pelo velho casario colonial. Alguns se atreviam a puxar uma rala conversa, mas o assunto era sempre o mesmo. Imaginação e misticismo é que não faltavam para encerrar aquela noite molhada. As más línguas comentavam que haviam visto Elias durante a procissão e que ele mancava da perna direita.

— Pois é assim mesmo que o diabo anda — palpitou alguém mais entendido no assunto.

— Viu? Ele está ficando coxo! Foi quando caiu lá do Céu expulso por D'us.

— Cruz credo! D'us nos proteja. Mas, se ele é diabo, como pode cair lá de cima? Inferno não fica embaixo?

OS DIABOS DE OURÉM   115

Dúvidas.

É sempre assim: um dogma para ser explicado precisa de outro!

Alguns diziam que Elias iria se transformar num cão preto, mais conhecido como diabo-cão, que, faminto e invulnerável, costumava atacar nas encruzilhadas. Perseguia os tresnoitados vagabundos e, na forma de companheiro misterioso, acompanhava os ébrios pela noite afora. Diabólico, esse animal costumava levantar a saia das freiras e levá-las à tentação. Chamavam isso de pecado-mudo.

Casos fantásticos. Alguns lembravam que lá pelas bandas do sertão de Goiás os homens costumavam sonhar com a figura estranha de um bode. E que, durante o dia, esse animal aparecia marcando locais onde existiam tesouros enterrados. Mas isso só acontecia para aqueles que faziam pacto com Satanás.

Longos casos…

Regressaram para a matriz apenas a escrava Martinha, o vigário José Fernandes, o sacristão-incensor, os homens que carregavam o pálio e as mulheres que conduziam o andor de Nossa Senhora. Encerrando este cortejo falido, vinha Elias agarrado ao seu rosário de contas, manqueteando.

VIII

SINAL DO CÉU

No dia seguinte do cortejo falido, a vila acordou molhada pela chuva que caiu do céu. Às seis da manhã, o movimento pelas ruas era grande, apressado. Todos iniciaram seus afazeres mais cedo pois aquele era dia de festa.

Dia do Espírito Santo, 7 de junho de 1860, quinta-feira. Um santo dia, sagrado.

Procissão, novamente. Exorcismo depois. Ninguém queria faltar à sessão do espanta-diabo. Uma chuvinha fina caia brigando com o sol que insistia em jogar um mormaço preguiçoso sobre a vila.

Mormaço infernal!

Apesar de ser dia de festa, as fisionomias estavam tensas, preocupadas com os acontecimentos que haviam tomado conta do cotidiano da, até então, pacata vila de Ourém. As horas custavam a passar. Qualquer distração se prestava para ocupar o tempo. Quem pôde antecipou o horário de almoço. Muitos acabaram ficando lá pela zona do mercado arranhando um pedaço de peixe frito ou uma maniçoba cozida. A tradicional sesta após o almoço foi substituída por conversas murmuradas aqui e acolá. Devido ao alastramento da epidemia de cólera para outras Províncias, a Taverna do Espanhol continuava fechada, obrigando seus clientes a perambular pela praça.

O vaivém era intenso. Nunca se havia visto tanta gente na vila. Charretes, carroças, gente a pé, gente a cavalo! Às cinco da tarde, a procissão do Divino Espírito Santo ia sair da porta central da igreja matriz. Passaria pelo porto e pelo mercado, retornando ao ponto de partida. Até a chuva resolveu colaborar. Cessou sem dar, entretanto, oportunidade ao sol de participar. O céu continuava cinza-chumbo, cinza-rato, nublado.

Anjinhos rebeldes vestindo camisolão de tafetá azul-céu ornamentado com asas confeccionadas com penas de aves brancas aguardavam apreensivos a ordem para caminhar. Não entendiam bem por que tinham que pagar promessas feitas por seus pais. Se pudessem, voariam para bem longe.

"Que saco aguentar essas asas de anjo!", pensavam aqueles pequenos mulatinhos de cabelos encaracolados, barrocos. Aliás, asas de anjo estavam na pauta do dia.

— Sabe o que ouvi dizer? — comentou um dos fiéis que aguardava o início do cortejo-santo.

— Sobre anjo ou diabo?

— Sobre os dois. Está vendo a asa daquele anjinho ali na frente? Ali, bem perto do andor do Divino?

— Sim, é de pena de garça branca e alongada nas pontas. Sabes a razão?

— Sei. Mas quando é de anjo caído, diabinho inferior, as asas têm a forma de asa de morcego. E sabe como esse anjo vive?

— Ouvi dizer que vive de cabeça para baixo. É anjo-mau, um demo...!

Nesse tom rolavam as conversas: tudo era razão para se falar de Satanás e dos diabos menores. A imaginação nessas horas cria asas e voa longe. Comentava-se também que Elias ia virar um bode com cornos. Coxo, ainda por cima!

Tudo pronto, a procissão já ia sair. Todos estavam a postos. Cada um no seu devido lugar. No pátio ficaram apenas as tacacazeiras preparando quitutes para receber seus fiéis clientes após a procissão. Dia de festa, com santo ou diabo, era dia de tacacá. No ar, o forte cheiro de tucupi, jambu, alho e pimenta, prometia muita comilança. Era difícil saber qual cheiro cheirava mais: cheiro de tacacá, cheiro de peixe frito, cheiro de diabo ou cheiro das morenas banhadas com os banhos de cheiro.

A multidão percorreu as ruas molhadas de Ourém apressadamente. Meia hora após a saída, os sinos já anunciavam que o séquito estava de volta. Nunca se andou tão rápido em uma procissão do Divino. Matracas insistiam em anunciar algo com impertinência. Alguns fizeram de conta que entraram na fila e, na primeira esquina, deram meia-volta e retornaram à igreja para ocupar o melhor lugar. Um agitado empurra-empurra diante da porta de entrada anunciava que a matriz já se encontrava lotada de curiosos. Os gritos contínuos das tacacazeiras anunciando seus quitutes demonstravam que muita gente havia ficado do lado de fora. O tinir vibrante de uma campainha de metal avisou que a cerimônia ia começar.

O barulho dentro da matriz era insuportável: latidos de cachorros, choros de crianças, comentários de bêbados, resmungos e tosses de velhos impacientes. Tudo isto somado aos lamentos das carpideiras que, ajoelhadas diante do altar-mor, choramingavam ave-marias, padre-nossos e salve-rainhas. Comportavam-se como se estivessem fazendo o quarto para algum defunto, costume religioso típico daquela região. Acreditava-se que, cantando durante os velórios, as horas e o sono passariam, permitindo a homenagem caridosa ao morto. Percebia-se uma espécie de estoicismo na alma deste povo humilde com relação à morte e à dor. O problema todo estava em como enfrentar as forças do Mal.

O altar-mor estava ornado como exigiam os grandes dias de festa. Frontal branco, a cruz coberta com véu branco, cálice preparado para a missa com véu e bolsa de cor branca. Duas hóstias estavam pousadas na patena, uma das quais amparada de modo que entrasse facilmente no cálice sagrado. Ao lado, uma estante com o missal aberto, próximo à Epístola. Na credência, mesa ao pé do altar, estavam as galhetas de vinho e água, uma toalha para a comunhão, uma naveta com incenso e um manual de exorcismo.

Algumas senhoras traziam a cabeça coberta por um véu negro compondo um cenário de luto ao lado das velhas carpideiras acostumadas a improvisar lágrimas e soluços em nome de qualquer defunto desconhecido. Só que desta vez a questão dizia respeito a três diabos (Cobra-Velho, Pai Negrão e Ciprião, o maioral) e a Heródias batizada, que falava pelo espírito de Maria do Nascimento.

O padre José Fernandes despontou na porta da sacristia ameaçando entrar com Martinha que, de cabeça baixa, procurava se ocultar atrás dele. No entanto, recuou tentando se afastar de uma revoada de falenas que invadiu o santo recinto prenunciando a chegada da noite. Cada falena daquela valia por uma alma e, se queimada no escuro, era presságio de desgraças. As de cor clara anunciavam venturas, fortunas prósperas, felicidades. Os fiéis, assustados, olharam para o teto acompanhando o vaivém daquelas bailarinas das trevas. De repente, uma daquelas graciosas borboletinhas passou pela chama de uma vela e ardeu em brasa. O mesmo aconteceu com outra... e mais outra...

O tumulto foi geral. Rumores confusos testemunhavam a persistência de antigas superstições. Inúmeros "psius" se fizeram ouvir. Aos poucos, o vozerio foi diminuindo... diminuindo...

Silêncio. Ordem no recinto santo.

Lá estavam o padre-exorcista e a pardinha endiabrada parados diante do altar-mor. Todos aguardavam a fala do sacerdote quando, de repente, um enorme torrão de adobe despencou do teto espatifando-se sobre o primeiro degrau que dava acesso ao altar de São Benedito. Martinha e o vigário entreolharam-se em busca de uma explicação.

Murmúrios.
Cochichos.
Gritos.

— É a maldição do diabo! Fujam! Fujam! — gritou alguém apavorado com o incidente.

— O teto vai desabar sobre nossas cabeças! — arriscou uma velha senhora sentada bem à frente.

Foi um auê danado! Maldita a língua que falou na hora errada! Começou uma correria sem fim. Muita gente foi pisoteada e vários anjinhos caíram perdendo suas asas. As velhas carolas ajoelharam-se e rezaram tremulamente. Parecia o fim do mundo. Alguns bancos de madeira foram virados de pernas para o ar, tamanho foi o rebuliço. Aqueles que conseguiram se livrar do tumulto saíram correndo para o lado de fora, apavorados.

O vigário José Maria Fernandes gritava sem parar:

— Voltem! Voltem! Foi um sinal do Céu!

Martinha, por ordem do padre, apanhou o aparador de prata que estava sobre a credência e começou a recolher os torrões de terra espatifados no chão. Curiosa, ainda que desconfiada, a multidão retornou cautelosamente atendendo aos apelos do padre. Parecia que um furacão havia passado pela igreja. No chão, cascas de banana misturavam-se com livros de reza, rosários, penas de asas de anjos e fezes de cachorro. No ar, um forte cheiro de alecrim, suor, enxofre, fósforo e merda, odor característico do mangal, reino dos crustáceos e de mil outros seres viventes. Aquele que um dia atravessou a zona do mangal, navegando pelos furos sinuosos, jamais se esqueceu do cheiro desagradável dos gases emanados da espessa camada de lama. Mas o mangal estava distante...

Indecisos, os fiéis tentavam escutar Martinha que balbuciava palavras confusas com uma voz trêmula e rouca. Sua voz se fazia abafada pelo som do tumulto e o barulho dos bancos que estavam sendo rearranjados no lugar de costume.

Eco.
Barulho em dobro.

Lentamente, a voz da escrava foi se modificando, e, abruptamente, explodiu num grito de alegria.

— Ela foi salva! Minha mãe-senhora foi salva! Ela mandou um sinal do Céu. Ela chegou ao Céu!

Percebendo que o povo tentava escutar o que Martinha dizia, o padre procurou ajudá-la.

— Escutem a Martinha, por favor! Isto foi uma mensagem de Maria do Nascimento! — implorava José Maria com as mãos erguidas em direção à parte do teto que desabara.

— Ela foi salva. Recebeu uma coroa e agora é uma santa! Vocês me compreendem? Ela agora é uma santa! Agora ela é uma santa... Santa! Santa Maria Mártir — insistia a menina-parda valendo-se do público conquistado pela súplica do vigário.

Emocionada, Martinha começou a chorar. O vigário José Maria, aproveitando-se da comoção que tomara conta de todos, ajoelhou-se diante do altar-mor. De costas para os fiéis e com as mãos erguidas em sinal de louvação, pediu a todos que orassem por Santa Maria Mártir.

— De joelhos, meus irmãos! Nossa irmã Maria do Nascimento chegou ao Céu graças às nossas orações. Oremos!

O público fiel se ajoelhou e, de mãos dadas, começou a rezar. Sobre a credência, em um aparador de prata, repousavam os torrões de terra recolhidos pela pardinha, agora relíquias sagradas. No ar, uma leve brisa trazia um cheiro de santidade, o mesmo que exala dos cadáveres dos santos. Do lado de fora, os comerciantes expunham as novas mercadorias em tabuleiros improvisados: torrões de terra, sinais do Céu. O velho boticário, que se dizia doutor de ciência rasa, anunciava a invenção de um miraculoso elixir, preventivo de sintomas diabólicos: "água boa para zunimento, tinidos dos ouvidos…" As beatas da vila propagavam que um tremendo flagelo iria devastar toda a população de Ourém que, em poucos dias, ficaria cega e teria a pele coberta por uma espécie de erupção de pústulas.

Naquele ambiente, qualquer curandeiro alcançava o sucesso. A "cegueira" do supersticioso povo de Ourém clamava por curativos imediatos: sangrias, sudoríficos, vomitórios e purgativos. Como em outras praças, as moléstias eram sempre provocadas por causas sobrenaturais, sendo a cura milagrosa era, prioritariamente, um ritual.

Amém!

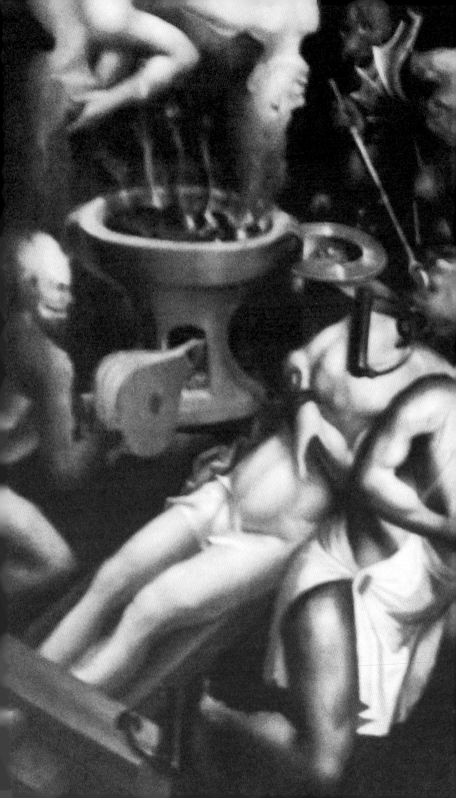

IX

SESSÃO ESPANTA-DIABO

Dia 15 de junho de 1860.

A vila de Ourém parecia uma verdadeira caldeira do diabo. O pânico, alimentado pelo diz-que-diz, tomara conta de todos. Temia-se pelas pragas rogadas por Martinha que, após o episódio do "sinal enviado do Céu", assumira uma postura irreverente. Continuava a pregar na igreja ao lado do vigário que, após a reza das seis da tarde, lhe dava oportunidade para falar e blasfemar à vontade. Acreditando na força de suas palavras e valendo-se das superstições do povo, a escrava pedia a todos que rezassem para Santa Maria Mártir. E, quando não era a santa que falava, eram os diabos que ocupavam o seu lugar: Cobra-Velho e Pai Negrão.

Uma sessão de exorcismo havia sido anunciada para o meio-dia daquela sexta-feira. Na véspera, o vigário antecipara que seria uma sessão especial para espantar os dois demônios que continuavam alojados no corpo de Martinha. Lavradores e pescadores, atendendo à convocação, começaram a chegar para assistir ao ritual e orar pela nova santa. Vinham de muito longe a cavalo, de regatão ou a pé. Alguns comentavam que suas roças haviam secado; outros que os peixes estavam doentes, assim como a água do rio que, a cada dia, se apresentava mais turva, avermelhada. Dezenas de crianças estavam vomitando negro e apresentavam febre alta.

O pátio da matriz encontrava-se, novamente, tomado por uma imensa multidão de fiéis e comerciantes aproveitadores.

As tacacazeiras, os vendedores de sucos e de "sinais do Céu" haviam instalado ali dezenas de tendas para se protegerem do sol do meio-dia. Até mesmo um fotógrafo estrangeiro, que se apresentava como Guilherme Potter, se oferecia para tirar retratos de pessoas idosas, adultas e crianças, assim como também de mortos. Novidade rara naquela praça desconhecida, tão distante da capital da Província. Em um cartão de papelão colado junto ao velho baú de equipamentos fotográficos, Potter anunciava seus trabalhos àquele respeitável público:

> *Tira-se retrato por todos os sistemas pelos preços seguintes: ferrotypo duzia 10$000, ambrótypo de 4$ a 10$000; 6 cartões de visita 6$000; alabastrum de 6$ a 12$000; porcelana meia-lâmina 40$000.*

Curiosos, os caboclos desinformados perguntavam ao fotógrafo se seria possível fotografar Satanás que, segundo o vigário José Maria, não conseguia se refletir num espelho. Outros tentavam explicar aos mais supersticiosos que a fotografia era obra do próprio Demo, capaz de perpetuar o rosto de um morto numa chapa de vidro. Enquanto isso, no interior da matriz, Jesuíno Coelho, membro da Guarda Nacional requisitado pelo vigário, tentava colocar ordem na casa de D'us. Indicava os lugares para os fiéis se sentarem, acomodando os mais velhos e as mulheres com crianças. Os homens brancos tinham o direito de ficar dentro da igreja, enquanto negros, indígenas, mestiços, pobres e prostitutas eram empurrados para o lado de fora.

Meio-dia!

O murmurinho e o empurra-empurra haviam aumentado, assim como o número de fiéis. Alguém estava se aproximando.

— Lá vem o padre com o diabo. Abram espaço aí na frente! Abram espaço! E tem mais gente junto com o vigário José Maria.

Mais dois padres! — berrou um jovem que se encontrava empoleirado em cima de um jambeiro plantado bem ao lado da igreja. Dali podia controlar tudo o que se passava no pátio e na entrada da matriz.

O sol queimava bravo. Nenhuma brisa para amenizar o calor. As folhas das árvores estavam imóveis. Parecem até pressentir que aquele dia seria infernal. Desde o último 12 de junho chegara em Ourém outro religioso que, segundo fonte segura, era um profundo conhecedor dos dogmas da Igreja Católica. Chamava-se Ismael de Sena Ribeiro Nery, jovem de trinta e cinco anos, cônego da catedral da Província e lente afamado de Filosofia Nacional do Seminário Episcopal. Alagoano de origem, residia há muitos anos na Província do Pará.

Ismael Nery viera em atenção ao chamado do padre José Maria Fernandes que, por si só, não estava conseguindo expulsar os diabos que se manifestavam em Martinha e Elias. E também porque a notícia desses casos de possessão demoníaca havia se espalhado por toda a região chegando até os ouvidos do Bispado de Belém do Pará. Este, preocupado com a dimensão dos acontecimentos, resolvera investigar com mais detalhes.

Ismael trouxera consigo o padre Manito, seu assistente nos atos de exorcismo. Como bagagem traziam um baú repleto de livros de teologia e filosofia, manuais, além de vários crucifixos, ferramentas indispensáveis à prática de exorcismo.

O cônego de Belém já havia tentado em duas sessões anteriores – fechadas ao público e das quais o padre José Maria se negara a participar – exorcizar Elias com a ajuda do padre Manito. Entretanto, o rapaz não apresentara nenhum sintoma que pudesse ser identificado como de possessão pelo diabo. Daí a resolução do vigário de Ourém em organizar uma grande sessão pública a fim de demonstrar aos especialistas que os diabos realmente existiam.

OS DIABOS DE OURÉM

E assim ocorreu.

Lado a lado, os três religiosos entraram na igreja: o padre José Fernandes, o cônego Ismael Nery e o padre Manito. Logo atrás vinha Elias agarrado ao seu rosário de contas, companheiro inseparável nos últimos meses. Calados, os religiosos passaram por entre os fiéis e entraram na sacristia. Elias, ainda coxo, caminhou em direção ao altar-mor e ali ficou aguardando a entrada das autoridades. A sessão já estava para começar quando um novo personagem surgiu abrindo alas por entre a multidão. Um homem alto, bem-vestido, com ar imponente e um grande bigode preto se destacava entre o povaréu que, prontamente, lhe deu passagem.

— É o delegado da Província! — sussurrou alguém.

— Ichhh... o doutor? Eu sei quem é! É o doutor Olyntho José, o delegado! Acho que a coisa agora engrossou para o lado do diabo... Entornou o caldo! — comentou um senhor que, sentado no banco da primeira fila, dominava os acontecimentos.

O doutor Olyntho, delegado-chefe da polícia de Belém, que se encontrava na vila desde o último dia vinte e três de maio, caminhou rapidamente em direção a Elias que, assustado, o olhava sem nada compreender. Segurando o jovem português por um dos braços, o delegado sussurrou em tom de censura:

— Escuta aqui, rapaz. Vê se acaba logo com essa palhaçada, entendeu? Senão, vamos ter que conversar a sós lá na delegacia em Belém.

— Sim, senhor... seu delegado. Mas é que estou me sentindo muito mal. O diabo...

Sem deixar Elias se explicar, o delegado foi logo fazendo outra repreensão:

— Que diabo, que nada, seu Elias! E não tens que ficar aqui urrando como se fosse uma vaca velha só porque o vigário manda, correto? Se não queres urrar... ficas quieto! CA-LA-DO! CA--LA-DO, compreendeu?

Ao perceber que os dois mestres-exorcistas se aproximavam, o delegado se afastou, ocultando-se ao lado do confessionário. Como todos os presentes, o doutor Olyntho estava curioso para assistir ao tão comentado espetáculo dos diabos. Elias mostrava--se nervoso. Sua perna doía muito, latejando sem parar. A presença do delegado da Província também o incomodava, mais até do que aquela ferida gangrenada. Agarrou as contas do rosário e, desesperadamente, pôs-se a beijá-las uma a uma até alcançar o crucifixo de prata. Preocupado por não ver Martinha por perto, pensou: "Será que ela não vem? Acho que vou vomitar...!"

Enquanto isso, o cônego Ismael Nery e o padre José Fernandes rezavam em voz alta ajoelhados diante do altar do santo padroeiro. Após terem proferido algumas frases em latim, caminharam em direção a Elias que tremia sem cessar. O padre convidado ofereceu-lhe um crucifixo para beijar, enquanto o vigário de Ourém respingava água santa sobre a cabeça do jovem, traçando no ar o sinal da cruz.

— Urra, Elias! Mostre o diabo que está aí com você! — implorava, apreensivo, o padre de Ourém.

Nada. Nenhuma resposta. Elias estava mudo como uma pedra, se é que pedra fala.

— Urra, diabo velho! Estás com medo de aparecer? Vamos... mostre as garras! Urre Satanás!

Silêncio.

José Fernandes olhou para os fiéis que, ansiosos, aguardavam um sinal da presença de Satanás. Nervoso, o padre voltou-se contra Elias e deu-lhe um empurrão. O rapaz, assustado, escorregou no chão molhado pela água benta. Inconformado com o silêncio do diabo, o vigário insistiu:

— Elias... Tu estás bem? Sentes alguma coisa estranha? Onde está Ciprião, o maioral?

A mudez do rapaz era sepulcral. O vigário tentou mais uma vez:

— Sei que tu estás aí, diabo maioral. Sei que estás segurando a língua de Elias para ele não falar. Se és o maioral, fale! Urre agora! Vamos!

Enquanto o padre-exorcista atiçava o rapaz, o cônego da Província passava-lhe o crucifixo por todo o corpo aguardando uma reação. Elias, cada vez mais amedrontado, mordia os lábios nervosamente. "Onde será que o doutor delegado se meteu? Há pouco estava ali, bem ao lado do confessionário...", pensava Elias enquanto seu olhar buscava por todos os cantos a figura do delegado.

O cônego Ismael Nery não escondia a sua decepção. Em tom de ironia sussurrou no ouvido de Elias:

— É... acho que o seu diabo ficou com medo da polícia, não é mesmo seu Elias?

José Fernandes, atento aos movimentos do seu convidado, ficou ainda mais irritado ao escutar o cochicho. Com um dos pés começou a cutucar Elias que, ajoelhado, havia se agarrado à batina do cônego Ismael. Os fiéis não conseguiram conter as gargalhadas. Ismael Nery, nervoso, arrancou a estola que trazia nos ombros, jogou-a no chão e, soltando bruscamente as mãos de Elias de sua roupa, retirou-se para a sacristia. Do meio da multidão saiu o delegado, que o acompanhou. O vigário de Ourém continuou ao lado de Elias, implorando:

— Esperem... Padre Ismael! Seu delegado...! Esperem que o diabo está aqui, sim! Ele faz isso de propósito! Está aqui... rindo de todos nós. Vocês estão caindo na armadilha de Satanás!

Foi neste momento que Juan Maldonado, o Donadinho, que se encontrava entre os fiéis, saiu correndo por uma das portas laterais da igreja num verdadeiro abrir de alas. As pessoas se entreolharam e, sem compreenderem o que estava acontecendo, retornaram sua atenção para Elias, que continuava caído no chão ao lado do vigário. Minutos depois, Donadinho voltou trazendo por um dos braços a escrava Martinha que, muito sem cerimônia, caminhou em direção ao altar e posicionou-se de frente para a multidão. Com muito dengo, começou a cumprimentar a todos. Abraçava alguns, deixava-se beijar por outros e, em alguns casos, oferecia a mão para ser beijada.

Donadinho retornou ao seu lugar, misturando-se no meio dos fiéis. Curioso, um homem a seu lado o interrogou:

— Por que você foi buscar Martinha? Onde ela estava escondida? Já não chega a palhaçada que o Elias aprontou?

— Por isso mesmo... Vamos passar por mentirosos na frente do delegado e do cônego da Província? Martinha está é com medo de ser presa. Só isso! — sussurrou Donadinho.

O homem não ficou satisfeito. Entre outras coisas, quis saber se Martinha estava morando na casa de Donadinho.

— Sim, há vários dias. Ela não quis mais voltar lá para a Chácara Graciosa. Veio com a outra pardinha Joanna, afilhada da minha finada mulher Januária. Sabes quem é?

— Sei... Ela é parente-meia da Martinha, não é? Ela também está com o diabo no corpo? — cochichou o desconhecido.

Sem tirar os olhos de Martinha, que continuava cumprimentando a todos, Donadinho respondeu:

— Vou te contar só mais uma coisa: as duas moravam lá na chácara da finada Maria, agora nossa santa. O caso é que Joanna viu, em sonhos, seu finado senhor Antônio de Souza Nascimento, o marido de Maria. Aí ela começou a gritar dizendo que tinha o diabo no corpo. Joanna ficou possuída só por dois ou três dias. Parece que o demônio não quis saber dela, não.

— Silêncio! A sessão vai recomeçar — alertou um dos fiéis.

O cônego Ismael Nery retornou ao recinto. Elias continuava estirado no chão. Ao perceber a presença do sacerdote, cobriu a cabeça com as mãos e encolheu os joelhos. Após o cônego entrou o delegado Olyntho que, sem vacilar, caminhou em direção a Martinha, agora imóvel com as mãos na cintura. Aproximou-se da rapariga, pegou-a por uma das mãos e, olhando-a firmemente nos olhos, sussurrou algumas palavras. Martinha virou-lhe as costas e, passando as mãos pelos cabelos, sacudiu o corpo manifestando contínuas convulsões. Em seguida, jogou-se no chão, rolando de um lado para o outro. De repente, colocou-se de pé, esticou os braços para cima e, bruscamente, virou os pés no sentido dos ponteiros do relógio imitando novamente a lendária figura do Curupira. Ismael Nery aproximou-se da escrava sem acreditar no que seus olhos viam. Acariciando a testa suada da pardinha, o cônego pediu-lhe carinhosamente:

— Martinha, reze comigo... Reze! Eu vim aqui pra te ajudar.

Ao ouvir a voz do cônego, Martinha deu um salto para trás, sentou-se de cócoras e enfiou a cabeça por entre os joelhos. Os pés já haviam voltado à posição normal. Imóvel, respondeu em voz alta:

— Não me servem as orações de padres da cidade...!

— Então, me explique Martinha, quem é essa alma que está aí fazendo uso do teu corpo?

— Essa é a alma de Santa Maria Mártir, uma Heródias batizada — respondeu a escrava sem levantar a cabeça.

— Mas tu não havias dito que a tua senhora estava no Inferno? Como ela conseguiu alcançar o Céu se era uma pecadora?

Martinha, sem resposta imediata, optou por emitir sons estranhos. Deitou-se no chão e se enrolou toda, grunhindo dolorosamente como se fosse um animal ferido. Precisava de tempo para pensar. Após alguns segundos respondeu com a voz da finada Maria:

— Passei perto...! Tudo isto porque não organizei minha morte enquanto estava doente. Deixei dívidas e não paguei minhas promessas em vida. Penei no Inferno, onde convivi com um enxame de vagabundos galopantes e almas perdidas sem salvação, todos condenados eternamente ao fogo maldito. Engolida por um furacão passei pelo Purgatório e cheguei ao Paraíso. Hoje sou santa porque o povo de Ourém rezou muito para que isso acontecesse.

A voz da pardinha se fazia suave, pausada e carregada de um forte sotaque português. Esse foi o sinal mostrado para que o povo identificasse a voz do espírito de Maria do Nascimento, agora santa. Suas explicações soavam como frases ensinadas pelo vigário de Ourém.

— E por que esse nome de Santa Maria Mártir? — continuou Ismael Nery.

— Porque sofri muito aí na terra... Muitos anos atrás, perdi minha filhinha Catherine, que morreu ao dar à luz Januária, hoje com 24 anos. D'us me castigou por manter uma relação ilegítima com Bento Mattos com quem tive Olympia. Como punição, mandou-me um esquentamento. Eu era para ser chamada Santa Maria Virgem, mas como fui uma pecadora, virei Mártir... E Martinha e sua mãe Andrecca sempre foram as minhas confidentes, portadoras dos meus segredos... Por isso, elas devem ser alforriadas!

Rumores.
Cochichos.

As declarações do espírito – misto de confissão e delação – despertaram novos rancores contra Bento Mattos, atiçando velhas desavenças. Comentários paralelos corriam solto entre os fiéis que, induzidos pela velha moral cristã, exigiam justiça. Trair o marido era uma atitude abominável, ainda que muitas mulheres o fizessem às ocultas sob a proteção de suas mucamas. Alguns preferiam creditar tal fenômeno – o comportamento imoral de Maria – à natureza diabólica da mulher, propensa a pactuar com o Demônio. O delegado Olyntho, ateu e machista por tradição, pensou com seus botões: "Isso nada mais é do que a ignorância e a crua rudeza mental típica das fêmeas..."

Elias, do outro lado do altar, continuava estendido no chão, mudo e insensível à fala do "espírito" de Maria do Nascimento que murmurava:

— Fui uma pecadora... uma pecadora!

José Maria Fernandes exercia, com seriedade e convicção, seu papel de vigário-exorcista, ainda que ofuscado pela figura cativante de Ismael Nery. Benzia Martinha esborrifando água benta em seu rosto e cabeça, mostrava-lhe o crucifixo e proferia orações em latim. Solicitado pelo cônego de Belém, ajudou-o a carregar Martinha para a sacristia.

Elias, sem ser chamado, ergueu-se e seguiu os religiosos. Como que em um teatro, o cenário ficou vazio. A multidão aguardou por alguns minutos o retorno do elenco. Aquele não era o final esperado. O clima era de desapontamento. Aos poucos todos foram se retirando. A maioria, teimosa e inconformada, resolveu esperar do lado de fora da matriz. Após meia hora, alguém exclamou:

— Vejam! Não é Martinha com Donadinho saindo pela porta dos fundos da sacristia?

Eram eles, com certeza. Martinha vinha de cabeça erguida e com ares de "Nossa Senhora". Apoiada no braço de Donadinho, caminhava com passos de uma gazela vaidosa. Atrás do casal seguiam vários fiéis que rezavam sem parar. Martines segurava um grande chapéu de sol aberto sobre a cabeça da escrava, esforçando-se para protegê-la do calor. Saíram todos em comitiva.

Ao passar diante da casa de Manoel Pestana, o cortejo foi obrigado a parar, pois suas filhas menores correram em direção à escrava para pedir-lhe a benção. Martinha abraçou-as com carinho e, após traçar o sinal da cruz na testa de cada uma, despediu-se. Donadinho, preocupado com a popularidade da escrava, apressou-a. Minutos depois a comitiva chegou à casa de Donadinho, localizada atrás da igreja matriz. Aliás, em Ourém tudo era perto: o mercado de peixes, o porto, a taberna, as roças. Ao abrir o portão, Donadinho percebeu um homem caminhando em direção à pardinha. Este, portando uma velha espingarda, acenava para a escrava.

— É Brás Pestana, Martinha! — alertou-a Donadinho, meio assustado com a presença daquele homem armado.

O caçador correu em direção à escrava e ajoelhou-se aos seus pés. Beijando as pontas de sua saia, implorou-lhe por proteção e ajuda. Ia entrar na mata e pedia à "santinha" para lhe garantir uma boa caçada. Martinha, segura de seus poderes, não hesitou em abençoá-lo ao passar a mão sobre sua cabeça. Desejou-lhe boa caça e prometeu estar com ele na luz e nas trevas, nos momentos de dor e de alegria.

— Amém, minha santinha. Me proteja sempre! Quando retornar lhe darei o dízimo de tudo o que for caçado. Seja um veado, caititu, queixada ou uma capivara. O dízimo da caça será da senhora, minha protetora! — respondeu emocionado o velho caçador que, em segundos, desapareceu mata adentro.

OS DIABOS DE OURÉM   137

Martinha, sem olhar para o grupo de seguidores, entrou na casa de Donadinho, onde foi calorosamente acolhida por Januária. Envaidecida com a própria atuação, a escrava nem se deu conta de que seus admiradores teimavam em permanecer defronte à residência. Calmamente, a comitiva foi se acomodando, encostando aqui e acolá. Qualquer caixote velho ou pedra se prestava para o descanso. Num acordo silencioso, todos optaram por fazer vigília. Pardinha, pelo visto, não se mostrava impressionada com o tumulto que sua presença estava causando entre os moradores da região. "Será que essa diabinha sabe mesmo o que está fazendo?", pensou Donadinho, preocupado com as atitudes da rapariga-santa.

A escrava Joanna, também pardinha, ao escutar o rangido do portão aberto por Donadinho, correu em direção à porta de entrada. Fazia parte da escravaria herdada pela pequena Olympia após a morte de Maria do Nascimento e, provisoriamente, também estava hospedada naquela casa. Mais para fazer companhia a Martinha, visto que ambas residiam na Chácara Graciosa. Joanna, que até então depenava um pato na cozinha, nem se deu ao trabalho de largá-lo. Aproximou-se de Martinha e perguntou como havia sido a sessão na igreja.

— O diabo do Elias abriu o bico?

Com a cara emburrada e com ar de quem "comeu e não gostou", a escrava-santa respondeu:

— Que nada, Joanninha! Ficou mais calado que um jumento véio!

Foi aí que Martinha percebeu que Joanna estava com o pato ensanguentado na mão. Aos gritos e gesticulando muito, começou a criticá-la pelo sangue respingado no chão. Sangue é a alma, lembrou-se... E, realmente, a sujeira era grande. Com um largo sorriso nos lábios, Joanna pediu a ajuda de Martinha, mas ela sequer lhe deu ouvidos. Olhando a parceira com ar de superioridade, a escrava-santa respondeu que estava muito cansada para se dedicar a tais afazeres.

Donadinho, que havia escutado a conversa, tentou abrandar o mal-estar entre as duas pardinhas. Deu ordem a Joanna para que retornasse aos seus afazeres na cozinha e pediu a Martinha que calasse a boca. Percebeu que ela estava por demais excitada com os acontecimentos do dia. Senhora de todos!

Martinha deitou-se na rede esticada no avarandado, bem próxima ao fogão a lenha onde Joanna estava cozinhando. Foi então que apareceu dona Januária, esposa de Donadinho. Mulata dengosa, alta, 24 anos, evitava comentar que era filha de Catherine. Mal sabia ela que poucas horas atrás Martinha havia sido porta-voz da santa Mártir e espalhado para todo o povo de Ourém que Olympia era fruto do pecado de Maria do Nascimento com Bento Mattos Pinheiros.

Januária foi logo procurando ficar a par dos acontecimentos. Martinha apressou-se em dizer que a sessão havia fracassado por culpa do doutor Olyntho, que havia gritado com ela na frente de todos os fiéis. Donadinho rapidamente a desmentiu, explicando que não havia sido assim que os fatos aconteceram. Pronto! Foi o suficiente para que a pardinha pulasse da rede e começasse um discurso. Plateia é que não faltava. Xingou o delegado de cara de tacho e prometeu virar sua cabeça ao contrário. Afirmava ter poderes para isso e muito mais...

Januária, Donadinho e Joanna olharam-na estarrecidos. Os peregrinos que estavam acampados do lado de fora correram até as janelas laterais da casa atraídos pelos berros da menina-parda. Martinha continuou:

— Eu arranco e depois prego a cabeça dele no mesmo lugar, só que virada para as costas. Aí ele vai ver o milagre desta preta aqui... E tem mais... — esbravejava Martinha, batendo no peito — Vou fazer as tripas dele darem nó até sair sangue pelo nariz e pelos ouvidos!

Martinha calou-se por uns segundos como se estivesse à procura de ideias. Em seguida, emendou:

— E tem mais! Vai esguichar sangue por todos os buracos que ele tem no corpo: pelos olhos, pelo nariz... até pelo cu!

A voz de Martinha estava mudada assim como seu olhar que, agora, expressava ódio. Seus olhos se transformaram em duas grandes bolas negras, brilhantes. Amedrontadas, as pessoas que estavam do lado de fora da casa se ajoelharam e, fazendo o sinal da cruz, puseram-se a orar. Alguém rogou a ela que tivesse compaixão do pobre delegado. Bastou ouvir uma palavra da plateia para que Martinha se transformasse no demônio em pessoa. Caminhou até a sala e, grasnando como uma gralha enfurecida, começou a dar pontapés no cachorro, a falar palavrões e a fazer gestos obscenos. Curiosos, os peregrinos entraram na varanda e puseram-se a espreitar por todas as frestas possíveis da casa. Havia ali cerca de sessenta pessoas, entre homens, mulheres e crianças.

Uma idosa mulher-índia correu até a cozinha e, apressadamente, começou a limpar uma réstia de alho que se achava junto à parede. Numa velha frigideira colocou algumas brasas fisgadas do fogão a lenha e, sobre elas, amontoou as cascas rosadas do alho descascado. Uma densa fumaça tomou conta do recinto espalhando um horrível cheiro digno de espantar maus espíritos. A benzedeira, com gestos cerimoniosos, passou a caminhar por entre os presentes pronunciando orações indecifráveis.

Outra senhora esticou a mão e, timidamente, ofereceu à escrava um saco de farinha de mandioca. Pediu-lhe perdão pelos pecados do povo e prometeu mandar dizer muitas missas. Sem responder, Martinha agarrou a oferenda e atirou-a varanda afora. Donadinho, desesperado, saiu correndo em direção à Casa Paroquial em busca de ajuda. Já havia escurecido e mal dava para enxergar o caminho. Minutos depois, retornou acompanhado dos dois padres-exorcistas: José Maria Fernandes e Ismael Nery.

O vigário de Ourém trazia consigo uma garrafa de água benta, enquanto o cônego Ismael Nery carregava um livro encadernado em couro e um crucifixo de prata ornamentado com pérolas e rubis, joia rara da catedral de Belém. Entraram sem se impressionar com Martinha urrando e tendo espasmos consecutivos. Contorcia a boca e virava os olhos sem parar, além de comprimir o ventre com as mãos num estranho movimento de vaivém. No ar, cheiros fortes de urina, enxofre, carnaúba e alho misturavam-se com o cheiro de santidade... Várias velas haviam sido acesas por toda a casa, dando-lhe o aspecto de um santuário.

Os seguidores da menina-santa estavam assustados e rezavam ininterruptamente. Acreditavam que os diabos haviam voltado a ocupar o corpo de Martinha que, rapidamente, perdera sua postura altiva de menina-santa. Esta, ruidosamente, procurava demonstrar que agora seu corpo estava tomado por outro espírito, que não era o de Maria do Nascimento.

— Sou Cobra-Velho — sussurrava a escrava-endiabrada com voz metálica, estridente.

— Quem está aí? — perguntou o padre José Fernandes.

— Cobra-Velho! — respondeu Martinha que, sem conseguir controlar os movimentos do corpo, começou a rolar pelo chão da sala. Desesperada, e valendo-se do próprio tom de voz, a escrava implorava por ajuda dizendo que estava sendo consumida pelo fogo do Inferno. O cônego Ismael Nery, ajoelhado em um canto da sala, rezava em latim enquanto José Fernandes respingava água benta em Martinha que continuava a rolar de um lado para o outro. Só estancou quando Ismael Nery apontou-lhe o crucifixo de prata que brilhava à luz das velas de carnaúba. Colocou-se de quatro como se fosse um cachorro, e começou a vomitar fel, o fel diabólico, negro segundo alguns. Sem tirar os olhos da cruz-santa, Martinha sussurrou:

— Fui mandado por Lúcifer, o chefe dos anjos caídos, tentador de Adão e Eva.

Ao dizer isso, a moça-endiabrada cuspiu no crucifixo que estava nas mãos do cônego. Uma gosma esverdeada cobriu a imagem de Cristo e escorreu pelos dedos delicados do cônego-exorcista. Enojado, mas sem desviar os olhos de Martinha, Ismael Nery se apressou em limpá-los com um fino lenço de cambraia branca. Em seguida, mostrou-lhe novamente o crucifixo.

Martinha, que continuava de quatro, fixou novamente o olhar na joia sagrada. Algo de diferente chamava sua atenção para aquela figura magérrima de Cristo crucificado. Observou-o seguidamente por alguns segundos concentrando-se no rosto da imagem prateada. Ajoelhou-se diante de Ismael Nery e esfregou os olhos com as mãos como se estivesse sido atingida por uma nuvem de fumaça. Fitou novamente a cabeça de Cristo e confirmou o que havia visto anteriormente: a imagem movimentava a cabeça de um lado para o outro como se a estivesse recriminando. Um velho artifício usado pelos antigos inquisidores que, valendo-se de uma minúscula haste de metal presa à cabeça móvel da imagem, tentavam amedrontar os hereges. A Igreja também sabia enviar os seus sinais... Apavorada, Martinha fechou os olhos e vomitou.

Ismael Nery, tentando manter o controle da situação, falou-lhe pausadamente:

— Martinha... Não deixe que Satanás se apposse do teu corpo. Reze comigo. Tenha fé. Reze pela Santíssima Trindade...!

Enxugando o vômito que lhe escorria pelo pescoço e pelos cantos da boca, a pardinha falou com a voz de Cobra-Velho:

— Que Santíssima Trindade coisa nenhuma! Nem Jesus Cristo, nem virgem coisa nenhuma. Tudo isto é uma bosta!

Do lado de fora da sala, uma velha gritava aos ventos, articulando os dedos em forma de cruz:

Vade-rectro Satanaz- t'arrenego maldito mafarrico, canhoto, cão tinhoso, porco sujo... Vae-te e não tornes e no tornares te afundas.

Repetidas vezes ela arranhou esta frase; repetidas vezes cruzou os dedos fazendo o sinal da cruz. Os peregrinos que estavam ao seu lado, observavam curiosos aquele espetáculo improvisado. Lá dentro, na sala, o diabo corria solto. Sem dar ouvidos aos lamentos da plateia, a menina-parda arrancou o crucifixo das mãos de Ismael e, num gesto de heresia, jogou-o no chão. Com os pés descalços pisoteou a imagem prateada de Cristo enquanto gritava:

— Merda! Viram só? Ele é uma merda! Chutem! Pisem! Ele já está morto mesmo...! E depois, isto aqui é só uma imagem de prata. Quero ver se ele sabe fazer milagre pra se safar dessa!

Tentando ajudar os dois religiosos, que se encontravam sem ação, Donadinho sugeriu que fosse servido à escrava-endiabrada o tal remédio de chumbo derretido.

— Tem que esperar meia hora depois de derretê-lo... Três vezes, padre Ismael. Derramado alguns pingos sobre a cabeça... vai curá-la, com certeza!

Ismael Nery não gostava de ser interrompido. Sem dar ouvidos àquelas sugestões pediu a Donadinho que se calasse. Este, muito sem jeito, refugiou-se em um dos cantos da sala ao lado de Januária. Martinha, que tinha os pés sangrando, sentou-se no chão com as pernas dobradas e, com os braços estirados sobre o

OS DIABOS DE OURÉM

colo, emudeceu. Por três ou quatro vezes os padres chamaram por "Cobra-Velho". Entreolharam-se e, ajoelhados, puseram-se a rezar. Martinha continuou ali sentada, imóvel e muda, por mais de uma hora. Mantinha a cabeça curvada, olhando para o chão molhado de água benta, sangue e urina. O padre José Fernandes pediu aos seguidores da diaba-santa que retornassem às suas casas. Não foi fácil retirá-los dali. Aos poucos, a sala e a varanda ficaram vazias. Ajudada por Donadinho e os dois padres-exorcistas, Martinha foi levada para o quarto de hóspedes e deitada em uma rede. Januária prontificou-se em ajudá-la a trocar de roupa. Preocupada, sugeriu ao padre José Fernandes que passasse a noite com eles pois Martinha poderia ter outro ataque.

Concordando com a sugestão de Januária, o vigário solicitou a Donadinho que acompanhasse o cônego de Belém até a Casa Paroquial onde ele estava hospedado. Januária cuidou de providenciar uma rede e um par de toalhas brancas de linho para o vigário de Ourém.

— Prontinho, padre. Estiquei uma rede para o senhor ao lado de Martinha. Ela está dormindo como um anjo... Não dá para acreditar! Nem parece aquele bicho endiabrado de minutos atrás.

Januária beijou a mão do padre, como de costume, e em seguida retirou-se para os seus aposentos. Acomodado em sua rede, o padre José Fernandes não conseguia pegar no sono. A respiração forte e ofegante da menina-escrava ao lado o incomodava. Não conseguia tirar os olhos daquele corpo de moça-parda moldado pelo tecido da rede. As pernas estavam esticadas e abertas para os lados de fora, deixando à mostra grossas e alongadas coxas morenas. Sobressaindo da blusa decotada de algodão branco, os peitos de Martinha faziam o padre imaginar coisas.

— "Acho que estou sendo tentado pelo demônio. Ele deve ser o culpado deste meu desacato" — pensava o padre sem tirar os olhos do corpo da pardinha que dormia a sono solto. José Fernandes não conseguia sequer cochilar, quanto menos dominar seus desejos. Não se atrevia a reconhecê-los como seus. Com uma das mãos apertou o pênis saliente por debaixo das ceroulas-de-padre:

— "Satanás é culpado pelas calamidades, pelas pestes... pelas irreverências. Também, ninguém é de ferro! Também não sou filho de D'us feito homem?" — pensou o padre, dando asas aos seus desejos.

Resolveu deixar a sua rede. Pé ante pé, caminhou em direção à rede onde se encontrava Martinha. Ajoelhou-se e, calmamente, começou a acariciar os seios dourados da menina-parda. A rapariga, sonolenta e com um sorriso matreiro nos lábios, sussurrou:

— O que queres, vigário? Cuidado que o senhor Donadinho e dona Januária dormem aí ao lado.

— Me dá um bocadinho, Martinha... dá? — pediu o padre que, desesperado, pusera-se a beijar as coxas da pardinha.

Com uma das mãos, o vigário puxou os seios da menina para fora da blusa, apertando-os sem parar. Martinha, dengosa, nada fez para impedi-lo. O padre, insaciável, continuou: beijava-lhe a boca, o pescoço, as pernas, a vagina... Pardinha facilitava os carinhos proibidos.

Santo padre!

— Vem cá, minha diabinha, vem! Me dá um pouquinho... Dá pra mim esse teu fogo que me enlouquece, dá!? — sussurrou o padre.

Foi quando ouviram a voz de Donadinho:

— Padre! Martinha! O que está acontecendo? Martinha, você está bem?

Assustado, o padre tentou se recompor. Tampou a boca da escrava que, sem perder tempo, acariciou os dedos santos com a ponta da língua molhada. Aquela saliva quente de menina-parda deixava José Fernandes ainda mais excitado.

OS DIABOS DE OURÉM 145

— Não é nada não, senhor Donadinho. Está tudo bem, não se preocupe. Durma com D'us!

— Amém, padre. Se precisar de alguma coisa podes me chamar. Durma com os anjos.

— Obrigado e boa noite, senhor Donadinho.

Silêncio.

A voz de Donadinho continuou ecoando nos ouvidos de José Maria: "Durma com os anjos. Durma com os anjos." Aos poucos, recompondo-se do susto, José Maria deixou-se embalar pelo gosto do sexo.

No ar... um saboroso cheiro de pecado.

X

NA TEIA DOS FATOS

Belém, duas da tarde do dia 25 de junho de 1860. Calor infernal! A sala da delegacia de polícia encontrava-se repleta. Em um dos cantos estavam o cônego Ismael Nery, o padre José Fernandes e Feliciano, subdelegado de Ourém, encarregado de acompanhar Elias e Martinha. Do outro lado, algumas testemunhas aguardavam para depor, caso necessário, dentre as quais estavam vários moradores da vila de Ourém: José Antunes Rodrigues de Oliveira Catramby, João Francisco Picanço, Paulo Antônio da Silveira. Sozinho em uma das cadeiras estava Elias, o jovem ourives português.

Na mesa central da sala, em destaque, o delegado Olyntho e a pardinha Martinha que, encabulada, não tirava os olhos do chão. Sentada à frente do chefe de polícia mostrava-se comportada, livre dos maus espíritos que a importunavam até alguns dias atrás. Alta, magra, de nádegas salientes, lembrava uma gazela de pescoço alongado e perfil bem delineado. Após ter respondido às perguntas de praxe – nome, idade, naturalidade, estado, condição e residência – Martinha aguardou em silêncio a continuidade do inquérito. Do lado de fora da delegacia estava Joanna, sua companheira, que não teve autorização para permanecer no recinto. Só se fosse chamada.

O delegado Olyntho quebrou o silêncio com a primeira pergunta.

— Martinha, por que declarastes, ainda lá em Ourém, que estavas com a alma da tua finada senhora no corpo e que havia uma porção de dinheiro enterrado na casa da sua senhora, já finada? Esse dinheiro foi encontrado ou não?

Martinha acomodou-se melhor na cadeira e, arrumando os cabelos com uma das mãos, respondeu:

— Pois é, doutor delegado, a minha senhora, antes de morrer, disse-me que queria declarar uma coisa importante, mas ela logo expirou. Aí, logo em seguida, eu sonhei que havia dinheiro enterrado lá na chácara. Eu só sonhei...

— Mas disseram que o dinheiro foi encontrado! — interrompeu o delegado Olyntho.

— Quem encontrou foi o José Pestana, viúvo de Catherine, filha de minha finada senhora Maria do Nascimento. Não sei se é verdade não, senhor delegado. E como o senhor já deve saber, pois assim disse o espírito lá na igreja de Ourém, minha finada patroa teve uma filha "torta" com o seu amante Bento Mattos, o espanhol.

— Martinha, é verdade que a mãe da finada Maria do Nascimento, a velha Profina, a tens açoitado com o intuito de te tirar a maldição?

— Ah, doutor! — exclamou a pardinha dando risada. — Ela já é muito velha e não me bate com força, não. E depois, nós escravos já estamos acostumados a apanhar. E, se eu aceitei apanhar, foi com interesse de obter minha liberdade e da minha mãe Andrecca. Eu sempre apanhei da minha mãe-senhora, que tinha medo de que eu desse com a língua nos dentes e contasse para alguém os seus pecados.

— E o vigário José Maria Fernandes, dormiu alguma noite na casa do senhor Juan Maldonado? — continuou o delegado com voz firme.

— Na noite em que o senhor esteve lá em Ourém ele dormiu e ficou até muito tarde na casa do senhor Donadinho. Não sei se o senhor sabe, mas o senhor Donadinho é casado com dona Januária, a tal filha de Catherine. Mas, antes desse dia, o vigário José Maria já havia dormido uma noite inteira por lá.

Pronto! Martinha chegara no assunto que interessava ao delegado que, imediatamente, perguntou sobre o comportamento do vigário José Fernandes. Martinha tinha a resposta na ponta da língua.

— Então, doutor... O Donadinho estava dormindo quando o vigário se aproximou da minha rede e me convidou para fazer certas coisas... O senhor sabe, né? O vigário dizia assim: "Dá-me um bocadinho! Dá-me um bocadinho!" Mas eu não quis, não. O senhor Donadinho chegou até a bulir na minha rede perguntando o que estava acontecendo. Foi aí que o vigário voltou para o seu lugar e foi se deitar.

Decepcionado, o delegado insistiu. Queria saber mais a respeito do padre José Fernandes que, na sua opinião, estava fornicando a jovem escrava. Sabia muito bem que os padres eram dedicados aos vícios da carne e, para ilustrar sua preocupação, foi logo citando o velho ditado: "A carne é fraca".

— Como pode, Martinha? O padre é homem e, como tal, não fica com tesão ao ver uma mulher bonita como você? É como andar sobre as brasas sem que se queimem os pés, não é mesmo?

Incentivada pelo delegado, Martinha confirmou que o vigário costumava ir até a Chácara Graciosa para lhe fazer propostas indecentes. Em troca de sexo lhe prometia liberdade.

— E quando foi que você começou a sentir que estava possuída pelo demônio? — perguntou o delegado.

Martinha concentrou-se por alguns segundos na morte de Maria do Nascimento. Confusa, não conseguia diferenciar seus sonhos da realidade da morte, tamanha a perfeição das imagens recorrentes. Magia e superstição se entrelaçavam em sua mente de escrava semianalfabeta, seduzida pela figura fantástica de Lúcifer, colossal, instalado no meio de uma natureza paradisíaca. O fato é que neste cenário, real ou imaginado por Martinha, transitavam homens sem alma e animais peçonhentos que viviam na floresta entre plantas daninhas, riachos e rochedos.

— Martinha, vai responder? — insistiu o delegado.

— Creio que foi logo após a morte da minha finada senhora, quando comecei a ter uns sonhos estranhos, muito estranhos. Tamanha era a perfeição do que eu conseguia ver neles que posso aqui lhe contar. Da primeira vez sonhei que estava nadando pelada no rio Guamá. Eu nadava contra a correnteza, varando todos os furos: o Furo da Paciência, o Furo do Benedito... Passei por todos os igarapés. As margens estavam lotadas de açaizeiros enfeitados com tucanos coloridos que ali comiam aquelas frutinhas todas. Era fim de tarde e o sol já estava se escondendo, daí aquele céu cor de carmim com nuvens parecidas com labaredas, era refletido nas águas mornas, quase quentes, do rio. Foi quando percebi que uma imensa luz vinha na minha direção e, de repente, um rodamoinho negro me engoliu como se fosse uma imensa onda do mar. Foi aí que ele apareceu... majestoso, cor-de-rosa! Um feitiço vivo, bem na minha frente...

O delegado arregalou os olhos e, sem conter o seu estranhamento, interrompeu a menina. Jamais poderia imaginar um Satanás cor-de-rosa. Ouvira falar de monstros marinhos que emergiam das águas, de bodes com chifres, rabo e patas de vaca, de demônios que assumiam ora a forma de cabra parda, morcego, corvo ou serpente. Mas demônio cor-de-rosa era impossível. Questionada, Martinha explicou que quem aparecera naquele sonho fora o boto e não Satanás. Valendo-se de sua criatividade, a rapariga deu asas às suas fantasias, descrevendo o que poderia ter sido um coito demoníaco:

— Era o boto, senhor delegado. Estava lá, bem na minha frente, sobre a superfície da água, com seus imensos olhos redondos e vermelho-brasa. À sua volta as águas estavam geladas e, do meio delas, exalava uma névoa azulada. Parecia uma neblina fria... Eu fiquei paralisada, como que hipnotizada por aquele animal fantástico que, com voz de trovão, perguntou: "Aonde vais, menina-parda?" Neste exato momento, o boto foi envolvido por um pé de vento tão grande que poderia fazê-lo voar pelos ares. Mas não foi assim... Ele me envolveu com seus braços de homem-forte, peludos e...?

— E aí? — insistiu o delegado.

— Ahhhh, aí ele me penetrou. Foi como se três setas pontiagudas estivem varando minhas entranhas. Acordei muito assustada, sabe? Por entre as minhas pernas escorria um incômodo nojento, quente, fedido como fel. Acho que foi nesse dia que eu deixei de ser virgem e me tornei uma pecadora, como a minha finada senhora Maria.

Reconhecendo na fala da escrava a figura do demônio, o delegado perguntou se o tal boto não lhe metia medo? Martinha silenciou por alguns minutos. Com as mãos no rosto balbuciou alguma coisa que mal podia ser ouvida. O delegado, atento ao relato, observava todos os seus trejeitos. Desviando o olhar em direção ao teto, a pardinha explicou que coito com o demônio ocorre sempre à noite e que é sempre dolorido. Mas que as suas companheiras escravas lhe ensinaram a passar unguento e óleo nas feridas que o boto lhe deixara no ânus. Não querendo entrar em detalhes.

— Depois desses meus sonhos com o boto passei a sonhar com a finada Maria do Nascimento. Foi quando resolveram me levar para ser consultada pelo vigário José Fernandes. Lá chegando, o senhor Donadinho e o vigário começaram a meter na minha cabeça todas essas coisas que eu fiz lá na matriz com promessas de liberdade. A condição era que eu dormisse com o vigário José Fernandes sempre que ele me procurasse lá na Chácara Graciosa.

— Martinha, você conseguiria repetir aqui na minha frente os gestos e os movimentos que você executou lá na igreja de Ourém?

— Ah! Lógico que eu consigo! Inclusive estão aqui presentes o vigário José Fernandes e o cônego Ismael, que são testemunhas do que eu consigo fazer — gabou-se a escrava pardinha.

Antes que Martinha se empolgasse com a ideia de dar outro espetáculo, o doutor Olyntho achou melhor continuar com o interrogatório. Quis saber detalhes sobre o envolvimento de Donadinho com o vigário, e até que ponto esses dois cidadãos haviam induzido Martinha, assim como Elias, a se sentirem possuídos pelo demônio. Não que duvidasse da existência de Satanás, mas alguma coisa sugeria que o vigário era um impostor, ainda que conhecesse as práticas de exorcismo e os livros da Santa Madre Igreja Católica.

Martinha explicou que somente apareceu na igreja naquele dia em que o delegado visitara Ourém, porque assim havia sido combinado com Donadinho caso o diabo do Elias se negasse a urrar.

— E o que foi que Donadinho te disse? — perguntou o delegado tentando reunir as versões.

— Que o Elias havia ficado mudo que nem uma mula na frente do doutor delegado e do cônego Ismael, que ele não havia dito nada e que, então, eu deveria ir até a igreja para que eles não passassem por mentirosos.

— Eles quem? — perguntou imediatamente o delegado.

— O Elias e o vigário José Fernandes. Mas o senhor Donadinho disse mais: disse que era preciso que eu fizesse aquelas coisas para o senhor acreditar também. Aí eu fui lá e fiz tudo aquilo que o senhor viu...

Com ar de autoridade o delegado comentou que não havia gostado daquele tipo de comportamento que, a seu ver, expressava muito mais um pacto com o vigário do que com os espíritos malignos. Só uma coisa o intrigava: o que mais o vigário havia oferecido a ela em troca além da liberdade? Sexo? Veneração?

Martinha embatucou por uns cinco minutos. Olhou para o delegado sem conseguir sustentar o olhar. Virou o rosto para um dos lados e, como que falando para ninguém, confirmou que Donadinho e o vigário tinham prometido a ela passar sua carta de alforria. Mas, na sua opinião, a culpa mesmo era de Satanás, que manipulava a vontade dos homens e abusava da fraqueza das mulheres.

O raciocínio da menina-parda desapontou o delegado que, diante do testemunho ali arrolado, estava convencido de que tudo aquilo era mera malandragem de um padre devasso. Só não conseguia entender por que Bento Mattos Pinheiro fora envolvido na estória. Por que razão Martinha tornara público um segredo de alcova que só contribuía para denegrir a imagem de sua finada patroa Maria do Nascimento?

Pelo depoimento de Martinha, o delegado começou a concluir que muitas das coisas haviam acontecido ao sabor das contingências cotidianas. Tudo isso ficou evidente quando perguntou a Martinha por que ela havia acusado Bento Mattos.

— Acusei porque o vigário me perguntou, e aí eu ia dando as respostas do que eu tinha conhecimento. A doença que o Bentão passou para a minha mãe-senhora era fato sabido de todos. E quando o padre me perguntou o que deveríamos fazer com ele, eu respondi que o botassem pra fora da igreja. E, no meio daquela multidão enraivecida, eu recuperei uma lembrança que o Raimundo me havia dito que um dia haveria de aparecer no céu uma estrela com uns passarinhos e que se essa estrela crescesse e ficasse bem grande, um castigo cairia sobre o povo de Ourém.

— E quem é esse Raimundo, Martinha? — interrompeu o doutor Olyntho.

— Raimundo de Alcântara. Dizem que ele faz parte de uma seita secreta chamada Maçonaria, o senhor conhece?

— Sim, conheço, mas a minha resposta não conta aqui. Pergunto, então, por que razão te negaste a ouvir as orações do cônego Ismael Nery quando ele chegou em Ourém? Tu disseste que não te serviam os padres das grandes cidades, não foi?

— Sim, senhor. Mas foi o vigário José Fernandes que ordenou que eu falasse assim...

— E por que você disse que Maria do Nascimento era Santa Maria Mártir?

— Porque o vigário mandou que eu assim dissesse, pois sabia que a minha finada senhora havia sofrido muito em vida. Mas eu fiquei com algumas dúvidas, assim como o doutor. Pensei que se ela havia pecado, não poderia ser chamada de Santa Maria Virgem, pois ela pecou transando com o Bentão. Então, ela não poderia ser virgem!

Diante da empolgação da pardinha, o delegado resolveu encerrar o interrogatório. Semianalfabeta, a escrava não teve condições de assinar o termo de declarações. Endossaram seu testemunho o senhor doutor Domingos Antônio Raiol e Marcello Lobato de Castro, homens públicos da capital da Província. Calada, a pardinha se retirou do recinto sem olhar para ninguém. Assim como Martinha, todos os demais se retiraram atendendo ao pedido do delegado, que informou que o interrogatório continuaria no próximo dia.

No dia seguinte a sessão inquiritorial começou cedo. As perguntas deveriam ser encaminhadas de forma a possibilitar ao delegado a reconstrução de toda a trama dos fatos. Em nenhum momento seria questionada a presença real ou fictícia do Diabo. Que ele existia já era fato consumado, conforme atestavam os ritos cristãos, africanos e indígenas. Cabia apenas à polícia estabelecer questões de ordem pública, identificando os desordeiros e os impostores. E o padre José Maria Fernandes era testemunha--chave a ser considerada no rol dos culpados.

— Senhor vigário José Maria Fernandes, aproxime-se, por gentileza.

Perguntado, o padre disse, como de costume, seu nome, idade, naturalidade, profissão e residência. Informou ter quarenta e oito para quarenta e nove anos, sendo natural daquela Província e vigário da paróquia de Ourém, onde mantinha residência.

— Muito bem, senhor vigário. Vamos ao que nos interessa. O senhor conhece o português Elias de Souza Pinto há muito tempo? De onde o conhece? — perguntou o delegado Olyntho.

— Conheci Elias no ano de 1858 quando o vi pela primeira vez nesta cidade de Belém, ainda bastante abalada pela epidemia de cólera que acometera a população. Ele foi até minha casa para vender--me um anel de ouro e, tempos depois, encontrei-o num barco de passagem para a freguesia de São Miguel, ponto intermédio desta capital e a vila de Ourém. Depois, avistei-o várias vezes aqui em Belém e em Ourém, onde ele se encontra desde o último dia 6 de maio.

— E naquele primeiro dia, Elias foi até sua casa simplesmente para lhe vender um anel? E o senhor como clérigo pode usar joias? — questionou o delegado Olyntho lembrando-se da disciplina eclesiástica.

José Maria Fernandes lembrou que, dentre tantos outros itens, os sacerdotes — quer em casa ou fora dela — deveriam

OS DIABOS DE OURÉM 157

estar sempre com sua veste talar, decente e asseada, com seu cabeção e voltinha lisa ou sem bordados, que não poderia ser substituída pelo colarinho secular. Disse também que era proibido o uso do solidéu a quem não tivesse esse privilégio, mas que, nas viagens a cavalo, ainda que fosse preferível a batina, era permitido o uso de veste curta, preta, guarda-pó, chapéu eclesiástico, cabeção e voltinha. O cabelo deveria ser cortado baixo e sem vaidade, barba e coroa sempre feitas, principalmente nas solenidades e visitas oficiais...

— Mas, pelo pouco que eu conheço, os sacerdotes não podem usar insígnias e distintivos, não é mesmo? — insistiu o delegado ao perceber que o vigário estava se desviando do tema em questão.

O vigário de Ourém, meio atrapalhado, confirmou que não lhe competia usar anel ou qualquer outro distintivo vivo na batina. E que isto só era permitido para aqueles que tivessem obtido honras e títulos honoríficos da Santa Sé ou de bispos de dioceses. Disse ainda que os sacerdotes também estavam proibidos de irem à imprensa e de publicarem qualquer artigo assinado ou sobre pseudônimo...

— E com relação às mulheres, meu caro vigário? — interrompeu-o bruscamente o delegado.

— Essa é uma proibição rigorosa, posta pelos sagrados cânones. Os reverendos sacerdotes são proibidos de coabitarem com pessoas de outro sexo, que possam prestar ocasião à suspeita. Nem que essas sejam parentes próximas e de pouca idade, por causa dos perigos que a experiência nos tem mostrado. Cabe a nós sacerdotes zelar com todo o cuidado pela conservação imaculada da santa castidade, que é o ornamento e próprio da ordem sacerdotal. Devemos sempre nos valer da máxima prudência e reserva no tratar com pessoas do sexo oposto e até mesmo do mesmo sexo... E nunca com as portas fechadas.

— E com relação aos criados, senhor vigário? Como um bom sacerdote deve se comportar?

José Fernandes resolveu escolher bens as palavras antes de responder. Tinha consciência da pergunta ferina do doutor Olyntho. Assim, respondeu que os clérigos não deveriam se assentar à mesa com suas criadas, nem entrar sem necessidade nos seus dormitórios nem nas salas ou quartos em que se aplicavam trabalhos domésticos. E tampouco permitir que se fizessem qualquer cousa menos conveniente ao decoro de sua casa ou que perturbassem a ordem dos negócios eclesiásticos.

— E quando foi que Elias se apresentou possesso, senhor vigário? — continuou o doutor Olyntho.

— Foi na noite de domingo para segunda-feira, dia seguinte ao que estivera na igreja para cumprimentar-me pela primeira vez. Ele chegou na Casa Paroquial acompanhado de Antônio Marques de Souza e sua mulher. Fizemos algumas orações e, mais ou menos às cinco da manhã, nos dirigimos até a igreja matriz com o propósito de exorcizá-lo.

— E que sintomas ele apresentava?

— Notei que o coitado do rapaz estava muito trêmulo e que entortava a boca sem conseguir falar. Horas depois, assim que percebi melhoras, aconselhei-o a ir para casa descansar.

— E por que o senhor disse a Elias que havia encontrado um espírito maligno em seu corpo?

— Porque ele estremeceu todo quando eu pronunciei as palavras da ladainha dos santos *"ab insidiis diaboli"*.

— Senhor vigário, por acaso o senhor teve algum mal-entendido com Bento Mattos?

O vigário fez silêncio por alguns segundos como se estivesse tentando recuperar algum fato passado. Remexeu na sua memória e nada encontrou de significativo. Em tom apreensivo explicou que tivera apenas um pequeno desgosto com o tal homem, procedente da compra de um caderno de papel. Portanto, não tinha razão para ficar seu inimigo.

Perguntado se realmente acreditava na possessão de Elias, José Fernandes irritou-se. Aliás, estava difícil ocultar o seu mau humor. Engoliu grosso e tentou se acalmar. Procurou pelas palavras certas pois sua idoneidade de vigário-exorcista estava sendo questionada. Respondeu que não tinha dúvidas visto que o rapaz fazia excessos e coisas extraordinárias.

Apegando-se ao conteúdo de uma conversa apressada que tivera com o vigário em Ourém por ocasião de sua visita, o delegado perguntou:

— O senhor se recorda de ter-me dito, por mais de uma vez, que acreditava na possessão do outro espírito maligno, visto que para D'us nada é impossível?

— Eu não disse nada disso, senhor delegado — protestou o vigário.

Percebendo que deixara o vigário inquieto, o delegado resolveu insistir na pergunta.

— É... mas o senhor mandou chamar Bento Mattos para comparecer perante o povo reunido na igreja na ocasião em que Martinha denunciou publicamente as faltas da finada Maria, não foi mesmo? E ainda falou dos tratos ilícitos que a sua senhora havia tido com Bentão, assim como das moléstias que este lhe havia transmitido. Não foi mesmo, senhor vigário?

O tom de voz sustentado pelo delegado carregava uma leve dose de ironia apimentada com um suave toque de dúvida, o que deixou o vigário ainda mais exaltado. Assim mesmo ele respondeu educadamente:

— Mandei chamá-lo sim, doutor delegado, porque de acordo com as declarações de Martinha esse homem era perigoso e não convinha permanecer na vila. E assim que ele entrou na igreja comecei a gritar "Ponha-se daqui para fora!" e o povo me acompanhou dizendo o mesmo.

— Eu soube que o senhor disse assim: "Em vista disto parece que é o espírito maligno e não deve estar entre nós. Fora!"

— Eu não disse isso!

— Disse sim. E também disse ter sentido cheiro de catinga? Nervoso, o vigário negou. O delegado insistiu:

— Além de Bento Mattos, Elias declarou que existiam outras pessoas com espírito maligno?

— Bem, Elias não declarou que essas pessoas estavam possessas, mas sim que eram sócias de Bentão. Deu os nomes delas: Porfírio José Carvalho, Joaquim Feliciano Lopes, Antônio Marques de Souza e Paulo Antônio da Silveira.

— E qual a pergunta que o senhor fez a Elias para que ele lhe desse essa resposta?

— Anteriormente Elias já havia me dito que tinha em si o espírito de Ciprião. Então, seguindo o ritual do exorcista, perguntei-lhe quais eram os seus sócios?

O delegado resolveu continuar insistindo só para ver como o religioso explicava essa trama.

— Mais uma informação, vigário: o senhor disse que não acreditava que Bento Mattos tivesse em si um espírito maligno, correto? E Elias, por sua vez, afirmou que tinha no corpo a alma de "Ciprião, o maioral", razão que o levou a acreditar que ele estivesse possesso. E aí então o senhor perguntou a ele quem eram os seus sócios…?

Explodindo de raiva com tanta insistência, o vigário ergueu-se da cadeira e, dando um murro na mesa, gritou:

— Chega, doutor! Não posso responder porque a razão é limitada para explicá-lo! E esses fatos estão além da razão.

OS DIABOS DE OURÉM   161

O delegado pediu-lhe calma e ordenou que sentasse, pois o interrogatório ainda não havia sido encerrado. José Fernandes obedeceu e, mordendo os lábios nervosamente, aguardou que o delegado continuasse.

— Muito bem! Se o senhor acredita que Elias fez tudo o que praticou por estar tomado por alguma coisa sobrenatural, como poderíamos denominar esse fato: malignidade, conveniência ou charlatanice?

— Onde é que o senhor quer chegar, posso saber, doutor? Tenho plena consciência de que Elias estava possuído por um espírito maligno.

O delegado não respondeu. Simplesmente fez um sinal para que o vigário continuasse sentado, pois percebera que ele queria se retirar. Sem perder tempo, perguntou se o corpo da finada Maria do Nascimento havia sido exumado por duas vezes e quem dera a autorização.

— Quem deu a ordem foi Martinho dos Santos Martines, presidente da Câmara e irmão da finada Maria. E eu estive presente para rezar o *Libera-me*, que aqui na Província é conhecida como "missa de libra e meia". O senhor sabe muito bem, certo? Eu gostaria também de lembrar que, na hora da morte de Maria do Nascimento, ministrei-lhe os sacramentos seguidos da oração dos agonizantes. E, mesmo antes, eu a visitava procurando mostrar-lhe que muitas vezes uma boa confissão poderia restituir-lhe a saúde. Pretendia, com esse argumento, dissipar o preconceito geralmente dominante no povo de que "quem confessa na cama, prepara-se para morrer".

Interessado, o delegado pediu ao vigário que explicasse o significado das orações "ditas aos agonizantes". Gostaria de ter mais detalhes sobre como era organizada a morte no caso de doenças mortais. Dominando o assunto, José Maria explicou que para essas ocasiões valia-se do seu *Manual de Bem Morrer*, de mais de trezentas páginas, verdadeiro guia para os rituais de assistência. Em atenção ao pedido do delegado, proferiu um trecho da referida oração:

O horror das trevas, o ardor das chamas, e o rigor dos tormentos lhe sejam desconhecidos. Satanás, o mais cruel inimigo, lhe ceda com todos os seus sequazes, trema à sua chegada em companhia dos Anjos, e vá se esconder nesses horríveis calabouços de uma eterna escuridão.

Após a breve preleção do vigário, o delegado Olyntho deu continuidade ao interrogatório.

— E o senhor costumava entender-se com Martinha na casa do espanhol Juan Maldonado? O que o senhor ia fazer lá? Dormiu alguma noite na casa dele?

— Eu fui quando chamado, ou seja, em alguns dias, duas vezes. E dormi uma noite... Uma noite só!

— Ah, então o senhor confirma que dormiu ali nessa mesma noite em que cheguei à vila, não é mesmo? É verdade que Martinha havia reunido o povo naquela casa e que apesar de lhe pedirem que se retirasse, o senhor ficou?

— Fiquei apenas por mais um tempo para tomar café com o dono da casa. Quanto ao povo, este se retirou atendendo ao pedido de Martinha.

— E o que o levou a acreditar nas declarações de Martinha?

— Primeiro, porque o corpo da finada Maria foi achado intacto; segundo, porque Profina, mãe da finada, declarou que realmente a havia amaldiçoado em vida, conforme foi dito pela pardinha...

— Terceiro...? — ajudou o delegado.

— Terceiro, por Martinha ter feito uma confissão em público, conforme a versão que a finada me havia contado no leito da morte: a de que ela havia pecado com Bento Mattos, o espanhol.

— Quarto...?

— Porque Martinha me dissera que uma noite lhe aparecera a finada senhora, vestida de branco, com fogo pelas costas, e que ela lhe havia pedido para alforriar Andrecca, mãe de Martinha, além dela própria.

— Quinto...?

— Não tem quinto, delegado.

— Não faz mal. Então, me responda o seguinte: por que Martinha foi alforriada, por quem e qual a razão de o senhor ter em seu poder essa carta de alforria? Quem lhe entregou esse documento?

— Martinha foi alforriada por ter a alma de sua finada senhora pedido pela boca dessa mesma escrava. Também por ter essa escrava recebido aquele espírito em seu corpo para purgar os seus pecados...

— E a carta, seu vigário? — insistiu o doutor Olyntho.

— A carta foi passada pelo escrivão do Juiz da Paz e assinada pelo testamenteiro da falecida. Eu assinei como testemunha juntamente com muitos outros cidadãos preocupados com o destino da alma de Maria.

Segurando o queixo com uma das mãos, o delegado balançou a cabeça de um lado para o outro reafirmando o sinal de dúvida. Em seguida, perguntou se o vigário realmente acreditava que uma alma poderia vir da eternidade só para pedir alforria de uma escrava-parda propagandeando heresias pobres, além de causar perdas à pequena órfã Olympia? Não seria tudo aquilo uma artimanha incrível e indigna de um servidor da Igreja?

Desta vez o vigário não conseguiu controlar sua raiva. Deu um murro ainda mais forte na mesa e, se tivesse se deixado levar pelos seus sentimentos naquele instante, teria agredido o delegado. Conteve-se. Respirou fundo e fez silêncio. Levou as mãos ao rosto e assim permaneceu por alguns segundos. Recuperado, respondeu:

— Desculpe-me, doutor Olyntho. Vou tentar responder às suas dúvidas. Se eu as tenho, imagino o senhor... Acredito que tudo isto é possível desde que seja vontade de D'us. Eu acredito que a alma da finada Maria veio ao mundo para fazer o bem, isto é, dar liberdade às suas escravas. E, de mais a mais, não acredito que os herdeiros iriam se opor, visto que também era para o bem da falecida. Uma questão de reparação moral! Esta foi a forma que a finada Maria encontrou para fazer justiça aos que ficaram e enfrentar a justiça divina.

José Maria Fernandes resolveu esticar sua explicação fornecendo outros elementos ao delegado. Discorreu longamente sobre a morte e a justiça divina, a relação entre o mundo dos vivos e o dos mortos, a morte física e a morte espiritual. E Maria, na sua opinião, dependia da solidariedade daqueles que, por meio de orações e missas, poderiam ajudar sua alma a alcançar o Paraíso.

— E por que razão o senhor tem em seu poder a carta de alforria de Martinha? — insistiu o delegado.

— Foi o testamenteiro José Pestana que pediu para que eu a guardasse. Disse-me assim mesmo, nestes termos: "Senhor vigário, guarde esta carta para entregar à rapariga quando ficar boa".

— E Martinha não fazia prognósticos de castigos sem que causa alguma se realizasse? Isto não seria mais uma razão para deixar de lhe dar crédito?

— Realmente, nada se realizou, e hoje estou persuadido de ter sido enganado por essa menina-parda.

— O senhor recebeu alguma carta comunicando que eu, chefe de polícia, estaria em Ourém? Quem escreveu esta carta e quem foi o portador dessa notícia?

— Eu não recebi carta alguma e, sim, Ignácio Felix Guerreiro que, prontamente, veio mostrá-la a mim. O senhor sabe quem é Ignácio Guerreiro, não sabe?

— Sei, sim. O velho Ignácio…! Ele foi presidente da Câmara há muitos anos. Acho que por volta de 1837, mais ou menos. Inclusive, naquela época o senhor Martinho também era vereador juntamente com Manoel Pestana. Acho que naquele tempo o senhor ainda não morava em Ourém, não é mesmo senhor vigário?

Nervoso, o vigário respondeu ao delegado:

— É isso mesmo, doutor. Mas deixe-me explicar uma coisa: acho que foi o genro desse Felix Guerreiro quem escreveu a tal carta. Certamente estão todos ligados à Maçonaria que, como é voz corrente, possui inúmeros adeptos nesta capital da Província. É isso o que sei e pronto!

— Pronto nada! — retrucou o delegado. — Nesse mesmo dia, o senhor foi falar com Elias e o aconselhou a não vir para Belém? O senhor sabia que eu iria interrogá-lo, não é mesmo?

— Eu apenas o aconselhei a não vir para Belém pois aqui lhe tinham sucedido os primeiros sintomas do mal. Disse que ele ia ficar bom, mas isso foi em outro dia.

— Obrigado, vigário. Nada mais tenho a lhe perguntar. Assine o seu testemunho, por favor. Depois disto, o senhor está dispensado.

Sem dar chance para comentários paralelos, o delegado ordenou ao escrivão Bernardino que mandasse Elias entrar. Saiu o padre e entrou Elias, que estava muito bem vestido e penteado. Parou defronte à mesa do senhor delegado e aguardou a ordem para sentar. A ordem não demorou a chegar, assim como o interrogatório. Após ter confirmado o nome do rapaz, o delegado quis saber a razão dele urrar como um jumento na igrejinha de Ourém.

Elias não gostou muito da comparação, mas achou melhor não contestar. Afinal, estava diante de uma autoridade pública respeitada por todos. Respondeu que urrara por assim lhe haver ordenado o vigário de Ourém. Aproveitou para confessar que, na maioria das vezes, não tinha vontade própria, sentimentos típicos de quem estava com o diabo no corpo.

— E por que o senhor não repetiu tudo isto aqui em Belém diante dos meus colegas, os doutores Augusto Thiago Pinto e Marcello Lobato de Castro?

— Eu não tive vontade do que fiz, não. Fui obrigado! Tenho aqui dentro uma força maligna que me obriga a fazer cousas extraordinárias. Sinto-me estranho, com o corpo moído por fortes dores que não me deixam em paz. Tenho enjoos, diarreia. Até já mijei sangue, doutor! Às vezes, o diabo Ciprião se manifesta assim...

— E por que, quando eu estive lá em Ourém, o senhor não fez essas cousas extraordinárias? Nem mesmo aqui, nesta delegacia, depois que os sobreditos doutores disseram que tudo isso era fingimento. Estranho, não é mesmo, meu rapaz?

— Em Ourém nada fiz por ter sido animado pelo senhor para ficar calado. Aqui...? Não sei a razão. Aliás, não sei bem por que faço certas cousas. Acho que é o diabo que me atiça a mentir...!

— Elias, é verdade que o vigário José Fernandes o aconselhou a não vir para Belém, ainda no caso de que a justiça o quisesse tirá-lo de Ourém?

Elias ficou em dúvida se deveria responder ou não. Olhou para trás em busca do apoio do vigário, mas não conseguiu avistá-lo. Ficou mudo por alguns instantes, até que o delegado chamou sua atenção. Respondeu então que tudo aquilo era verdade e que o vigário o havia aconselhado a não se apresentar à justiça da Província. Deveria permanecer em Ourém à custa de Martinho dos Santos Martines, presidente da Câmara, que havia concordado em sustentá-lo por caridade, visto não ter nenhum interesse maior no seu caso.

— Elias, mais uma perguntinha: por que disseste na igreja, depois que te perguntaram quem eram os teus sócios, que Porfírio José Carvalho não tinha o espírito maligno? Por que você mudou de opinião substituindo o nome dele pelo de João Erico?

Elias sacudiu os ombros e, fazendo cara de deboche, respondeu que considerava João Erico muito antipático e que, por isso, resolveu citar o seu nome.

— E Sabá, o senhor a conhece muito bem, não é mesmo? Estás apaixonado por ela, meu rapaz? — continuou o delegado, arregalando os olhos como se fosse um sapo, sequelas de uma disfunção na tiroide.

Elias ensaiou um sorriso de alegria, mas não teve coragem de responder. Envergonhado, apenas balançou a cabeça num afirmativo "sim, senhor!" Sem encarar o olhar autoritário do delegado, Elias disse também estar desapontado com a moça que, ao vê-lo tão endiabrado, havia se afastado alegando que seu corpo, desde que o conhecera, exalava cheiro de carniça, enxofre e catinga de bode velho.

Interessado, o doutor Olyntho quis saber mais sobre o romance de Elias com Sabá. No entanto, o rapaz mostrava-se encabulado e um tanto reticente sobre sua vida particular. Mas, instigado pelo delegado, confessou que mandara fazer umas rezas com o intuito de refazer suas relações com Sabá.

— Que rezas, meu rapaz? — perguntou imediatamente o delegado.

— Foi a tia Engrácia que me ensinou…

— A bruxa do mercado? Cada uma, Elias! Essa mulher tem várias passagens aqui na delegacia. É uma charlatã de primeiro escalão! Mas o que foi que ela te ensinou? — quis saber o delegado, sem conter a curiosidade.

Envergonhado, o rapaz tornou a abaixar a cabeça, fixando o olhar nos dedos da mão. Tremia, tremia de ódio e vergonha, pois não tolerava ouvir sermão. Nem de padre, quanto mais de delegado! Elias, emburrado, encolheu os ombros e não respondeu. Trêmulo, começou a procurar alguma coisa pelos bolsos do paletó. O delegado apenas o observava, curioso. Elias, após vasculhar-se quase por inteiro, achou o que procurava. Tirou do bolso um pedacinho de papel amassado e sujo de barro. Abriu-o e, rapidamente, entregou-o ao delegado, que se esforçou para conseguir ler o que estava anotado. Enquanto isso, o rapaz lhe explicava o conteúdo:

— É uma oração para salgamento da porta da pessoa amada. Foi a tia Engrácia que me ordenou que a escrevesse. Paguei-lhe uns trocados pela consulta. Depois fiz tudo conforme ela me disse, durante três noites seguidas. Dê-me a oração, senhor delegado, vou lê-la para o senhor.

Em silêncio, o doutor Olyntho devolveu-lhe o papel e aguardou a leitura. Elias aproximou-se ainda mais da mesa e, quase sussurrando, leu a reza entremeando-a com explicações pessoais, orientações para o rito:

A porta de... (aqui eu tinha que dizer o nome de Sabá) *venho ressalgar, para o meu bem e não para o meu mal, para que ao marido, amante ou namorada que aqui quiser entrar se arme tal rio, tal mar, tal guerra e tal desunião como Ferra-Braz com seu irmão: esta...* (aqui se deve deitar uma mão de sal) *é para Caiphaz; esta...* (outra mão de sal) *é para Pilatos; esta...* (mais uma mão de sal) *é para Herodes e para o diabo coxo, que lhe aperte o garrocho que o faça estalar, e não possa descansar sem à porta assomar quando eu passar e comigo falar; tudo que souber me contará, tudo que tiver me dará, todos os homens abandonarás e só a mim amarás.*

Concluída a leitura, Elias dobrou o papelzinho e guardou-o no bolso do paletó. Retomou sua postura na cadeira e aguardou, ansioso, os comentários do delegado que, com ar de resignação, fitava-o nos olhos. Em silêncio, o doutor Olyntho passou uma das mãos pela testa como se estivesse tentando apagar dali todos os seus pensamentos. Não sabia o que responder ao rapaz que aguardava algum comentário de sua parte. Decidiu ser breve e encerrar o inquérito. Gentilmente solicitou ao rapaz que assinasse o termo de declarações e se retirasse.

Sem compreender a brusca interrupção, Elias suspirou aliviado. Retirou-se, dando lugar a José Antunes Rodrigues Catramby, comandante do vapor, que também fora intimado a depor. Do lado de fora esperavam mais duas testemunhas: Alfredo Baena e dona Januária, esposa de Juan Maldonado. Mulata vistosa e atraente, Januária mostrara-se tentada pelos olhos verdes de Baena, que não resistira ao perfume sedutor daquela distinta senhora.

Januária, de minuto em minuto, cruzava as belas pernas alternadamente, fazendo arruaçar a longa saia de seda que lhe cobria os tornozelos. Consciente de que "tudo que é misterioso atiça a curiosidade", Januária não deixou por menos. Mexia-se e remexia-se, instigando o jovem que não conseguia desviar o olhar de seus seios que, timidamente, despontavam pelo decote da blusa de renda. Com a desculpa do calor, Januária desabotoou mais um dos botões da blusa. Foi o convite certo para Baena se aproximar...

O rapaz levantou-se e, sem muita cerimônia, sentou-se na única cadeira que restava ao lado de dona Januária. Foi aí que sentiu o seu perfume de banho de cheiro. Respirou fundo e se apresentou. Antes tomou o cuidado de, disfarçadamente, tirar a aliança que trazia na mão esquerda.

— Meu nome é Baena. Luiz Alfredo Monteiro Baena.

— Muito prazer, seu Baena. Sou Januária... dona Januária, esposa do senhor Donadinho. Mas o que o traz aqui, seu Baena? O senhor é daqui da Província?

— Nascido e crescido. Acredito que o mesmo diabo nos une, minha senhora. Fui vizinho de Elias, o português ourives, quando ele ainda morava aqui em Belém. Creio que essa é a razão de eu ter sido chamado para depor sobre esse caso.

Interessada no rapaz, Januária arregalou os olhos cor de jabuticaba, acertou os seios por dentro da blusa e alimentou a conversa. Finalmente alguém poderia lhe falar um pouco mais sobre Elias que, a seu ver, não passava de um forasteiro como tantos outros que costumavam perambular por aquelas terras da Província. Foi direto ao assunto: queria saber detalhes sobre o comportamento do português endiabrado.

— Ele sempre se comportou como um animal malcheiroso?

Seguro de seus conhecimentos, Baena respondeu que a figura de Elias era sempre horrível e que ele, volta e meia, imitava as vozes de vários animais: touro, macaco, arara, morcego. Para cada um desses bichos, mudava a expressão do rosto fazendo caras estranhas. Comentou também que o rapaz costuma gesticular de forma desajeitada, contorcendo os lábios e fungando muito como se estivesse resfriado.

— Elias é extraordinário! — acrescentou Baena. — Pois eu me recordo, há alguns anos, dele miando na calçada feito uma gata no cio. A senhora já viu gata no cio, dona Januária?

Januária acertou-se novamente na cadeira, cruzou e descruzou as pernas várias vezes, mas não respondeu. Baena continuou:

— Pois o Elias estava assim. Eu assisti tudo isso da janela da minha casa. E precisava de ver como a plebe se divertia com suas palhaçadas. Aqui em Belém a gente não deu muita importância aos seus gracejos pois não chegava a perturbar a ordem pública.

Às vezes, chegava a ter ajuntamento na frente da pensão onde ele morava. Bem diz o ditado: "Na falta de pão, o povo vai ao circo".

— E o que senhor faz, seu Baena? — perguntou Januária, instigada pela curiosidade.

— Sou escriturário da Tesouraria da Fazenda e também Juiz da Paz do Distrito. E a senhora, conheceu Juliana?

— Não — respondeu secamente Januária sem compreender a razão da pergunta.

— Juliana é uma mulata que foi escrava do meu cunhado, o desembargador Joaquim Rodrigues de Souza. A senhora já ouviu falar dele, certamente!

Fazendo ar de interessada, Januária procurou demonstrar que conhecia aquela gente da elite paraense. Afinal, ela não gostaria de aparecer como "uma mulher qualquer" aos olhos daquele distinto juiz.

— Ah, sim! Família importante daqui da Província. Gente de bem, não é senhor Baena? Estivemos em algumas ocasiões na residência do casal Rodrigues de Souza. Reuniões festivas, nada mais.

Em tom brincalhão e sem desviar o olhar dos belos seios de Januária, Baena comentou:

— Pois é... Mas o fato é que essa Juliana contou para algumas pessoas da minha família que o danado do português Elias, durante várias noites, costumava urrar para fazer medo a qualquer vizinho. Isso é anormal, a senhora concorda?

Foi nesse instante que entrou o delegado Olyntho, e, sem entender muito a sequência da conversa, foi logo perguntando sobre o paradeiro da tal mulata. Afinal, mulatas e diabos é que não faltavam naquela estória. Desconcertado com a presença do delegado, o jovem juiz Baena colocou-se de pé e, afastando-se de Januária, respondeu que Juliana estava em Cametá, mas que retornaria em breve. Prometeu trazê-la até a presença do delegado, caso houvesse necessidade.

O doutor Olyntho agradeceu-lhe a atenção e, sem muitos rodeios, segurou formalmente Januária por um dos braços e a conduziu até a sala de interrogatório. Baena acompanhou-a com os olhos até perdê-la de vista. Tentou respirar fundo em busca do perfume irresistível daquela mulata. Desapontado, Baena percebeu que um cheiro forte de bebida e mijo dominavam o ambiente, acostumado a receber toda fauna de indesejáveis sociais.

Na sala de interrogatório, o delegado dominava a cena. Ordenou à dona Januária que informasse ao escrivão Bernardino os seus dados completos. Acomodada na dura cadeira de jacarandá, Januária atendeu ao pedido. Disse chamar-se Januária Maria do Nascimento, 24 anos, nascida na Província e casada com Juan Maldonado, espanhol, comerciante em Ourém. Informou ser filha de Catherine, falecida durante o parto, em 1836, e que seu pai, ainda vivo, era o senhor José Pestana.

Enquanto o escrivão anotava, o delegado perguntou sobre o fato de seu marido ter ido chamar Martinha na sua residência por ocasião da visita dos padres de Belém à vila de Ourém. Januária, sem titubear, confirmou ter visto e ouvido tudo que foi conversado e que o caso era de emergência, grave.

— Isso foi no dia quinze passado, uma sexta-feira. Meu marido chamou Martinha a mando do vigário, que estava desesperado lá na igreja pois o rapaz Elias não havia urrado. E, na noite anterior, a escrava pardinha já havia sugerido ao vigário chamar também a parda Romana para ajudar a urrar na sexta-feira, se necessário.

Atrapalhado com tantos possessos e diabos, o delegado a interrompeu.

— Calma que o andor é de barro, dona Januária! Quem é essa tal de parda Romana? Ela é escrava ou é moça livre?

OS DIABOS DE OURÉM   173

— Livre, senhor delegado. Eu soube que ela já esteve presa aqui na cadeia de Belém por bebedeira e furto.

"Mais uma! Parece até que deu uma epidemia de diabos na Província" — pensou consigo mesmo o delegado.

— E a senhora sabe se o vigário tem, ou tinha, relações com Gabriel Blanco, espanhol morador aqui em Belém?

Januária parou para pensar um pouco antes de responder.

— Do vigário eu não sei, mas o meu marido Donadinho tem muita amizade. Ou melhor, nós temos, pois ele é o nosso padrinho de casamento. Tanto é que estou hospedada na casa dele aqui na cidade.

— E existe alguma relação dele com a pardinha ou com a Maçonaria?

— Acho que com os dois: com Martinha e com a Maçonaria. Ele foi um dos homens que ajudou a carregar o pálio no dia em que Martinha saiu em procissão, debaixo dele.

— Tem certeza, dona Januária?

— Foi o Donadinho que me contou assim que retornou da procissão. Nesse dia eu não estava presente.

O delegado Olyntho ainda não estava satisfeito. Faltavam-lhe alguns dados para conseguir desatar todos os nós daquela teia. Tentou esticar os fios do seu pensamento, (re)ordenando os fatos. A trama entre o vigário José Maria e a escrava pardinha estava desatada. Tinha certeza de que alguns cidadãos ligados à Maçonaria estavam envolvidos com a liberdade preterida por Martinha, haja vista que quem havia assinado a tal carta de alforria havia sido José Pestana, viúvo da Catherine. Na sua opinião, Martinha e o padreco da vila eram os que mais estavam lucrando com a tal estória dos diabos e da Santa Mártir: dízimos, sexo e popularidade. E o povo, ignorante e cego, alimentava a fogueira das vaidades.

O doutor Olyntho refletia sobre tudo isso quando ouviu a voz suave de Januária que, inquieta, chamou-lhe a atenção:

— O senhor quer saber mais alguma coisa, doutor delegado?

— Desculpe-me, dona Januária. Estava aqui pensando com os meus botões como é que ficou a vida lá na Chácara Graciosa onde morava a finada Maria do Nascimento. Ela deixou muitos bens para a menina Olympia?

— Para nós não sobrou nada, doutor. O testamenteiro é meu próprio pai, o senhor José Pestana. Quando minha avó Maria do Nascimento faleceu, ela estava muito bem de vida. Deixou alguns bens móveis para a pequena Olympia, que agora vive sob a custódia da dona Profina. Mas, na verdade, quem cuida da educação da menina é o Martines, homem letrado, politiqueiro, educado aqui na Província.

Interrogada sobre os bens deixados por Maria do Nascimento, Januária disse que há alguns dias viu Donadinho fazendo uma relação de tudo que havia ficado lá na Chácara Graciosa. Chegou a listar cinco escravos: Martinha e sua mãe Andrecca, a cozinheira Joanna, João Preto e Maria Nova. Na sua opinião, João Preto, que já estava beirando uns sessenta anos, não valia mais que vinte mil réis. Escrava boa era Maria Nova, solteira, preta crioula rendeira, com vinte e dois anos de idade. Valia uns cento e cinquenta mil réis e havia sido adquirida nas Minas pelo seu falecido avô Antônio Souza do Nascimento.

Januária contou também que a finada Maria do Nascimento havia herdado outros bens e que estes ainda estavam lá na chácara e que Donadinho já havia conferido tudo: uma dúzia de tamboretes de pau ordinário que valiam juntos três mil réis, um leito sem paramento de pau de jacarandá torneado que valia uns cinquenta mil réis, um guarda-roupa de pau de caixeta que valia quatro mil réis, uma roda de ralar mandioca e um forno de cobre no valor de dez mil réis. Descobriu também que num baú de pau-de-cânfora ornamentado com madrepérola Maria do Nascimento costumava guardar alguns bens de valor: dois garfos, duas colheres e uma faca de prata, algumas moedas de ouro, um pequeno par de brincos portugueses, também de ouro, e meia dúzia de botões de prata.

— E por que razão o senhor seu marido elaborou essa lista de bens, dona Januária? Já não está tudo incluído no testamento? — perguntou intrigado o delegado.

— Parece-me que o espírito de Maria do Nascimento estava pedindo que tudo fosse doado para a paróquia do vigário José Maria. Disso eu não tenho certeza, não. Só por ouvir dizer... Lembrei-me de mais umas coisas de valor: no baú grande de jacarandá a minha avó costumava guardar meia dúzia de pratos de estanho usados e vários cortes de pano de seda comprados lá na praça do Rio de Janeiro. Mas o que sempre me encantou é um espelho pequeno com molduras de pau-preto, o cavalo castanho-escuro com selim de cavalgar e uma carabina antiga.

Januária sentiu-se aliviada quando o delegado encerrou esse assunto e a dispensou.

— Obrigada por tudo, dona Januária. Assine aqui, por favor.

— Não sei escrever, senhor delegado! — respondeu envergonhada a bela mulher.

— Obrigado, assim mesmo. Pode se retirar e, por gentileza, peça ao doutor Baena para entrar.

Januária voltou-se para o delegado e, toda faceira, perguntou se seria possível interrogar seu marido antes do doutor Baena. Teriam que retornar em breve para Ourém e a viagem pelo Guamá era muito cansativa e levava um dia inteiro. O delegado não resistiu ao sorriso daquela bela mulher. Respirou fundo o perfume de patchuli que estava no ar e, sem discutir, ordenou ao escrivão que mandasse entrar Juan Maldonado.

Bernardino levantou-se e calmamente caminhou em direção à sala de espera. Lá estava Juan Maldonado, sentado bem ao lado do juiz Baena que, distraidamente, olhava janela afora. Chamado pelo escrivão, levantou-se e entrou na sala, cruzando rapidamente com Januária que tomou seu lugar ao lado do jovem juiz. Preocupado com as faceirices de Januária, caminhou olhando para trás até chegar à mesa do delegado que, educadamente, ofereceu-lhe um copo de suco de açaí. Em seguida, atendeu ao pedido do escrivão que perguntou por seu nome completo, naturalidade, profissão e residência. Dirigindo seu olhar para o delegado, Donadinho respondeu:

— Como o senhor sabe, sou da Espanha. Meu nome completo é Juan Maldonado e tenho 26 anos completos. Sou casado com dona Januária desde 1852. Atualmente moramos em Ourém, naquela rua que fica atrás da matriz. Sou negociante...

— Ótimo! — interrompeu o delegado. — Mas me diga uma coisa, há quanto tempo a escrava da menina Olympia está hospedada em tua casa?

Donadinho engoliu grosso e, após tomar um gole de suco, respondeu:

— Acredito que por um espaço de três semanas, mais ou menos.

— E o vigário José Maria, vai sempre à tua casa?

— Frequentemente, sempre que Martinha assim o pede. Às vezes, ele fica com a menina-parda diante das pessoas da casa e, outras vezes, fica num quarto separado, destinado só para ela. Agora, na noite do dia catorze, quando o senhor chegou lá na vila, o vigário dormiu com Martinha...

O delegado não conseguiu esconder um sorriso de satisfação. Conteve-se para não tecer comentários. Preferia que Donadinho falasse por livre e espontânea vontade.

— E sabe, senhor delegado, toda vez que Martinha tinha de sair da chácara para visitar alguém perto da vila, ia antes até a casa do vigário pedir-lhe licença.

— E isto acontecia sempre, senhor Donadinho?

— Sempre durante o dia, doutor. Agora, o vigário é que vai a qualquer hora lá na minha casa.

O delegado pensou um pouco sobre o que acabara de ouvir. Gostaria de saber detalhes sobre as visitas do vigário.

— Senhor Donadinho... o senhor nunca desconfiou do vigário a respeito de Martinha? O senhor compreende o que eu quero dizer com essa pergunta? Eles não...?

Donadinho sequer deixou o delegado continuar.

— Imagine, doutor! Sempre tive o vigário em boa conta. Só que, atualmente, estou convencido do contrário.

— E por que razão?

— Tendo em vista o grande susto que o padre levou quando entrei no quarto em que ele dormia ao lado de Martinha. É só isso que eu sei, doutor, nada mais.

Desapontado com a resposta, o delegado resolveu não insistir. Dispensou Donadinho que, um tanto afobado, solicitou ao escrivão a folha para assinar. Estava preocupado com Januária que o aguardava na sala de espera. O velho Bernardino acompanhou-o até a porta e, em seguida, chamou Alfredo Baena.

E assim continuou o interrogatório por horas e horas. No final da tarde, o delegado José Olyntho já estava saturado de tanto ouvir falar do diabo. Chamou o escrivão Bernardino e pediu-lhe que juntasse todas as páginas do processo e contasse os testemunhos registrados.

— Sete declarações em dois dias: a escrava Martinha, o vigário José Fernandes, o endiabrado Elias, José Antunes, dona Januária, Maldonado e Alfredo Baena. Com toda a certeza, temos oitenta e cinco páginas redigidas em frente e verso até o dia de hoje, vinte e seis de junho. O penúltimo a depor foi o senhor Juan Maldonado seguido do doutor Baena, que pouco acrescentou.

O delegado ficou pensativo por alguns instantes e, em seguida, requisitou os autos para dar uma última passada de olhos. Apenas conferiu os nomes das testemunhas, rubricou folha por folha e solicitou ao escrivão que redigisse o encerramento "como de praxe".

— Assim que estiver concluído, pode encaminhá-lo para a Câmara Eclesiástica — ordenou o delegado.

— Por que para a Câmara Eclesiástica, doutor?

— Porque agora vai ser instaurado um outro processo contra o padre José Maria. Com base nestes testemunhos por nós registrados, o encarregado que será indicado terá subsídios para extrair os pontos de acusação que dizem respeito ao juízo eclesiástico.

— E que pontos são esses, doutor?

— Exumação de cadáver e tentação de sigilo, superstição, afronta aos princípios eclesiásticos e a pureza da religião etc. etc. Os párocos devem evitar profanação das sepulturas cristãs dos fiéis e nunca permitir que se faça exumação dos cadáveres ou de suas cinzas sem a expressa licença do Ordinário, ainda que se trate de cemitérios secularizados ou profanados. Mas, vamos lá, Bernardino! Por hoje chega! Deixe que a sorte resolva o destino desse padre que, a meu ver, é um impostor. Agora ele está nas mãos de D'us.

— De D'us ou do diabo? Se escapar de um, provavelmente vai cair nas mãos do outro. Aliás, diabo com diabo se entendem, não é mesmo doutor?

— Chega de tanta conversa, Bernardino! Amanhã mesmo procure pelo arcebispo Raymundo Severino de Mattos, o Vigário

Capitular da Diocese e entregue a ele os autos completos. Informe que ele deverá juntar as peças eclesiásticas e, assim feito, devolvê-los para que possamos julgar o caso e proferir a sentença. Boa tarde, Bernardino!

Sem dar oportunidade para o escrivão responder, o delegado retirou-se apressado. Do lado de fora da delegacia, diminuiu os passos e, com um longo respiro, apreciou o ar quente com cheiro de tacacá, cheiro de Belém em todo final de tarde. Distraidamente cruzou o mercado de Ver-o-Peso sem dar atenção às vendeiras que, com seus tabuleiros repletos de raízes, folhas e garrafas coloridas, gritavam anunciando seus produtos.

— Chêro cheroso! O namorado fugiu? O marido corneou? Tá difícil o amor? Pode parar por aqui mesmo, seu moço! Aqui temos a felicidade…

— Olha a macaxeira, mangaba, abricó-de-São Domingos, pitangas, banana, manga… madurinha!

— Olha o pó de amansá diabo…!

— Olho de boto cor-de-rosa pra asseio…

O delegado passou direto sem dar ouvidos aos chamados que se entrecortavam de um lado para o outro do mercado.

— Piramutaba, traíra, acará… Olha o peixe fresco!

— É aqui a banca dos sete pecados: refresco de açaí, tacacá com molho de tucupi, pirarucu assado com pirão de açaí…

Sem pestanejar, José Olyntho estancou diante da banca dos pecados e pediu um prato-feito com bastante pimenta. Ao lado, uma velha portuguesa atendia à unção dos devotos e à luxúria dos safados anunciando "toucinhos de virgem", "fatias do céu", "barrigas de freiras", "papos de anjo".

XI

O INQUÉRITO

Finalmente chegou o dia 12 de agosto. Deveriam ser nove da manhã, mais ou menos, pois caboclo daquela região marca o tempo pelo tempo: sol nascente, sol a prumo, calor do meio-dia, hora da sesta, seis horas a fio até que a maré encha, hora da reza, pôr do sol. Na vila de Ourém só se falava de dois assuntos: da presença do reverendo Honorato, enviado pela Cúria Metropolitana de Belém, e das testemunhas intimadas para depor sobre os diabos. Ninguém sabia ao certo a razão daquela ilustre visita. Uns falavam que o cônego Ismael Nery havia denunciado o padre José Fernandes como impostor, outros achavam que a Cúria de Belém havia enviado o reverendo Honorato para confirmar a verdade sobre Santa Maria Mártir pois as autoridades eclesiásticas pretendiam canonizá-la como santa de verdade, considerando os sinais enviados do Céu. Os mais moralistas criticavam José Fernandes por ter misturado sexo com religião, demônio com santidade.

Diz-que-diz, fala-que-fala!

O certo mesmo é que após o retorno do cônego Ismael Nery para Belém o vigário José Fernandes foi afastado de suas funções na paróquia, seguramente em consequência do inquérito instaurado pela Cúria Metropolitana que, antes de mais nada, procurou ouvir as diferentes versões acerca do diabo. Para essa missão foi enviado como Juiz Capitular o reverendo Honorato, um dos homens mais cultos e perspicazes da capital da Província, descontada a sua gula.

Enquanto a população comentava sobre a presença do reverendo recém-chegado em Ourém, outros buscavam assinaturas para encaminhar um abaixo-assinado em defesa do padre José Maria Fernandes. A intenção era de entregar esse documento ao tal reverendo-inquiridor para que ele o anexasse aos autos. Prós e contras circulavam por toda a vila que há vários dias não tinha outro assunto além do inquérito que iria julgar os atos do padre José Fernandes. A culpa maior ficava por conta da Divina Providência.

Um grupo dos defensores do vigário José Fernandes conseguiu reunir sessenta e sete assinaturas. Organizaram uma comitiva e dirigiram-se à Casa Paroquial onde seria realizado o inquérito. Martinho Martines, o irmão da falecida Maria, solicitou ao escrivão permissão para entregar o documento ao reverendo Honorato, que o autorizou de imediato. Como se fosse um mensageiro, Martines entrou e saiu rapidamente, evitando conversar com aqueles que aguardavam para depor. O reverendo leu rapidamente o abaixo-assinado:

> [...] vem os mesmos por meio deste documento defender a reputação do seu vigário, atestando, e jurando se necessário for, que se o vigário José Maria Fernandes cometeu algum crime foi sem interesse. Se fez tudo isso foi como Pastor tentando salvar almas, sacrificando a sua vida com o peso de tanto trabalho. Os abaixo-assinados estão convencidos, assim como o seu pároco, de que esses fatos eram operados pela Providência. Como testemunhas, acompanharam o seu vigário nas orações; o que por certo não o fariam se estivessem convencidos do contrário...

Honorato preferiu não fazer comentários acerca do conteúdo, pois caberia a ele analisar as questões de fato e de direito. Na qualidade de Juiz Capitular, ele deveria ouvir e registrar as denúncias sem poder modificar a definição jurídica dos fatos narrados. Dobrou o documento e solicitou ao escrivão que o anexasse na pasta dos autos. Em seguida, achou por bem dar início ao inquérito. A varanda se encontrava repleta de testemunhas e curiosos. Todos estavam inquietos, preocupados com o desenrolar daquele desconhecido cerimonial. Brigava-se por um lugarzinho no banco estreito que decorava a entrada da Casa Paroquial, mais conhecida como "a casa do padre". Os mais atrevidos tentavam espreitar por uma das janelas que dava para a sala principal.

— Todos aqui têm a paciência do jabuti, ainda bem...! — comentou calmamente o corpulento Honorato com o escrivão Felizardo, referindo-se à crença de que todo caboclo tem a virtude desse animal: saber esperar. Estória antiga essa a de que jabuti não se aflige quando sobre ele cai um tronco que o prenda; ele espera que o tronco apodreça, curtindo um longo jejum e depois saindo calmamente. Mas nem todos estavam tão calmos assim.

O escrivão era o mais agitado entre os presentes, visto que não estava acostumado a servir um Juiz Capitular. Entrou e saiu da sala várias vezes até que, minutos depois, recebeu ordens para ler em voz alta a lista dos cidadãos convocados para depor: José dos Santos, Sabino José de Souza Nobre, José Francisco Vianna, Manoel Victorino de Souza, Felix José Rodrigues, Manoel Vicente Baptista, Felix Antonio de Souza e Sérgio Manoel Leite.

A cerimônia presidida pelo reverendo Honorato ganhou ares de solenidade, cumprindo com as formalidades de um Tribunal Eclesiástico. Juramentos, perguntas e respostas fariam parte daquele ritual, resgatando as versões acerca da figura de Satanás e seus interlocutores. Com voz firme e imponente, Honorato autorizou a entrada dos convocados para depor, respeitando a ordem de chamada. Cerimonioso, aproveitou a oportunidade para pedir a todos que limpassem os pés na soleira da porta e permanecessem sentados no "banco da sopa", local reservado aos mendigos que, nos dias de festa, eram ali recebidos com uma farta refeição. Nos últimos meses, o vigário José Fernandes, auxiliado pelos préstimos das mulheres da Irmandade, vinha oferecendo um prato de sopa aos peregrinos que ali chegavam para rezar por Santa Maria Mártir.

Coube ao escrivão ler interruptamente o nome e a notificação da primeira testemunha:

Certifico e posto por fé que notifiquei a Quintino
José dos Santos na sua própria pessoa para ser
interrogado sobre os acontecimentos ultimamente
ocorridos na Vila de Ourém. O referido é verdade,
em fé de que me assigno.

Ourém, 12 de agosto de 1860.
O escrivão Felizardo da Silva Pinheiro.

Em seguida, o reverendo Honorato tomou a palavra tendo sobre si o olhar carinhoso de uma Virgem Maria que, de um antigo oratório de madeira pintado, controlava tudo o que se passava na "sala da sopa". Duas velas ardiam aos seus pés, dando brilho ao seu rosto coroado por um manto barroco de fina seda azul-celeste. Todos procuraram manter-se em silêncio.

O inquérito começou seguindo as normas de praxe: dados pessoais e juramento sobre os Sagrados Evangelhos. O primeiro a depor foi o lavrador Quintino José dos Santos, solteiro, trinta e oito anos mais ou menos, natural de Ourém. Seguindo a tradição, colocou sua mão direita sobre o livro sagrado e jurou dizer a verdade sobre o que lhe fosse perguntado. Após esse ritual,

Quintino fez o sinal da cruz e sentou-se novamente. O reverendo perguntou se o jovem lavrador era amigo, inimigo, parente ou dependente do Vigário Callado, José Maria Fernandes. Quintino afirmou não ser nada disso.

— O senhor sabe se o vigário José Maria confessou na hora da morte a falecida Maria do Nascimento? — perguntou Honorato.

— Ouvi dizer, por isso eu sei. Só por ouvir dizer. — Confirmou Quintino.

— O senhor sabe se o vigário frequentava a casa da falecida Maria do Nascimento?

— Não sei, não.

— Por acaso sabe se a escrava Martinha pediu para o padre assistir à exumação do cadáver de Maria do Nascimento?

— Só na primeira vez, reverendo. Na primeira exumação ele benzeu o cadáver e, na segunda vez, eu não assisti. Mas eu me lembro que na primeira vez esteve presente, junto com o senhor vigário, a mãe da falecida. Ela até ajudou a deitar o corpo na cova novamente.

— Obrigado, seu Quirino. Por enquanto, é só isso. Pode se retirar.

O lavrador ficou decepcionado pois esperava vivenciar ali um longo interrogatório. Assinou o depoimento registrado pelo velho escrivão e, após pedir a benção ao reverendo, retirou-se do recinto. Seu lugar foi imediatamente ocupado por José Francisco Viana, também lavrador. Prevenido, Honorato sabia que as narrativas seriam semelhantes pois todos os presentes haviam sido educados segundo a moral cristã. E a imagem do diabo não mudava muito de um lugar para o outro. Seguindo as regras, pediu a José Francisco que jurasse sobre os Santos Evangelhos colocando a mão direita sobre esta Bíblia. Terminada a cerimônia de praxe, perguntou se o vigário José Maria Fernandes havia confessado a falecida Maria do Nascimento à hora da morte. Vianna afirmou desconhecer este fato, mas lembrou-se de que o vigário era assíduo frequentador da chácara de Maria do Nascimento.

Preocupado em conhecer detalhes sobre o ato de exumação do corpo de Maria do Nascimento, Honorato perguntou se estivera presente à cerimônia ocorrida no cemitério. Vianna contou que assistira apenas à primeira sessão, tendo a oportunidade de ver tudo de muito perto. Fez questão de lembrar que o corpo estava intacto e que não deitava mau cheiro, fato confirmado por todas as testemunhas que lá estiveram. A explicação corrente era de que a alma de Maria do Nascimento ainda não havia sido submetida ao Juízo Final, razão pela qual estava vagando sem destino certo.

Honorato ouvia tudo com a máxima paciência, paciência de jabuti. Como inquiridor deveria reunir as versões que lhe possibilitassem julgar os atos do vigário-exorcista e as cenas de possessão compartilhadas com Martinha e Elias. Foi com este objetivo que perguntou ao depoente se Elias e Martinha haviam sido exorcizados sempre dentro do edifício da igreja, espaço sagrado, domínio de D'us.

— Foi sim, reverendo. O Elias algumas vezes foi exorcizado fora da igreja. Mas eu só assisti ao primeiro exorcismo dele. O senhor precisava ver, reverendo. E... por sinal, ele levou uma coça de cipó do vigário! Essa foi pra valer e pra espantar diabo. E tem mais: o Elias também apanhou do velho Batista, do Brás Pestana, do José Pestana e do Domingos. E eu ajudei a bater com um maço de cordas de rede e, a mando do vigário José Fernandes, dei no Elias.

— E o que vigário lhe disse, seu Vianna?

— O vigário disse assim: "O senhor tem medo de dar no diabo?". Aí, eu respondi: "Não sei se estou dando num diabo ou num homem". Então, bati no diabo!

— Mais uma coisa, seu Vianna: por quantas vezes passou a expiação de Maria do Nascimento que Martinha dizia ter no corpo?

Vianna coçou o queixo, olhou para o teto e, em seguida, respondeu:

— A escrava Martinha dizia que a alma de sua senhora estava no Inferno e que depois passou para o Purgatório e, finalmente, que havia sido salva. Disse também que lá no Céu era conhecida por Santa Maria Mártir. Pedia que todos rezassem padre-nossos e ave-marias pois só assim ela se salvaria... E o povo também se salvaria.

— E o povo, o que fazia? Como tratava Martinha? Lhe fazia devoção? — continuou o inquiridor.

— Só fazia! Tinha gente que levava farinha para a menina pardinha; outros lhe beijavam a mão, tanto na igreja quanto fora dela. Até a esposa do Donadinho, a dona Januária, carregava um guarda-sol aberto para proteger Martinha do calor quando esta saía às ruas... Todos estavam possuídos pelo medo... medo das maldições rogadas por Martinha. Sei de muita gente que foi consultar babalaôs para se proteger das pragas.

— E Martinha, fez algumas práticas na igreja? O que ela falava?

— Fez sim, reverendo. Ela dizia que o povo de Ourém não se chegava à igreja e que só cuidava de trabalhar. E tem mais: no dia d'Ascensão, bem debaixo do púlpito da matriz, a Martinha gritou com o cônego Ismael Nery dizendo que se ele não botasse o Elias para fora da igreja, ele também não seria capaz de tirar o mau espírito do seu corpo. Disse também que o vigário José Maria e o cônego Ismael não tinham mais poder do que o diabo. A escrava disse para o cônego que já havia arrebentado mais dois diabos e uma alma. Tudo isso aconteceu no Domingo do Espírito Santo.

— E sobre o espírito que estava no corpo de Elias?

— Era o espírito de Ciprião, o maioral.

— E os companheiros de Ciprião...? Elias disse quem eram?

— Disse sim.

O reverendo aguardou por uns instantes até que Vianna confirmasse os nomes, os mesmos citados pelas outras testemunhas. Em seguida, deu continuidade ao inquérito procurando saber se o povo de Ourém estava sendo induzido pelo vigário e a escrava Martinha a venerar a Santa Maria Mártir. Vianna confirmou ter ouvido o vigário invocar o nome da santa durante as ladainhas proferidas nas sessões de exorcismo. Lembrou-se que, em outras ocasiões, o vigário fizera longas preleções sobre o caso de Maria do Nascimento tentando explicar aos fiéis como era possível uma alma pecadora escapar das chamas do Inferno. Esta questão realmente incomodava ao reverendo Honorato, que não via com bons olhos tais desvios acerca dos dogmas defendidos pela Igreja Católica.

Satisfeito com o depoimento de Vianna, o reverendo encerrou o interrogatório. Em seguida solicitou a todos que se retirassem pois estava na hora do almoço. O inquérito seria reiniciado após a sesta, como de praxe. Manoel Victorino de Souza, o seu Manoel, seria o próximo a ser interrogado. Em poucos minutos a "sala da sopa" ficou vazia. No oratório, pacienciosa, a Virgem Maria aguardava a próxima sessão inquiritorial. Do lado de fora, nuvens e trovoadas anunciavam chuva para o final da tarde. No alpendre permaneceu apenas Manoel Victorino que, fumando um cigarrinho de palha, fazia companhia ao seu fiel vira-lata que impregnava o ar com um asqueroso cheiro de cachorro molhado. Sua presença na casa do padre confirmava que alguma coisa importante estava ocorrendo em Ourém. O velho lavrador deixara sua roça para atender ao chamado eclesiástico. Convidado por dona Benedita, a serviçal da Casa Paroquial, almoçou um saboroso cozido de peixe com cheiro-verde e pimentão.

Lá pelas duas da tarde, antes do imaginado, começou a chover a cântaros por todos os cantos de Ourém, inclusive pelos lados da Casa Paroquial. Os grandes móveis da sala precisaram ser arrastados por dona Benedita, que apesar dos seus 68 anos, corria de um lado para o outro enxugando o assoalho, colocando vasilhas e escarradeiras de porcelana para aparar as gotas d'água que teimavam em vazar pelas telhas desajustadas do velho casarão. Enquanto isso, as testemunhas retornavam após um rápido almoço lá pela beira do porto. Os que voltaram estavam molhados e embarreados. Convidados a entrar, sentaram-se no "banco da sopa". Deveriam aguardar o reverendo Honorato, que havia se recolhido aos seus aposentos para tirar um pequeno cochilo. Meia hora depois ele surgiu na sala de interrogatório. Parecia estar bem-humorado e com a fisionomia menos cansada. Tomou um copo de água, folheou alguns papéis esparramados por sobre sua mesa e, em seguida, chamou pela próxima testemunha, Manoel Victorino. Este jurou, como de costume, nos Santos Evangelhos e passou a responder às perguntas rotineiras.

— Senhor Manoel, diga-me quantos anos o senhor tem? Casado? Onde nasceu e onde mora? — perguntou o reverendo, dando início à inquirição.

— Sessenta e seis anos. Sou casado sim, reverendo. É uma benção! Nasci aqui em Ourém mesmo e moro perto da vila onde tenho alguns roçados de mandioca e fumo. Agora estou tentando fazer uns canteiros de malva… aquela erva medicinal que serve para inflamação de dentes. — Respondeu com voz rouca o velho lavrador.

Honorato ignorou a explicação sobre a malva. Interessava-lhe saber sobre os atos de exorcismo e o envolvimento da população de Ourém que, segundo os depoimentos, envolvera-se completamente com o caso. Manoel confirmou que os atos de exorcismo praticados pelo vigário haviam sido realizados sempre dentro da igreja. Honorato se mostrava atento a esse detalhe pois tinha dúvidas sobre o comportamento de Elias que, a seu ver, nada mais era do que um fiel católico, medroso e influenciado por terceiros. Ele estaria reproduzindo sintomas e cenas de possessão assistidas em sua terra natal durante a infância. Em todo caso, precisava ouvir mais sobre esse assunto.

Manoel, lavrador como a maioria das testemunhas, contou que estivera presente em todas as sessões de exorcismo e que ficara muito impressionado com o que assistira. Afirmou ter largado suas roças só para ver as tais sessões do espanta-diabo, coisa rara na vila de Ourém e redondezas, além de rezar muito para que as pragas rogadas por Martinha não atingissem suas plantações. Aliás, essa era uma coisa que o preocupa realmente: o terror sentido pelo povo no dia em que o torrão de terra despencou do teto da igreja. O tal "sinal do Céu".

— Esse foi o tal sinal avisando que Maria do Nascimento havia se salvado? — perguntou Honorato.

— Foi sim — respondeu Manoel sem hesitar. — E a Martinha disse que tinha no corpo dois Herodes. E quando o vigário ouviu isso começou a pedir que o povo orasse e que tivesse fé. Que rezassem por ela...

— E o senhor sabe se alguma pessoa considerava Martinha digna de veneração e culto?

O depoente silenciou por alguns segundos tentando compreender melhor a pergunta. Em seguida respondeu que havia visto a mulher de Juan Maldonado andar com Martinha debaixo de um chapéu de sol e que outras pessoas vinham até a escrava pedir-lhe proteção e fazer-lhe oferendas de coisas da terra e da mata. E falou mais: que os fiéis haviam concordado em oferecer o dízimo de tudo aquilo que colhessem ou pescassem. Foi quando se lembrou do caso de Nicolau, o velho caçador, que para ir à caça pedia a proteção de Martinha.

Foi com base nessa informação que Honorato começou a anotar algumas conclusões acerca de Martinha que, a seu ver, estava tirando um bom proveito de toda a situação. Em primeiro lugar, lembrou-se de que ela estava morando e vestindo-se muito bem, situação que destoava da realidade vivenciada pelo restante da escravaria pobre e espoliada. Outras testemunhas já haviam contado que Martinha, à custa de emprestar o corpo para que o espírito de sua finada patroa se manifestasse nele, estava recebendo dezenas de oferendas e regalias. E, realmente, Martinha sentia-se uma privilegiada; afinal, nem todos os pardos conseguiam chegar ao Paraíso.

Interrogado sobre as oferendas recebidas por Martinha, Manoel lembrou-se que o velho Nicolau costumava oferecer à escrava grande parte da carne dos animais e aves caçadas. Uma espécie de pagamento em troca de fartura e uma vida sem doenças, pragas e outros tormentos. Ele mesmo, preocupado com o futuro de suas roças, havia prometido ao vigário José Fernandes o dízimo de tudo o que fosse colhido. Para comprovar sua crença e obediência aos pedidos de Martinha, Manoel mostrou ao reverendo Honorato um amuleto que mandara preparar seguindo a orientação dada por Martinha durante uma das sessões de exorcismo.

Sem qualquer cerimônia, Manoel desabotoou a camisa e puxou para fora uma pequena cabaça amarrada a um cordão trançado com folhas de carnaúba. Um delicado barulho de sementes se fez ouvir anunciando bons pressentimentos.

— A receita é muito simples e qualquer cidadão pode prepará-la. Um punhado de folhas e frutinhas da mata junto com um monte de pelos de porco-espinho. Queimar tudinho e, após algumas horas, colocar as cinzas numa cabaça lacrada com couro preto. A santa pardinha acrescentou folhas de lima-da-pérsia fervidas com outras raízes e amido de milho.

Santo remédio!

Santo talismã!

O reverendo Honorato lembrou-se imediatamente de suas dores nas costas, mas achou melhor não se envolver diretamente com as crenças daquele povo cujo cotidiano estava distorcido por superstições de toda espécie. Mesmo assim, continuou a ouvir em silêncio as receitas ditadas por Manoel.

— Importante, senhor reverendo, é que a água para confeccionar esse remédio contra reumatismo deve ser choca, quero dizer "exposta ao sereno da madrugada" e o chá tomado pelas manhãs, em jejum. Uma colher de sopa é o suficiente.

Todos os detalhes foram devidamente anotados pelo escrivão, atento às recomendações do inquiridor para que nada fosse descartado, tudo se prestava para a reconstituição dos fatos, até mesmo crenças e superstições. Com base nesses exemplos, Honorato pretendia deixar registrado nos autos que o povo estava sendo mobilizado à custa de seus medos e desejos, da mesma forma como Martinha e o vigário José Fernandes estavam agindo de comum acordo.

"E Elias, como ficava diante de tudo isso?", pensou o reverendo.

Honorato, apesar de ter dúvidas acerca de Elias, considerava-o uma vítima nas mãos do vigário-exorcista. No entanto, precisava somar relatos nessa direção de forma a comprovar que o jovem ourives era fraco de espírito e predisposto à manipulação de todos os tipos. Afinal, nem todos estão preparados para distinguir o certo do errado, o falso do verdadeiro. Foi movido por essa intenção que o reverendo Honorato perguntou ao depoente:

— Muito bem, seu Manoel. E o Elias demonstrou ter aversão às práticas da Igreja?

— Não, senhor reverendo. Eu também já tinha pensado nisso. Não tem aversão, não! Ao contrário, ele reza muito, beija as imagens dos santos e pede pra que Jesus lhe tire o diabo do corpo.

— E quando foi exorcizado ele adivinhava o pensamento das pessoas ou falava línguas diferentes?

— Não sei explicar, senhor reverendo. Mas uma vez, bem em frente da matriz, o Elias disse que o Bento Mattos, o Bentão, tinha se afogado e que os bichos iriam comê-lo. Não sei se o senhor tem esse conhecimento, mas o Bentão está sumido desde o dia em que o povo quis linchá-lo a mando do vigário e da Martinha.

— E a Martinha, saiu em procissão debaixo do pálio?

O velho lavrador começou a ficar irritado com os detalhes e a demora do inquérito. Respondeu apenas que sim, distraindo-se com o murmurinho de seus colegas que aguardavam no "banco da sopa". Do lado de fora, a conversa corria solta entre risos e gargalhadas.

— Só mais uma coisinha, seu Manoel, e depois dessa pergunta o senhor pode ir, está bem? Por acaso o senhor soube de uma contenda que houve dentro da igreja entre o Feliciano, o subdelegado em exercício, e o vigário José Maria Fernandes? Por que foi?

O assunto animou o velho Manoel que, ajeitando-se melhor na cadeira, respondeu sorrindo:

— Ah! Eu estava lá em corpo e alma. Tudo começou porque o Elias disse que a mulher do preto Bernardo, que estava enterrada no cemitério, tinha sido morta pelo marido. E o vigário disse que quem tinha culpa disso eram as autoridades policiais da vila que não fizeram corpo de delito. Daí, seu reverendo, foi um barulho só. O cônego Ismael Nery, que havia vindo de Belém para exorcizar Elias e Martinha, ficou desgostoso e se recolheu para a sacristia. O senhor sabe como ele é nervosinho! Mas, na minha opinião, acho que tudo isso foi invenção do vigário José Maria pra desviar a atenção do povo contra as autoridades locais. Isso tudo porque ele percebeu que Elias estava amedrontado e que o doutor delegado se fazia presente.

Honorato, sem tecer qualquer comentário, perguntou se Martinha havia dito, em algum momento, qualquer coisa sobre a doença que matou Maria do Nascimento.

— Sim. Disse lá na matriz, diante de todo mundo, que sua finada senhora morreu de moléstias que o Bentão lhe tinha passado, um tal de esquentamento ou pingamento, como dizem por aqui. Alguns falavam que podia ser cólera, pois ela também vomitava negro. Aí o vigário, na mesma hora, mandou o Inspetor de Quarteirão, o Paixão, chamar o Bentão. Assim que ele entrou, a Martinha repetiu a acusação na frente dele. Disse tudo o que ela havia dito ao vigário que reagiu imediatamente.

— E qual foi a reação do vigário?

— Ele disse que, em vista disso, o Bentão era indigno de estar na casa de D'us. E gritou assim: "Fora! Fora!" Foi quando o Bentão escapuliu para fora da igreja. O povo ralhava: "Fora, diabo! Fora Demo, filho da puta!" — disse o lavrador, bastante exaltado e com tom de voz elevado.

A voz de Manoel chamou a atenção dos curiosos que aguardavam no alpendre da Casa Paroquial. Preocupado com as formalidades, o corpulento reverendo mandou Manoel calar a boca. Em seguida, o escrivão leu o texto final com ar de autoridade:

> *E por nada mais ser perguntado nem respondido, e tendo-se-lhe o seu depoimento pelo achar conforme assinou, e o reverendo Dr. Pedro Honorato Corrêa de Miranda o rubricou do que dou a minha fé. E eu, Felizardo da Silva Pinheiro, esse escrivão que o escrevi.*

Encerrado o testemunho, Felizardo ofereceu a caneta para o velho lavrador assinar. Assim foi feito! Em seguida, o reverendo Honorado suspendeu a sessão até o próximo dia catorze. Ciente do ritual, o escrivão foi até a varanda e informou as duas testemunhas que ali aguardavam. Ao retornar não encontrou o reverendo Honorato que, cansado, havia se recolhido aos seus aposentos. Do lado de fora, silhuetas escuras do casario colonial delineavam o horizonte cor de fogo espreitado pelo sol poente. O cheiro de mandioca cozida no fogão a lenha avisava que o jantar estava sendo preparado. Assim que o escrivão se despediu, a velha guardiã passou o ferrolho na porta e retornou para a cozinha.

Catorze de agosto, data em que foi inquerida a terceira testemunha: Felix José Rodrigues, cinquenta anos mais ou menos, casado, lavrador, natural e residente em Ourém, jurou nos Santos Evangelhos. Nervoso, enrolava o chapéu de palha por entre os dedos calejados pelo trabalho na terra. Os questionamentos eram semelhantes àqueles das sessões anteriores: se o espírito que estava no corpo de Martinha era realmente o de sua finada patroa; se haviam outros espíritos manifestos etc. etc.

Ciente da sua responsabilidade, Felix procurou dar detalhes:

— Sei que esse espírito estava falando pela boca de Martinha. No começo, dizia que, lá onde ele estava, ardia mais que fogo do Inferno e que quando conseguisse sair daria um sinal. Dizia também que, para castigar o povo de Ourém, iria introduzir no corpo da rapariga Martinha o espírito mal de Herodes, aliás dois Herodes malignos. E sabe, reverendo, o tal do sinal apareceu... Aquele sinal prometido que iria avisar a data de chegada de Maria do Nascimento ao Céu! O sinal veio por um torrão de terra que despencou do teto da igreja. Bem no meio...! O vigário José Fernandes colocou seus pedaços sobre o altar de São Benedito e, no dia seguinte, no lugar do torrão apareceram três pedrinhas... Estão lá até hoje como prova da verdade de que ocorreu um milagre!

Essa foi a novidade: três pedrinhas...!?!!!

— E o que mais? — indagou o reverendo, muito interessado.

— Aí, algo estranho aconteceu também no corpo da rapariga...

— Aconteceu o quê?

— O Herodes... o espírito do Herodes apareceu. Só que antes de ele se manifestar surgiu um monte de bolhas no corpo da rapariga. E essas bolhas viravam feridas cheias de pus e sangue. Parecia peste do pântano, do tipo malária. Lembrava a queimadura daquela planta chamada cipó-de-fogo, espinhenta.

— E o que esse espírito falava, seu Felix?

— Esse aí eu não sei. Mas no dia seguinte todos comentavam que o espírito da finada Maria havia chegado ao Céu e que lá era conhecido pelo nome de Santa Maria Mártir. Foi quando o corpo de Martinha voltou a ser saudável, sem doença alguma...!

O reverendo Honorato silenciou por alguns minutos. Em seguida consultou um caderninho de anotações, escreveu algumas frases e retomou o interrogatório. Perguntou se as práticas de exorcismo eram realizadas dentro ou fora da igreja e como o povo reagia diante da presença de demônios que estavam se manifestado através de Elias e Martinha.

Felix confirmou o que seus colegas já haviam contado ao reverendo. Mas insistiu no fato de que todos os lavradores haviam abandonado suas roças e caminhado muitos quilômetros até chegarem em Ourém. Alguns aproveitam para pagar promessas, caminhando horas e horas descalços pelas estradas maltratadas por pedras e espinhos.

A imagem transmitida por essas narrativas era sempre a de um povo crédulo e amedrontado com a possibilidade de demônios se apossarem de suas terras e de suas almas. Todos se diziam frágeis diante da força demoníaca que, segundo notícias vindas de longe, havia feito milhares de vítimas na capital da Corte.

Interrogado, Felix contou ao reverendo Honorato que o corpo de Maria do Nascimento havia sido exumado duas vezes, atendendo ao pedido do espírito que estava habitando o corpo de Martinha. E que este deveria ser abençoado por sua velha mãe Profina que a havia amaldiçoado em vida, além de receber a tradicional oração pelos mortos, o sufrágio.

— E como foi essa exumação? — continuou o reverendo.

— Eu não vi, mas ouvi dizer que a sepultura foi aberta duas vezes. Da primeira vez encontraram o cadáver intacto, do jeitinho que a rapariga havia dito e, da segunda, o lenço que atava o queixo estava desmanchado. Foi aí que a mãe da defunta deitou--lhe água benta pela boca.

— E o vigário estava presente? Tomou parte na cerimônia? Quem deu a autorização para a abertura da sepultura?

Felix lembrou-se de ter ouvido que o vigário estava usando pele e estola durante a cerimônia e que a sepultura havia sido aberta por ordem de Martinho dos Santos Martines. A orientação dada pelo vigário José Fernandes era para que o povo de Ourém visitasse com assiduidade a sepultura de Maria do Nascimento e ali lhe fizessem rezas, muitas rezas. Para cada visita, deveriam deixar uma pedrinha na base da cruz de madeira que demarcava a cova para que a justiça divina contabilizasse as preces ditas na intenção da falecida.

— E de quem era o espírito que Elias dizia ter no corpo? — perguntou Honorato, que não queria perder a oportunidade de ouvir novas versões sobre o jovem ourives.

— Era do Ciprião.

— E o senhor assistiu ao exorcismo de Elias?

— Assisti sim. Foi dentro da igreja e com o consentimento do vigário. O coitado do Elias foi açoitado com cipó pelo Baptista, Brás Pestana, José Pestana e outros. Foi muito maltratado, coitado! O rosto ficou cheio de contusões, os olhos inchados e pisados. Reação de Satanás, com certeza! Coitado!

— E o que fez o cônego Ismael Nery?

— Não estou certo, reverendo — respondeu pausadamente o lavrador coçando a barba —, mas parece que ele havia dito várias vezes que não se fizesse aquelas perguntas a Elias e a Martinha. Mas o vigário José Maria nunca quis ouvir os conselhos do cônego Ismael, rapaz sábio, conhecedor dos livros da Igreja. Acho que o vigário ficou com medo de passar vexame na frente do seu rebanho, isso sim!

— Seu Felix, o senhor se recorda se o Elias tinha aversão às práticas da Igreja? Quero dizer... tinha medo?

— Não senhor, ao contrário. O rapaz até que rezava muito, beijava as imagens dos santos na igreja e levava sempre um crucifixo na mão, que balançava pra lá e pra cá.

— E quando o padre José Maria exorcizou Elias, ele proferiu o nome de Santa Maria Mártir?

— Falou sim. Quanto mais agitado o Elias ficava mais o padre clamava pelo nome da santa.

Enquanto inqueria o lavrador, o reverendo Honorato folheava vagarosamente a papelada que estava sobre sua mesa. Em busca de inspiração para outras perguntas, chegou a burilar o livro de São Cipriano que trouxera para ler durante as horas de descanso. Ganhara aquele exemplar raríssimo de um colega do Seminário Episcopal que, alguns dias antes de ele viajar para Ourém, lhe aconselhara:

Leva consigo, meu amigo. Se o demônio estiver atormentando as pobres criaturas é só consultar este livrinho. Aí tem de tudo:

práticas mágicas, sugestões de varas de castigar demônios, esconjuros, rezas e feitiços.

Foi pensando na sugestão do colega que o reverendo se lembrou de perguntar se havia visto alguém bater em Elias com uma varinha qualquer. A testemunha confirmou que o vigário havia usado uma tal de vara boleante no mesmo dia em que alguns cidadãos bateram em Elias com uma rede de cipó. Primeiro prenderam o rapaz em um cercado feito de chifres de búfalo e depois lhe deram uma coça.

Do lado de fora, duas outras testemunhas aguardavam para depor: Antônio de Souza, rapaz aparentando vinte sete ou vinte e oito anos, e Manuel Vicente Baptista, homem idoso, lavrador. A causa do diabo os levara até lá. Enquanto aguardavam, comentavam sobre o inquérito. Antônio, que era alfaiate, dizia que tinha medo de falar sobre Satanás, enquanto Manuel lembrava que ficara amedrontado com a exumação do corpo de Maria do Nascimento.

— Antônio, você precisava de ver! Quando a dona Profina deitou água benta na boca da defunta, o queixo se abriu sozinho. E quem guiou a mãe foi o próprio vigário pois, não sei se o senhor sabe, ela é quase cega. Velhinha de tudo...! Mas tem fama de benzedeira aqui na região do rio Guamá.

O rapaz, horrorizado, perguntou se o reverendo ia perguntar sobre esse assunto. Manuel Baptista confirmou e disse que a Cúria iria julgar o padre José Fernandes com base nesses testemunhos: se ele havia confessado Maria do Nascimento antes de ela morrer, se ela havia morrido de uma moléstia que D'us lhe tinha dado e pela qual havia estado dois anos no fundo de uma rede.

— E falo mais, Antônio: a Maria achava que D'us a tinha mandado de volta ao mundo para procurar a redenção dos seus pecados, para pedir a benção santa e perdão da maldição que sua mãe tinha lançado nela. Foi aí que entrou dinheiro na estória. O espírito de Maria disse que queria fazer umas restituições e que havia deixado dinheiro enterrado no fundo do quintal. Ela queria que o vigário José Maria se encarregasse de todos os seus bens.

Antônio arregalou os olhos e comentou que tudo aquilo não passava de bruxaria pura. Referindo-se a Martinha, disse que, por ser mulher, ela havia feito um pacto com o demônio, comportando-se como de praxe. A conversa foi se enrolando nessa direção e concentrando-se no fato de que todos os cidadãos deveriam se proteger dos achaques do demônio. Não custava nada pendurar um amuleto no pescoço, nem que fosse um pequeno breve confeccionado em tecido barato. O importante era proteger o corpo de forma a evitar maus-olhados e afastar a inveja.

O jovem Antônio apressou-se em mostrar o amuleto que trazia pendurado no pescoço. Herança do seu velho avô açoriano que não saia de casa sem levar consigo aquele talismã. Com as duas mãos o rapaz desabotoou a camisa e, como que exibindo uma joia rara, deixou à mostra um saquinho de pano que trazia atado a uma fita de seda que lhe circundava o pescoço. No seu interior, um papelzinho gravado com uma oração que o protegia de tudo quanto era doença e mau-olhado. Bloqueava os maus espíritos!

A oração era dedicada ao glorioso São Miguel, príncipe das milícias celestes, e usada para reprimir a audácia de Satanás, príncipe das trevas. Segundo Antônio, todos os católicos deveriam invocar São Miguel quantas vezes por dia se necessário, pois só ele era capaz de dissipar os ardis e as maquinações dos seguidores do demônio, encarregados de nos precipitar no abismo infernal.

Manuel Baptista olhou interessado o pequeno talismã e apalpou-o levemente com os dedos. Em seguida, retomou a conversa sobre a finada Maria. Não conseguia entender como um corpo podia continuar intacto tantos dias após a morte. Sequer exalou o mau cheiro típico das carnes putrefatas, o que seria de se esperar.

Após ter se gabado do seu olfato agudíssimo, sempre pronto para sentir cheiros de carniça ou de mulher bonita, Manuel Baptista questionou se Martines tinha o direito de autorizar a abertura da sepultura de Maria. Não teria sido aquilo um sacrilégio?

O jovem Antônio desculpou-se por não dispor de uma resposta segura, mas, a seu ver, muita gente importante da vila havia facilitado a autorização. Lembrou o fato de Martines ser presidente da Câmara e que, como tal, tudo podia. Aliás, era verbo corrente que não precisava ser religioso para gostar de rituais.

Estavam no calor da discussão quando dona Benedita, a guardiã da Casa Paroquial, juntou-se a eles para trocar algumas ideias sobre a procissão da penitência.

— Aquela em que os pecadores saíram rezando pela alma de Maria do Nascimento? E a senhora participou, dona Benedita? — perguntou interessado o velho Manuel.

Dona Benedita arregaçou as longas saias rodadas, sentou-se com os dois homens na escadinha da varanda e, em voz baixa, respondeu:

— Fui sim, seu Manuel. E foi nesse dia que a alma de Maria foi salva. O senhor não viu o torrão de terra que caiu do teto da igreja? Foi o sinal enviado para avisar que o espírito já havia se libertado do fogo do Inferno. Mas logo depois a alma já estava no Céu onde era conhecida por Santa Maria Mártir. E a Martinha chegou a dizer, valendo-se da voz do espírito, que isso só acontecera porque sua finada patroa possuía apenas um pecado mortal.

Atrapalhado com a explicação dada pela velha senhora, Antônio insistiu:

— Mas, dona Benedita, alma que está no Inferno se salva? Eu sempre aprendi que quem cai nas trevas não sai mais de lá.

Pecado se conta pela qualidade e não pela quantidade. Pelo visto as coisas estão diferentes aqui na vila, não?

— Ah...! — exclamou a guardiã. — Para D'us nada é impossível! Foi essa a explicação que o padre deu lá na igreja. Muitos fiéis fizeram essa mesma pergunta que o senhor está me fazendo agora.

A conversa estava nesse tom quando Honorato surgiu no alpendre acompanhado do velho Felix. Sua presença foi suficiente para interromper o diálogo e colocar dona Benedita em postura de serviçal. Antônio, o jovem alfaiate, e Manuel Baptista, apressaram-se em tirar o chapéu e cumprimentar o reverendo. Este, num gesto inesperado, arregaçou a batina e, com as botinas pretas enfeitadas com botõezinhos de couro, começou a dar pontapés em algumas galinhas que ciscavam na varanda, mandando-as cantar em outra freguesia. Enquanto isso, os dois homens caminharam em direção à sala de interrogatório. Dona Benedita, atendendo ao pedido do reverendo, foi preparar um refresco de açaí. Manuel retornou até a porta de entrada e, vagarosamente, arranhou os botinões de couro no apara-barro de ferro batido. Enquanto aguardava, o reverendo balbuciava um antigo canto gregoriano, marcando com os dedos aquele ritmo medieval.

Com a testemunha a postos, Honorato deu início ao interrogatório obedecendo aos rituais de praxe. As questões sobre a possibilidade de uma alma que padecia no Inferno conseguir passar para o Purgatório ainda pairavam no ar.

— Era justamente isso que nós estávamos discutindo lá na varanda — comentou de imediato o velho lavrador. — Eu ouvi da boca de Martinha que a alma da sua patroa estava no Purgatório, ou seja, que ela já havia saído do Inferno. Mas além do espírito de Maria havia mais dois, reverendo. Já não chegava um e vieram mais dois! Um dizia ter o nome de Pai Negrão e o outro atendia pelo nome de Cobra-Velho. Aliás, acho até um nome viável pois o Diabo sempre gosta de tomar a forma de serpentes e outros seres inferiores. É do conhecimento público que todo espírito maligno assume a forma de bichos asquerosos, plantas venenosas, parasitas... Eu estava lá na igreja no dia em que a Martinha recebeu esses espíritos no corpo. Ela estava deitada em cima da mesa do altar de São Benedito e dizia, com a voz e sotaque iguaizinhos aos de Maria do Nascimento, que havia morrido de uma doença que o Bentão havia lhe passado. Moléstia suja, reverendo! Foi aí que o vigário José Maria chamou o Honório da Paixão, Inspetor de Quarteirão, e pediu-lhe para servir de testemunha da acusação feita por Martinha.

— E aí? — perguntou Honorato.

— Aí, começou a maior confusão. Coincidiu do tal do Bentão entrar naquele exato momento. O vigário percebeu e começou a gritar "Sai Bentão! Fora diabo!"

— E o senhor ouviu o vigário dizer que Martinha era a Santa Maria Mártir?

— De jeito nenhum, reverendo. O que o vigário disse, isso sim, é que se alguém tivesse uma devoção que rezasse uma ave-maria para a Santa Maria Mártir. Aquele que assim o fizesse seria preservado da tentação do inimigo. Disse também que aquela santa tinha muito poder sobre o Mal. Agora, em ladainha, eu nunca vi o vigário invocar o nome dessa santa...

— E o senhor viu o exorcismo que foi feito no Elias para expulsar do seu corpo o diabo Ciprião?

— Vi sim... e ajudei com gosto! Fui um dos homens que bateram no tal do diabo Ciprião. Bati com um cipozinho próprio para espantar diabo do corpo. O vigário bateu, um pouco antes, com uma varinha especial, benzida.

— Já que o senhor chegou tão próximo do diabo, deu para perceber se ele falava alguma língua diferente ou adivinhava o pensamento das pessoas?

Em tom sério e pensativo, a testemunha respondeu que não.

— E o senhor notou se o Elias tinha aversão às práticas da Igreja?

— De jeito nenhum, reverendo. Ao contrário, ele pedia confissão, pedia para ser exorcizado. O coitado do Elias estava apavorado. Imagine só o que pode pensar uma pessoa consciente de que está com um diabo no corpo…!?

Sem muita paciência para ouvir os mesmos relatos outra vez, o reverendo dispensou a testemunha após ter ordenado que assinasse o depoimento redigido pelo escrivão. Deu-lhe a benção e solicitou ao jovem Antônio que entrasse. Já estava ficando tarde e o reverendo sentia-se satisfeito com as declarações. Os principais testemunhos já haviam sido registrados e, na maioria dos casos, repetiam as mesmas versões com pequenas variações. O sol já estava se pondo no horizonte e os sinos da matriz anunciavam que era hora de rezar. Aliás, a freguesia já havia se acostumado a orar sem a presença do vigário José Fernandes. Sempre havia uma voluntária dedicada a puxar a reza.

Do lado de fora da Casa Paroquial, o vaivém das mulheres com cântaros de barro na cabeça indicava que por perto havia uma bica d'água. Outros carregavam feixes de feno para os currais, enquanto os moradores mais velhos assentavam banquinhos junto às portas de suas casas para conversar. No ar, um cheiro de feijão-de-corda e galinha cozida anunciava que a comida estava sendo preparada. Em um dos cantos da praça alguns homens erguiam os braços como se estivessem conversando com D'us. Batendo palmas ao ritmo de um batuque, cantavam:

Vai, vai, vai…!
Segue o teu caminho.
Levo Jesus comigo pois o diabo vai sozinho.
Vai, vai, vai…!

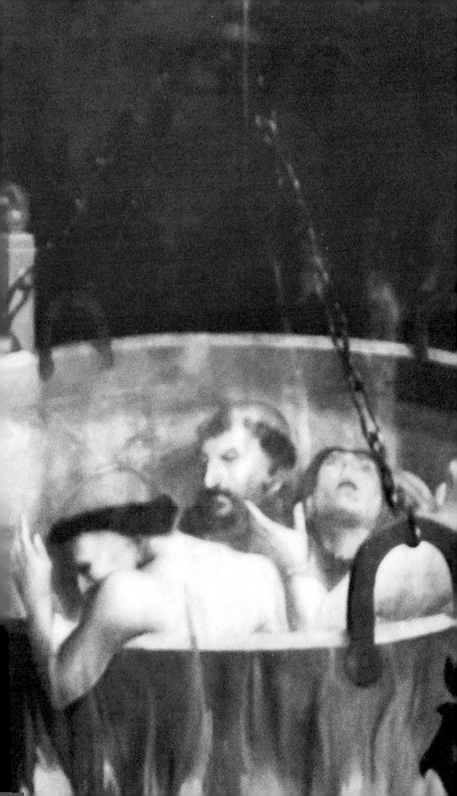

XII

HOMENS DA FÉ

Belém do Pará. Vinte e três dias do mês de agosto de 1860.
Para os habitantes da capital da Província aquele era um dia normal, quente como todos os outros. No Ver-o-Peso nada havia mudado: cheiro de peixe frito, cheiro de patchuli e pau-de-
-angola... Mas para o reverendo Honorato aquele não era um dia comum. Finalmente teria oportunidade de interrogar o cônego Ismael Nery, companheiro de exorcismo do vigário José Maria Fernandes. Já havia concluído o inquérito na vila de Ourém, mas precisava ainda de outras informações para tirar suas conclusões acerca daquele caso.

O corpulento reverendo suava em bicas quando alcançou o prédio que abrigava a sede do Arcebispado. Antes de entrar avistou a figura do jovem Ismael Nery que o observava de uma das sacadas com gradis de ferro. Pensou em acenar, mas desistiu. Honorato não via a hora de tomar um copo de refresco e sentar-se à sombra. Dirigiu-se ao segundo pavimento. Foi o próprio Ismael quem foi recebê-lo à porta. O ambiente era sóbrio e de bom gosto. Móveis barrocos, quadros e objetos de arte decoravam os salões da residência do Arcebispado. De suas janelas avistava-se o pátio interno ornamentado com laranjeiras da China, parreiras, flores e uma horta cheia de couves.

— Vamos entrando, reverendo. Sou Ismael Nery, às suas ordens. Agradeço por ter atendido ao meu pedido. Vamos até a minha saleta, por gentileza. Infelizmente não foi possível nos encontrarmos em Ourém, pois tenho aqui minhas responsabilidades como professor do Colégio Episcopal.

— Não se preocupe, cônego Ismael. Para mim é sempre um prazer entrar nesta fortaleza espiritual. O importante é que desvendemos esta teia diabólica. Posso afirmar que, desta vez, Satanás conseguiu dar nó em água, isso sim!

O tom brincalhão de Honorato foi o suficiente para romper a frieza entre os dois religiosos que, após alguns minutos, conversavam como velhos amigos. Ismael apressou-se em mandar servir refresco de açaí e bolachinhas de polvilho. Enquanto Honorato mastigava um punhado delas, o cônego Ismael sustentava a conversa.

— Conversei várias vezes com o vigário José Maria Fernandes durante minha estadia em Ourém. Aliás, em matéria de religião, aquele padre é muito calculista. Inclusive, eu o adverti particularmente sobre dois pontos: em primeiro lugar que ele não podia, e nem devia, invocar publicamente o nome de Santa Maria Mártir à vista das disposições da Igreja em contrário.

— É, mas pelo que ouvi nos testemunhos colhidos em Ourém, ele pediu publicamente inúmeras vezes que o povo orasse por essa tal santa — revelou o reverendo Honorato enquanto apanhava mais uma porção de bolachinhas.

— Interessante! — continuou o reverendo. — Já ouvi um caso muito semelhante a esse, cousa do século passado. Aconteceu com o padre Antônio Correia lá pelas bandas da região do Rio Real, na Capitania de Sergipe. O tal do padre organizou uma procissão em homenagem a uma moça reputada por donzela. "Pura como a Virgem Maria!", dizia ele. Parece-me que chegou até a promover um culto na igreja com prática de louvor à dita santa. E, naquela ocasião, outro padre ficava incensando o local com um turíbulo...

— Ah! Mas aqueles foram outros tempos! A Santa Inquisição vigiava. De longe, mas vigiava...! Mas não precisamos voltar tanto ao passado. Ontem mesmo tive conhecimento do caso de uma rapariga, moradora das Minas Gerais, que se apresentava como um agente do diabo. Ficou conhecida na região como "a mulher-que-fede". Li sobre esse caso no *Jornal da Província*... E tem outra: lá pelas bandas de Mariana tem uma rapariga que fica com o semblante horrível e vomita cor de fogo azul. Contam que além de rugir os dentes ela uiva à maneira de um cão e esgrimia uma mão com outra. Eu diria que ela é uma caída mostrando as penas e os padecimentos de uma possessa.

Entusiasmado com os rumos que a conversa tomava, Ismael foi logo complementando:

— Está aí, reverendo, mais uma prova de que Satanás...

— Está vivo? É isso que ia dizer, meu caro cônego? Pois eu sou da opinião que ele ainda reina sobre este mundo exalando mau cheiro por todos os poros da sociedade. Veja bem, qualquer pessoa, por mais santa que seja, por mais inteligente e culta, não escapa de cair nas lábias do Diabo. Tenho sempre a esperança de que Cristo um dia prevalecerá sobre as forças das Trevas. Enquanto isso, estaremos vulneráveis às charlatanices e às injustiças.

Desde os tempos de seminário, Ismael Nery aprendera a escutar. Escutar sempre, para depois arguir, investigar a gênese dos fenômenos e, por fim, interpretá-los. E foi numa passagem da Bíblia, Êxodo 22:18, que encontrou a essência de sua proposta de combate:

— "A feiticeira não deixarás viver", "*Scrutamini scripturas*". Há quem diga que estas duas palavras desgraçam o mundo. Mas a palavra feiticeira é aqui fruto de uma interpretação errônea das Sagradas Escrituras. A palavra original hebraica se refere a alguém que operava nas Trevas a sussurrar. E, às vezes, o Diabo sussurra...! Mas vamos retornar ao nosso assunto principal.

— Sim, sobre as advertências que fez ao padre José Maria Fernandes... Qual seria o segundo ponto? — retomou, satisfeito, o reverendo.

— Segundo ponto: ele não havia sido autorizado a fazer perguntas em público sobre a vida privada dos fiéis daquela freguesia. Mas ele sequer se importou com essa regra!

— E como ele se comportou diante dessas suas advertências? — perguntou o reverendo.

Ismael, que andava de um lado para o outro na sala, parou por uns instantes e, esboçando um leve sorriso, respondeu que o vigário argumentara que sua fé era uma e que a dele era outra. Dissera-lhe também que a ele cabia, enquanto pároco local, a responsabilidade de fazer pactos e orientar seus fregueses fazendo-os saber quem eram os bons e quem eram os maus.

— E como o senhor reagiu diante desta situação, cônego Ismael?

— Retirei-me, reverendo... E em várias ocasiões. Principalmente quando presenciei a discussão do vigário José Maria com o doutor delegado. Fiz-lhe uma série de observações alertando-o para a ocasião que, a meu ver, não era apropriada para tal coisa. Mas ele não queria recuar em nenhuma de suas posições. Com base nas minhas observações, cheguei à conclusão de que o "fenômeno Santa Maria Mártir" não era um caso fidedigno de santidade.

Ismael Nery argumentou que o caráter desordenado e irregular daquelas manifestações comprovava a mentira. A seu ver, a tal santa, manifesta através do corpo de Martinha, se apresentava como uma pessoa muito arrogante, distante da postura comum às santas verdadeiras. Mesmo as revelações e as visões narradas pela escrava-santa eram desprovidas de método e abundantes de elementos grosseiros e ambíguos. E o fato de Martinha envolver várias pessoas da comunidade, criticando uns e denunciando outros, eram exemplos típicos de impostura e charlatanice. O cônego lembrou também que Martinha, imitando a voz e o sotaque de sua finada patroa, advogava sempre em causa própria ou de sua mãe Andrecca.

— E Elias, o português, estava possuído mesmo? — perguntou curiosamente o reverendo que não parava de comer.

Ismael disse estar muito confuso. Tentou explicar ao reverendo que em certas horas considerou impossível avaliá-lo como possesso pelo demônio. Honorato, que também tinha suas dúvidas, resolveu instigá-lo à reflexão.

— Mas as testemunhas que argui lá na vila afirmam de pés juntos que ele dava gritos imitando diferentes animais… E agora, como o senhor tem conhecimento, ele está coxo, sofrendo de uma inflamação no pé direito. Uma espécie de ulceração…

— Tudo muito estranho no comportamento daquele rapaz. Elias realmente conseguiu me impressionar. E depois, sabemos muito bem que para Satanás nada é impossível. Tanto é que, no último dia 13 de agosto, acho que eram umas nove da noite, resolvi que deveríamos trazê-lo para ser interrogado aqui em Belém. Até estranhei quando o vigário José Fernandes concordou com essa sugestão, até achou conveniente.

— E quanto tempo o senhor permaneceu em Ourém?

Ismael não respondeu de imediato. Pensou por alguns instantes e, em seguida, lembrou-se de que havia chegado à vila no dia 12 de junho fazendo-se acompanhar do padre Manito. Ali permaneceu por cinco dias quando então retornou à capital. Contou que nos dois primeiros dias ele e o padre Manito haviam exorcizado Elias e Martinha.

— Me diga uma coisa, cônego: por acaso o vigário José Fernandes assistiu às duas sessões de exorcismo praticadas pelo senhor?

— Que nada, reverendo! Sequer apareceu. Em compensação, liderou a sessão do dia 15 de junho exorcizando Elias e Martinha ao mesmo tempo. Ele atuava sozinho, sem a minha interferência. Eu fiquei mais como observador.

— E a Martinha e o Elias, como reagiam durante as sessões que o senhor presidiu?

— Martinha respondia às minhas perguntas, ao mesmo tempo que urrava como um jumento e alterava totalmente sua fisionomia. Transformou-se no próprio Diabo... Nunca vi expressão mais feia! Contorcia-se toda e chegou a ficar com o bucho inchado. Confesso que fiquei confuso. Não podia atribuir aquilo que eu estava vendo a uma invenção. Agora, toda vez que eu interrogava o endiabrado do Elias, a resposta custava a vir. Mesmo a sua fisionomia era intrigante, pois ele mais se apresentava como um cristão fanático, supersticioso, do que como um humano possuído pelo demônio. Durante uma destas sessões, Elias chegou a descrever uma cena apocalíptica que aterrorizou a todos os presentes: alegava que larvas brancas pululavam em suas chagas abrindo enormes rasgos em seu estômago e costas. Dizia que monstros horríveis arranhavam seu rosto, enquanto Satanás, descrito por ele como metade homem metade bode, de cor preta, mostrava-lhe uma montanha de cadáveres despedaçados. Ao lado desse demônio, pequenos diabinhos cinzentos, com orelhas pontiagudas, arrastavam as almas danadas para serem engolidas por serpentes viscosas.

Honorato, sem se impressionar com a narrativa, insistiu em saber a opinião do cônego sobre Elias. Ismael reafirmou ter suas dúvidas, conforme dissera anteriormente. Até então não havia conseguido identificar no rapaz aqueles sintomas típicos de uma pessoa possessa pelo demônio.

— Por exemplo? — perguntou o reverendo, que resolveu anotar as observações feitas pelo cônego.

— Elias não falava outras línguas ou qualquer língua inarticulada, sistematizada. Aliás, sua fala não tinha qualquer semelhança com formas tardias de linguagem, um dos indícios da presença do demônio em um corpo humano.

— Parece-me que, fora aquelas palhaçadas na igreja durante a visita do doutor delegado, Elias apresentou-se perfeitamente bem, não foi?

— Normal, reverendo. Conversava com acerto e, pelo que me informaram e eu pude presenciar, comia, andava e bebia como uma pessoa normal.

Honorato resolveu insistir nos detalhes perguntando se Elias tinha aversão aos objetos e práticas religiosas. Ismael opinou negativamente, achando que o rapaz estava encenando tudo.

— O português endiabrado rezava, pedia para confessar e andava até com uma medalhinha, um crucifixo, pendurada no pescoço. Agora, somando tudo o que presenciei... confesso que fiquei confuso! Sabemos que Satanás costuma se disfarçar de anjo, não é mesmo? — completou Ismael.

Pronto! Era isso que o reverendo Honorato queria ouvir: as dúvidas do cônego Ismael. Insistiu na pergunta em busca de uma confirmação sobre quais seriam essas dúvidas.

— O fato de várias testemunhas terem afirmado que Elias, quando possesso, urrava, urrava e apresentava uma fisionomia horrível. Anormal.

— Inchou o ventre? — perguntou Honorato.

— Quem assistiu Elias em sessões anteriores disse que sim e que era horrível! Contam que era como se o rapaz tivesse ingerido uma papa de farinha com muita água. E ele reclamava sempre que o fogo do Inferno o estava queimando por dentro.

— E a pele dele, trazia irritações, mucosas...?

— A pele escamava em vários lugares, principalmente no rosto e nas costas, tomando uma cor marrom-esverdeada. O povo dizia que Elias ia virar serpente-d'água, explicação que tem um certo sentido. De acordo com o Apocalipse, não é a serpente o Diabo? — comentou Ismael.

Honorato, impressionado com os argumentos apresentados pelo jovem cônego, concordou, lembrando que aquela explicação se fazia viável, pois a serpente, assim como Satanás, tinha a faculdade de se renovar, mudando de pele de tempos em tempos. Demonstrando ser um homem erudito, Honorato divagou pela Antiguidade lembrando que para os egípcios, os gregos e os romanos, a serpente significava imortalidade. Recorreu ao quarto Evangelho para citar o momento em que Moisés, no acampamento de Israel, ergueu uma serpente de bronze, sinal antecipado da redenção do calvário: "Como Moisés levantou a serpente do deserto, assim importa que o Filho do Homem seja levantado" (São João 3:14). Em seguida, o reverendo insistiu no fato de Elias apresentar mutações físicas e psicológicas.

Ismael, após ouvir a preleção do reverendo, continuou a contar detalhes sobre o jovem endiabrado. Lembrou-se de que Elias lhe havia contado que, no dia em que foi tomado pelo diabo, sentiu um forte cheiro de enxofre no ar. Além disso, o rapaz costumava reclamar de uma ferida ruim que tinha no pé direito e que sangrava diariamente. Segundo Ismael, ferida deste tipo costumava ser chamada de "ferida braba", "ferida de mau caráter", "aquela que nunca sara".

Interrogado sobre isso pelo reverendo Honorato, o ilustrado Ismael explicou que essa espécie de úlcera tórpida era típica de lugares quentes, mas que, no caso de Elias, a lesão assemelhava-se à mordida de um animal. Possivelmente aquela ulceração estaria provocando vômito negro e febre intermitente, sintomas que colocaram a população em estado de pânico imaginando que podia ser cólera ou outra macacoa contagiosa. Eram visíveis os calafrios sentidos por Elias que, durante as sessões, tremia e batia os dentes antes de um acesso febril. Ismael confirmou que durante as crises ditas maléficas, ocorria contração da pele e das fibras superficiais dos músculos. Em seguida, o rapaz desmaiava.

Honorato contou a Ismael que havia escutado essa mesma informação dos moradores de Ourém, que estavam atentos às fórmulas de profilaxia espiritual. Enquanto Honorato falava, o cônego abriu as portas de uma grande estante de livros que havia na sala. Ali guardava seus manuais de exorcismo, livros de teologia, filosofia, história e alguns raríssimos manuscritos. Buscava por uma citação que, certamente, reforçaria seus argumentos.

Honorato, sem querer perder o fio da conversa, perguntou sobre o fato de o espírito maligno ter afirmado que Maria do Nascimento sairá do Inferno para o Purgatório e dali para o Céu.

— Impossível! — exclamou Ismael, que continuava voltado para a estante remexendo nos livros. — Impostora! Essa tal da pardinha é uma impostora! No primeiro dia em que cheguei a Ourém, procurei mostrar ao vigário qual era a crença da Igreja sobre o juízo das condenadas ao Inferno... Aliás, é sobre esse assunto que eu estava procurando uma citação.

Caminhando em direção à mesa onde se encontrava Honorato, Ismael ali depositou um primoroso exemplar de teologia. Em voz alta, comentou:

— *"In Inferno nulla est redemptio"*. Mostrei isto ao padre José Fernandes chamando sua atenção para as contradições manifestas por Martinha e Elias. Sabe o que ele me respondeu? "Que para D'us nada era impossível e que ali estava o dedo da Providência". Alertei-o também para o perigo da invocação dos Santos, relíquias e culto das imagens. Como o senhor sabe, a Igreja Católica, desde o Concílio Tridentino, sempre recomendou aos reverendos párocos, pregadores e catequistas, as vantagens do culto às imagens, mas com restrições: deve-se evitar qualquer tipo de superstição, eliminar todo o comércio torpe... E isso não foi feito pelo vigário, que começou a incentivar o culto da tal santa, além de permitir que Martinha saísse debaixo do palio nas procissões.

— Padre teimoso esse José Maria Fernandes! — exclamou Honorato sem se conter.

— Teimoso, mas não ignorante. Durante um dos nossos encontros na Casa Paroquial, ele chegou a me oferecer vários tratados e manuais de religião que discutiam tais questões. Inclusive, ele possui cópias de algumas raridades como o *Mestre da Vida*, do dominicano Franco.

Curioso em conhecer as leituras do exorcista de Ourém, Honorato interrompeu Ismael perguntando se José Fernandes possuía a *Cura de Malefícios*, do frei Candido Brunol.

— Esse não, com certeza. Vasculhei por toda a sua biblioteca que, aliás, era muito bem servida se considerarmos o fim de mundo que é Ourém. Diante do que vi naquela biblioteca, aconselhei-o a ficar longe dos estudantes de Medicina e das Ciências Naturais cuja atenção costuma atrair os quase inumeráveis tratados e livros de autores hostis à fé católica. Livros esses escritos com grande aparato de falsa erudição e ciência, porém totalmente alheios à sólida filosofia.

— Bem lembrado, caro cônego. Nestes últimos anos, inúmeros têm sido os cientistas que, em missão oficial, estão vindo estudar os nossos miseráveis indígenas da Amazônia. Aliás, nosso ilustre imperador D. Pedro II tem demonstrado grande interesse por expedições desse gênero. E, hoje em dia, as interpretações desses cientistas vindos da Europa estão sendo questionadas por nossa Igreja, que não aceita tais diagnósticos. Haja vista as controvérsias que pairam na Corte do Rio de Janeiro acerca do tratamento dado às vítimas do vômito preto: para os que são tementes a D'us, a cólera divina foi despertada pelos vícios e os pecados da população, enquanto para os médicos tudo é uma questão de higiene.

Ismael Nery, sem muito rodeio, comentou que o debate entre os homens da Ciência e os homens da Fé deveria ser avaliado como um sinal dos tempos. Polêmica inevitável, a seu ver, pois achava difícil conciliar as crenças católicas com os princípios liberais e os novos conhecimentos científicos. Rezava a tradição que os católicos deveriam aceitar, sem crítica e sem discussão, tudo aquilo que fosse determinado pelas autoridades eclesiásticas. Mas, se o Criador havia dado ao homem a liberdade e a razão, ele deveria usá-la em prol de seu bem-estar e da comunidade cristã. Mas sempre com cautela, pois a razão humana jamais deixaria de ser especulativa. Aos olhos das autoridades eclesiásticas, não se podia excluir a ordem sobrenatural desprezando a revelação divina e os ensinamentos da Igreja.

Honorato, mais moderado e apegado aos preceitos católicos, não via com bons olhos tais interpretações. Imediatamente optou por avaliar a doença de Maria do Nascimento como um castigo de D'us por ela ter pecado com Bento Mattos. E, quanto ao vigário José Fernandes, acreditava que ele havia agido de boa-fé, induzido pelos fatos que presenciara. Argumentava que o vigário havia acompanhado de perto o sofrimento e a dor vivenciados por Maria do Nascimento, chegando mesmo a alertá-la para os perigos de uma morte não organizada, solitária. Deu-lhe a extrema-unção e rezou a oração dos agonizantes. Mas ela não lhe dera ouvidos, influenciada que estava pelos conselhos maléficos ditados por Bentão.

Ismael Nery, intrigado com tais considerações, quis saber que juízo Honorato fazia das atitudes do vigário José Maria e das aberrações de Martinha.

— Seriam eles impostores, reverendo?

— Devemos considerar que José Maria Fernandes, como orientador espiritual e amigo de Maria do Nascimento, cumpriu com sua função de pároco local. Tentou integrá-la ao ambiente doméstico e colocá-la no caminho da salvação. Tentou explicar que sua doença era um aviso de D'us, mas Maria do Nascimento, segundo testemunhos que colhi em Ourém, se afastou de todos, envergonhada dos seus atos ilícitos. E, de mais a mais, temos que considerar que as mulheres, e isto não é de hoje, são moralmente mais frágeis que os homens e mais propensas a sucumbirem às doenças e ao demônio. Sabe-se lá se o próprio José Maria não foi vítima de tentações sexuais. Todos nós sabemos que da fraqueza à traição não dista um passo.

Surpreso com as considerações de Honorato, o cônego Ismael lembrou que o vigário José Fernandes dominava muito bem os clássicos manuais de exorcismo em uso corrente na Europa. Em parte duvidava de suas leituras, mas não ousava afirmar que ele era inculto e despreparado para tais práticas. A seu ver, o vigário sabia muito bem o que estava fazendo com Martinha e Elias, pois percebera que a população estava aberta às suas pregações. Ainda mais após a epidemia de cólera que havia devastado a Província do Pará alguns anos antes.

Curioso, Honorato perguntou sobre o *Malleus Maleficarum*, o raríssimo manual de exorcismo usado pelos clérigos especialistas na Europa. O jovem Ismael em segundos alcançou um velho exemplar editado em Portugal. O livro estava sujo e rasgado. Marcadores de seda coloridos separavam os assuntos de interesse. Considerações anotadas nas margens testemunhavam a importância do conteúdo. Ismael, com familiaridade, fez uma leitura rápida de uma ou outra página até encontrar o que buscava: o trecho em que o *Malleus* transforma a mulher em monstro. Pausadamente, leu em voz alta:

> Não sabes que a mulher é uma quimera, mas deves sabê-lo. Esse monstro assume forma tripla: adorna-se com a nobre face de um leão radiante; profana-se com um ventre de cabra; arma-se da cauda peçonhenta do escorpião. O quer dizer: seu aspecto é belo; seu contato é fétido; sua companhia é mortal [...]. Mentirosa por natureza, é-o por sua linguagem; seduzindo, pica. Donde que a voz das mulheres seja comparada ao canto das sereias, que, com sua doce melodia, atraem os que passam e os matam.

Honorato, cabisbaixo, digeriu palavra por palavra. Concluída a leitura, Ismael aguardou um comentário que não veio. Nem precisava! Ali estava a essência de tudo: a mulher como sendo o *monstro dos monstros*, tomando a expressão ao pé da letra. O reverendo, antes de retomar o diálogo, pensou sobre a capacidade que o homem tem de criar seres curiosos e fantásticos. E depois, envolvido pela grandiosidade do mistério que ele mesmo construiu, renunciar à sua compreensão. Raros eram os homens que questionavam a imagem viciada do pecado ou figura fantástica e mágica de Satanás.

Era nesse sentido que Honorato estava reconsiderando o caso de Elias que, por ser visto como portador de um espírito maligno, havia levado uma grande surra de cipó a mando do vigário. O fato de os fiéis terem participado desse ato foi avaliado por ambos os religiosos como uma reação à presença do diabo. Ismael lembrava-se apenas de um cidadão que, indeciso, argumentava não ter certeza se estava batendo num homem ou no diabo. Este questionamento implicava uma dúvida atroz: estaria

Elias realmente tomado pelo demônio ou tudo aquilo era mero fingimento? Estaria ele apenas reproduzindo o modelo de possessão que havia conhecido em terras portuguesas ou fazia tudo aquilo induzido pelos conselhos do vigário?

Essas sensações de insegurança não interessavam à Igreja Católica que, por tradição, não aceitava qualquer crítica aos seus dogmas. Ismael duvidava da possessão de Elias, mas em nenhum momento questionou a existência de Satanás. Entretanto, outra questão o incomodava ainda mais: o medo que o povo de Ourém tinha da justiça divina.

Durante as sessões de exorcismo comandadas pelo vigário José Fernandes, Ismael Nery havia percebido que a histeria e o pavor haviam dominado a população de Ourém e das redondezas. Entre os habitantes persistia a crença de que o seu bem-estar e a abundância de suas colheitas dependiam de batalhas rituais entre D'us e Satanás. Ismael se dizia impressionado com o número de pessoas que, preocupadas com as pragas rogadas por Martinha, haviam abandonado suas roças para rezar por Santa Maria Mártir. E elas vinham de longe, lutando contra as barreiras do tempo e da natureza, dificuldades interpretadas como provações de D'us. Percorrer longas distâncias até os pés sangrarem nada mais era do que uma forma de fazer sacrifícios para expiação dos pecados.

Sem querer avançar em suas conclusões, Ismael optou por calar-se e ouvir, em primeiro lugar, a opinião do reverendo Honorato acerca de Martinha. Não pretendia interferir em seu julgamento, mas tinha certeza de que o comportamento diabólico da escrava se devia muito mais à cobiça, vingança e sexo do que a um fenômeno sobrenatural, diabólico.

— Para falar a verdade, meu caro cônego, eu acho que tudo aquilo que Martinha fez e disse foi por influência do vigário José

Fernandes e do tal do Donadinho que, sabiamente, lhe acenaram com uma carta de alforria. E não podemos negar que a escrava, enquanto mulher, soube muito bem fazer uso do prazer. Aliás, está perdida a autoridade do pároco quando os fiéis creem que ele depende dos caprichos de uma mulher.

Ismael, homem dado às teorizações teológicas, considerou que nesses casos – envolvendo pessoas de outro sexo – dever--se-ia usar de muita prudência e seriedade: *"Nimia familiaritas contemplum parit et infructuosum reddit ministerium"*.

Honorato preferiu não responder ao comentário de Ismael Nery, um tanto áspero para o seu gosto de reverendo da Província. Tosses, ruídos de xícaras e um delicioso cheiro de chá de alecrim invadiram o recinto. A criada entrou carregando elegantemente uma bandeja de prata e biscoitinhos de araruta. Da mesma forma como entrou, saiu sem dizer uma palavra sequer. Ismael Nery encarregou-se de servir o chá. Comedido nos seus gestos, demonstrou ser um homem refinado, além de ser dado às questões teológicas e filosóficas. Política vinha em segundo plano. Não escondia sua obsessão pelos assuntos de Satã, bruxaria e práticas mágicas populares, da mesma forma como se mostrava intrigado com a incompatibilidade entre o pensamento mágico e a ciência.

— Seria Satanás um mal necessário, meu caro reverendo?

Honorato, intimidado pela pergunta, preferiu não responder. Apenas comentou que levaria em consideração que as pessoas envolvidas com a questão, com exceção do vigário José Fernandes, eram incultas, ignorantes e desprovidas de discernimento e razão. E, uma vez cometida a abstração, ficava difícil livrar-se dos demônios, ainda que invisíveis.

O sol já havia se escondido no horizonte e o tempo de Honorato havia se esgotado. Sentia-se tenso e incomodado com os questionamentos apresentados pelo cônego Ismael Nery. Conversou rapidamente sobre o encaminhamento dos autos e, após terminar de beber seu chá, despediu-se. Caminhando com passos firmes e rápidos, tomou a direção do porto. Após essa visita, tinha apenas uma certeza: de que as dúvidas do cônego Ismael o haviam deixado muito confuso. Muitas perguntas continuavam sem respostas.

A caminho de casa Honorato foi pensando com os seus botões:

Será que o padre José Maria andou, em tudo isto, de boa-fé? Será que errou por ignorância ou por ganância? Seria Satanás um mal necessário?

Dúvidas!

XIII

A DEFESA

Setembro de 1860. Dia doze. O sol mal acabara de nascer no horizonte. O vapor Solimões, da Companhia de Navegação e Commércio do Amazonas, realizava mais uma de suas viagens com destino à capital da Província do Pará. Um barulho infernal tomava conta do barco, que mais lembrava um mercado público do que um meio de transporte. Patos e galinhas se digladiavam ruidosamente, apertados nos engradados improvisados de cipó e bambu. Dezenas de peneiros confeccionados de tala de guarumã cortada dos igarapés levavam farinha, carvão, milho, açaí, seriguela e cupuaçu. Latidos de cachorros eram entrecortados pelos sons estridentes de araras e maritacas que protestavam presas nas gaiolas.

No ar, o forte cheiro de peixe misturava-se com o aroma selvagem exalado do corte dos cachos de bananas empilhados por todos os lados. Fogareiros e potes de barro enrolados em folhas de bananeira completavam o cenário de uma feira. Tudo ia para o Ver-o-Peso em Santa Maria de Belém do Grão Pará. Os passageiros eram inúmeros, pois nem todos os dias saíam barcos para a capital da Província. Dentre eles estava José Maria Fernandes, cuja bagagem se resumia a uma pequena pasta de documentos e uma muda de roupa de padre. Empurrado pela multidão que entrava apressada no vapor, o religioso procurou de imediato sentar-se à sombra. A batina preta o distinguia dos demais viajantes, assim como a razão que o levava até Belém. A justiça secular abrira um processo contra ele com o objetivo de investigar os fatos que estavam tumultuando Ourém. A Cúria já havia enviado o reverendo Honorato para interrogar alguns fiéis, testemunhos dos atos de exorcismo. Toda a freguesia sabia de seu afastamento da paróquia. O padre José Fernandes não se conformava com o encaminhamento da questão.

Novidades correm rápido.

Tudo havia ficado complicado após a visita do cônego Ismael Nery e do doutor Olyntho, delegado de polícia da Província. Com o olhar fixo na paisagem, o vigário pensava com os seus botões:

> Como posso ser julgado pela justiça secular se o assunto é de religião? Impossível! Não posso deixar as coisas ficarem assim. Talvez uma carta… Tenho de encontrar uma solução para o meu caso. Não posso ficar escondido na casa de um e de outro amigo como se fosse um charlatão. Isso eu não posso permitir! Primeiro, vou pedir vistas aos autos policiais. Tenho esse direito. Depois, se for o caso, apresento uma carta…! Isso mesmo! Uma carta de desagravo.

Absorto em seus pensamentos, o padre sequer percebeu que o Solimões navegava a todo vapor. Os passageiros haviam se acomodado na parte inferior do barco, sentados em bancos de madeira e nas redes esticadas ao longo do convés. Tudo estava sujo e malcuidado, corroído pela umidade das águas e do ar. Ao seu lado, indiferentes, os demais passageiros conversavam sobre pesca, jacarés, pajelança e morcegos.

Morcegos? O vigário José Fernandes procurou se informar sobre eles, pois a Casa Paroquial e a igrejinha da matriz encontravam-se repletas daqueles bichinhos sanguessugas. Uma mulher sentada ao seu lado aconselhou-o a armar um mosquiteiro em quarto às escuras. E, se possível, deixar sempre uma vela de carnaúba acesa, ainda que frouxa, pois os morcegos só conseguiam agir nas trevas.

— A pessoa que dorme sequer acorda com a dentada, que parece tornar até mais profundo o seu sono. O pior é que, saciada a fome, o morcego se vai e deixa a ferida a sangrar. É neste momento que os espíritos maus se aproveitam e entram pelo corpo da vítima... — explicou a velha cabocla que sequer se deu conta da palidez do vigário.

José Fernandes lembrou-se de que Elias, durante uma das sessões de exorcismo, havia contado que um bicho estranho havia mordido seu pé direito e penetrado no seu corpo. Lembrou-se também de que naqueles últimos dias o jovem ourives andava mancando, coxo. E cada vez mais coxo, reclamava que o pé estava inflamado, que doía e nunca sarava. E assim, no embalo dessa conversa, o tempo foi passando. Às vezes, o Solimões apitava, cumprimentando um ou outro cidadão do rio.

Uma única parada foi feita em São Domingos do Capim. Anoitecia quando o vapor atracou no porto de Belém, arrematado pelo colorido casario colonial. Íntima das águas, lá estava Santa Maria de Belém do Grão Pará ou simplesmente Nossa Senhora de Belém. Acenando para o comandante do barco, José Fernandes despediu-se. Colocou o seu chapéu de padre e aguardou pela ordem de desembarque. Continuava angustiado. Não via a hora de instalar-se na prelazia – hospedeira de missionários sertanistas da terra e do rio – para começar a escrever a tal carta de desagravo. Durante toda a viagem o vigário pensara no conteúdo daquele documento que, a seu ver, teria que ser anexado aos autos policiais.

E assim o fez. Com passos largos e apressados caminhou até o Largo da Sé, onde parou para admirar a arquitetura do Colégio de Santo Alexandre, antigo Colégio dos Jesuítas. Fachada branca, janelas com gradis de ferro, beirais salientes. Puro modelo lusitano. Desde 1760, com a expulsão dos jesuítas pela Coroa portuguesa, aquele complexo cultural e espiritual tornara-se propriedade da Mesa da Mitra. Funcionavam ali o Palácio Arquiepiscopal, a Cúria e o Seminário. Era ali que ensinava o cônego Ismael Nery, o jovem exorcista da cidade. Seguiu em frente, passou pela imponente Catedral da Sé e entrou na estreita ruela ao lado. Finalmente! Lá estava a sua prelazia. Assim que chegou ao seu quarto – despojado de qualquer outro móvel além de uma cama de couro de búfalo trançado, um tamborete e um crucifixo – José Fernandes solicitou tinta, folhas de papel e um mosquiteiro. Na sua memória, tinha cada uma das frases que deveria escrever. Pensou no tipo de letra, que deveria ser firme, "letra de quem sabe o que está falando".

Tom? Teria que ser de apelo.

Rabiscou vários começos. Rasgou dezenas de papéis. Sujou os dedos de tinta. Finalmente conseguiu terminar o desagravo. Leu e releu o texto várias vezes. Não poderia cometer nenhum deslize.

Senhor delegado de Polícia

Resignado com a sorte que infelizmente me cabe neste processo no caso que não espero de progredir, venho amparado pelo escudo impenetrável da paciência característica do sacerdote cristão, filho do zelo ardente. Na circunstância mais crítica e mais preciosa de minha vida pública, procurei cumprir uma das mais árduas funções do offício parochial. Toca-me agora a dolorosa tarefa de responder a essa terrível arguição que me é lançada nos factos, conforme os inquéritos das fls. 5 e 8.

Se a ignorância daquela desgraça fascinou e iludiu por muito tempo os sentidos de meu grande número de observadores que virãm e ouviram os mesmos fenômenos, a cuja impressão não pode furtar-se outro sacerdote, escolhido para ali observar e examinar os fatos ocorridos. Este irmão nosso, convencido da verdade que via e apalpava, não teve forças bastante para resistir ao impulso de dirigir, como dirigiu, uma carta missiva ao Reverendo Julião Joaquim de Abreu, Professor Público de Bragança, pedindo-lhe que viesse a Ourém, a fim de ajudá-lo na prática dos exorcismos. Embora hoje, apregoe ao contrário, e o sustente com juramento, o Sr. Cônego Ismael na vila de Ourem, portou-se como crédulo a respeito do que via. Pequei só contra a prudência e circunspecção que me cumpria guardar escrupulosamente neste incidente. Se naqueles desgraçados momentos me lembrasse que iam desafiar contra mim, sem a piedade dos bons cristãos e usando da filosofia dos maus que é a dos espíritos malignos fortes que costumam se aproveitar de tudo... até dos mais inocentes.

Passando a fundo a questão na parte que mais me interessa, assim como ao Juiz, quero observar o seguinte:

Os crimes de heresia, superstição, profanação e outros semelhantes, que diretamente ofendem a religião, são supostos delitos eclesiásticos e como tais estão sujeitos a punição canônica. Na atualidade para esta disciplina, é outra desde que a Constituição Política do Império modifica nesta parte o rigor dos artigos, consagrando como salutar que ninguém pode ser perseguido por motivo de religião uma vez que respeita a do Estado e não ofenda a moral Pública.

O facto imputado ofende à religião, à moral e aos bons costumes, como já concebeu o Juiz Dr. Chefe de Polícia, mediante o competente processo e imposição de pena correspondente, estabelecido no artigo do código criminal. Daí esta minha decisão d'apelação para o tribunal competente.

Cabe, também, discutir, por sua natureza, a suposta violação do sigilo sacramental que envolve este delicto. Portanto, é evidente que a ordem ou a marcha deste processo – foro secular – deve ser subsidiado no ecclesiástico, enquanto esta matéria não for competentemente regulada por uma lei imperial.

Tal é o resumo quanto por ora sou, na certeza de que a sabedoria de V. S. apreciará a questão no seu verdadeiro ponto de vista e que fará inteira justiça. Pará, treze de septembro de hum mil oitocentos e sessenta anos.

Padre José Maria Fernandes.

Após assinar a carta, o vigário guardou-a em sua velha pasta de couro. Comeu alguns biscoitos, proferiu suas orações e deitou-se. Sentia-se esgotado da viagem. Antes, porém, fechou bem o mosquiteiro. Deu graças a D'us por ter seguido os conselhos da velha cabocla do vapor Solimões. No teto sem forro, alguns daqueles bichinhos o espreitavam, abraçados por suas capas pretas que lhes serviam de asas. O guardião da prelazia informou-lhe que o morcego, apesar de se chamar rato cego (*murem coecum*), enxergava muito bem no escuro. Por prevenção, o vigário deixou acesa uma pequenina vela de carnaúba, frouxa.

No dia seguinte, acordou com o sol entrando pelas frestas das janelas malcuidadas. Olhou para o teto... Os morcegos já haviam se retirado. Conferiu suas mãos, pés... Não havia sinal de nenhum sangramento. Fez suas orações e agradeceu a D'us. Em seguida, dirigiu-se à delegacia, onde entregou a carta para ser anexada aos autos. Depois, seguiu em direção à Cúria com o objetivo de conversar com o bispo local. Precisava de uma autorização para poder reassumir a paróquia de Ourém. Estava apreensivo com a sentença final. Sua cabeça estava em jogo, assim como sua reputação de vigário-exorcista.

No caminho cruzou com dezenas de pardinhas vendendo refresco de açaí, peixe frito, manga e tacacá. Outras, em tendas, ofereciam cipós e raízes, cascas e defumadores, transando forças sobrenaturais. Podia escolher: um pouco de amor aqui, uma pitada de ódio acolá. Lembrou-se logo de Martinha. Balançou a cabeça como que para espantar as lembranças que

lhe traziam à mente a imagem das belas coxas daquela escrava-
-endiabrada.

"Tentações de Satanás!", pensou o vigário, abanando com uma das mãos os maus pensamentos.

Fé e pecado o atormentavam.

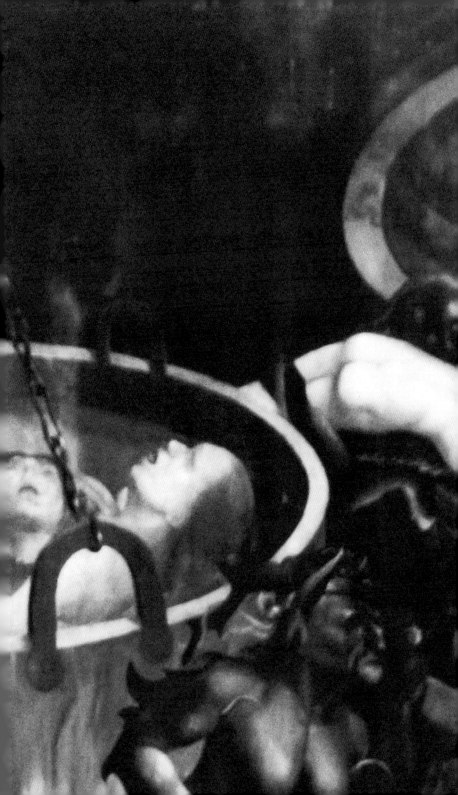

XIV

O ABAIXO-ASSINADO

A notícia de que o Padre José Maria Fernandes poderia retornar à vila de Ourém mobilizou homens importantes e deixou muita gente preocupada. Dentre eles o subdelegado Feliciano José da Silva Souza, o tenente da guarda João Francisco Picanço, o coletor Antônio Raimundo da Silva e o negociante José Maria da Cal. Eles foram os primeiros a tomar uma iniciativa contra a volta do padre-exorcista.

Na praça principal da pequena vila, bem em frente à matriz, discutia-se o assunto.

— Você já soube da novidade, Feliciano? O padre José Fernandes tem mesmo a intenção de voltar para a paróquia de Ourém? — perguntou ansiosamente o tenente Picanço. — Eu soube que ele foi pessoalmente até a Cúria solicitar a interferência do bispo. Está ameaçando D'us e todo o mundo!

— Vai ser uma desgraça pra nossa vila... São tantos os fatos imorais e de cínica maldade, tantas queixas do povo. Não sei não o que vai ser. Parece que ele não quer aceitar de jeito nenhum a sentença dada pela justiça e pela Câmara Eclesiástica. As autoridades declararam que ele é um impostor... Mas, pelo que estão dizendo, só a Martinha é que vai ser presa. O vigário sumiu pelo sertão afora. — Comentou Feliciano coçando a cabeça.

— E coitada da escrava Martinha e daquele palhaço que arranjaram, o Elias! — completou, apreensivo, José Maria da Cal.

O subdelegado aproveitou-se do momento para proferir um pequeno discurso.

— Aquele padre é um desertor da religião e também do sagrado das famílias. Um homem desses precisa ser preso e condenado pelo resto da vida, além de perder seus direitos de cidadão. O que fez aqui em Ourém foi um desacato à população... Um escândalo! E o que ele fez à religião...!

— Fala baixo, seu Feliciano. — Sussurrou o negociante José Reis, encostando-se no eloquente orador entusiasmado com sua própria fala. — O que precisamos saber é como impedir o vigário pecador de voltar a nos atormentar. E, de mais a mais, ele também está sendo julgado pela polícia da Província, não é mesmo? Mas olhem quem vem lá... o Honório da Paixão. Vamos chamá--lo até nós...

Honório da Paixão, o Paixão, como muitos o chamavam na vila, era o velho Inspetor de Quarteirão. Bigodudo, baixo, magro e sempre trajando chapéu e farda desbotada. Apressou-se em atravessar a rua, tropeçando nos próprios pés e nas poças d'água que pairavam nos buracos em seu caminho. Todos queriam saber novidades sobre o padre José Fernandes. Abraços, cumprimentos e tapinhas nas costas do inspetor serviram apenas para introduzir o assunto do dia: o retorno do vigário.

— Pois é... eu já soube da novidade. Aliás, só se comenta isso por aí. E o que vamos fazer? O seu subdelegado Feliciano já tem alguma proposta? — perguntou Paixão, enrolando com os dedos os longos bigodes brancos.

— Bem... como subdelegado eu acho que devemos tomar uma decisão em conjunto. Eu aconselho... ou melhor, eu acho que deveríamos procurar o Vigário Capitular e colocar tudo por escrito... por escrito no papel. E, no papel, todos nós assinaríamos. Aquele padre é uma ameaça e, se ele voltar, será uma calamidade pública. — Sugeriu Feliciano que, na condição de homem da ordem, achava que a iniciativa deveria partir dele.

Zé Maria, homem popular na vila e proprietário de um conhecido armazém de secos e molhados, deu um passo à frente e completou a sugestão de Feliciano:

— Pois eu concordo com Feliciano. Estou até me lembrando do professor Manoel Gomes, o professor público. Vocês o conhecem, não? Ele pode nos ajudar a escrever uma carta para o Vigário Capitular. Moço sério, culto e entendido das coisas. Estudou em Coimbra e sabe tudo sobre leis... Muito sério mesmo! E está aqui, perdido neste mato!

Todos concordaram que o professor era um dos mais ilustres moradores da vila de Ourém, ainda que um tanto estranho. Magro, alto, bigodinho aparado, voz fina, afeminado. Vivia empurrando os óculos de aros de ouro para cima do nariz arrebitado. O óleo perfumado que passava nos cabelos lhe dava sempre um aspecto de quem havia acabado de sair do banho. Muitos o chamavam de "seu maricas". Maldades do povo! Apesar das más-línguas, todos acharam conveniente procurá-lo o mais rápido possível em sua residência que, segundo Paixão, ficava próxima à casa de Antônio Manoel Macotta, o escrivão da Coletoria Geral.

O sol ainda não havia se posto. Feliciano puxou o relógio do bolsinho de seu colete, deixando à mostra uma grossa corrente de ouro que contrastava com o fundo listrado do terno de casimira inglesa, traje inadequado para o calor daquela terra tropical. Consultou duas vezes o relógio e, em seguida, deu sua opinião. Deveriam ir todos, em comitiva, até a casa do professor e, se necessário, aproveitariam para pedir o apoio de Macotta para ajudar com a tal carta. Convidaram Paixão para integrar o grupo de protesto, mas este se viu obrigado a denegar. Tinha que assumir o seu posto de Inspetor de Quarteirão de forma a

OS DIABOS DE OURÉM

garantir a ordem pública que, nos últimos meses, se encontrava meio alterada. Eram tantos os demônios invisíveis que Paixão não podia se descuidar. E lá se foi, tropeçando nos próprios pés cansados de inspecionar.

O grupo de opositores ao vigário caminhou em direção à casa do professor Raimundo. Seguiam em fila indiana pela calçadinha estreita que arrematava o casario colonial cujas paredes, manchadas pelos respingos da lama, davam à vila um colorido opaco, amarronzado. O tenente Picanço preferiu caminhar pelo meio da rua, saltando por entre as inúmeras poças d'água. Havia chovido muito durante a madrugada e o sol daquele dia não fora suficiente para secar o terreno barrento.

— Picanço, estou me lembrando também do lavrador Chico Ribeiro e do Amando Rodrigues... O que você acha? Eles também podem assinar, não? — falava alto o subdelegado Feliciano que, enquanto caminhava, tentava trocar ideias com os companheiros.

Picanço, do meio da rua, concordou e lembrou de outros nomes: Domingos Leitão, David Pantaleão, Maria das Neves... Alguém puxou conversa para o "verdadeiro papel dos párocos junto ao povo". Estava aberto o debate. Feliciano era da opinião que, diante dos males que assoberbavam, ameaçavam e corroíam a sociedade de Ourém, o clero deveria interessar-se pelo bem-estar do povo em geral, impedindo-o de ficar indiferente à sua sorte no meio das calamidades da hora presente. Citou como exemplo Nosso Senhor Jesus Cristo que, pelas turbas, defendia aqueles que o seguiam.

Picanço achava que os sacerdotes deveriam ser para o povo o sal da terra que, pelo seu bom exemplo e esforço incessante, preservariam os costumes da corrupção e da imoralidade. O indiferentismo era ali condenado, pois na opinião da maioria ninguém era livre para abraçar ou professar qualquer religião. Em qualquer época e em qualquer lugar era impossível viver sem verdade, sem religião e sem justiça. E como pároco local, José Fernandes tinha o dever de ajudar o seu rebanho a achar o caminho da salvação e a alcançar a glória eterna.

Um dos opositores especulou a respeito dos "pecados" do padre José Fernandes que, a seu ver, havia se entregue aos caprichos de uma mulher parda, escrava e diabólica. Enumerando as categorias de pecados, classificou a relação entre Martinha e o vigário como vergonhosa, um verdadeiro "pecado da carne". Como sacerdote, José Fernandes deveria conservar imaculada sua santa castidade afastando-se de tudo aquilo que pudesse colocar em risco tal virtude. E assim, num acalorado debate, a comitiva chegou à casa do professor Manoel Gomes, que os recebeu muito bem e prometeu redigir um rascunho da carta em 24 horas. Assim foi dito, assim foi feito.

No dia seguinte, o grupo encaminhou o rascunho para Porfírio José Carvalho, escrivão do Juiz da Paz, que redigiu o texto na sua forma definitiva. Todos os presentes assinaram, por eles e pelos ausentes. Só não podia assinar nome de cidadão morto. Alguns fizeram questão de rubricar duas vezes e, outros, até três vezes. O taberneiro Marcelino Nordestino Pércio dos Reis contribuiu com quatro assinaturas, e ainda assinou pelo seu vizinho Arrogo de André Ribeiro. Fez questão de demonstrar que possuía uma caligrafia firme e rebuscada. Antônio Manoel Macotta, também escrivão de profissão, honrou seu cargo: assinou seis vezes, sem ao menos disfarçar a letra. O máximo que procurou fazer foi intercalar sua assinatura com outras que ele mesmo falsificou.

— Prática comum por essas redondezas, não é mesmo, seu Feliciano? — brincou Manoel Macotta com o subdelegado encarregado de coletar as assinaturas.

O escrivão Porfírio, como de praxe, reconheceu todas as assinaturas e encerrou nos termos:

> Reconheço as assignaturas, e posto pronto por fé. Vinte e sete de septembro do anno de mil oitocentos e sessenta... eu Porfírio José Carvalho, escrivão de Juiz da Paz o escrevi, e firmei com o meu... meu signal público de que ouso.

Porfírio assinou seu nome enfeitando-o com muitos rabiscos e pontinhos. Em seguida, sugeriu que alguém do grupo entregasse a carta à Câmara Eclesiástica de Belém do Pará. Feliciano ofereceu-se para cumprir tão nobre missão. Em seguida, todos se dispersaram, atraídos pelo cheiro de comida que pairava no ar. O jantar estava sendo preparado com muito jambu, coentro e pimenta.

O pátio em frente à velha matriz estava vazio, silencioso. Há dias que o sino não badalava chamando os fiéis para orar. Com a ausência do vigário, nem mesmo as mulheres da Irmandade queriam puxar a reza. Martinha estava recolhida na Chácara Graciosa, amedrontada com a possibilidade de ser presa como desordeira, fato concretizado nos últimos dias de novembro. Acompanhada de Feliciano, o subdelegado de Ourém, foi levada para a cadeia da Província onde permaneceu por alguns meses até ser libertada pelo delegado Olyntho, a pedido de Martines.

Elias, doente do pé, ficou sob os cuidados faceiros de Sabá que, de tempos em tempos, o levava para consultar um calunduzeiro, morador de São Domingos do Capim. Por sugestão desse prático, o jovem ourives começou a tomar misturas que nos fazem relembrar as esquisitices do tempo de Galeno e Hipócrates. Falava-se muito da eficácia do cuspo de jejum para debelar tumores, no chá de pinto como constituinte e no óleo de larvas dos frutos do tucumã como santo remédio para doenças de pele. Mas a gangrena do pé direito aumentava dia a dia, sangrando sempre.

Sabá convenceu Elias, que mal conseguia ficar em pé, a frequentar as reuniões noturnas organizadas por Catarina Fernandes, conhecida por suas curas e previsões do futuro. Catarina ganhara fama de curandeira de feitiços. Recebia seus clientes sentada numa espécie de altar branco decorado com conchas e plumas de aves, enquanto um séquito de dançarinos, mestiços de índios com brancos, fumavam charutos e rolavam pelo chão numa verdadeira cena de êxtase. A doença de Elias foi diagnosticada como contagiosa, maligna, digna de várias sessões.

Até o dia em que um pastor protestante visitou o pobre Elias e aconselhou-o a não fugir do seu destino que estava escrito. Atendo-se a uma passagem da Bíblia encontrada no Evangelho de São Mateus, cap. 18, v. 8, o pastor sugeriu: "Assim, se tua mão ou o teu pé te escandaliza, corta-o e lança-o fora de ti: é melhor entrares na vida manco ou aleijado, do que tendo duas mãos ou dois pés e seres lançado no fogo eterno".

E assim foi feito! Uma semana depois, Elias morreu. Preocupada com a passagem do cadáver para o mundo dos mortos, Sabá organizou um velório com carpideiras, coroas de flores, muitas velas, comida e bebida. A cachaça foi liberada para manter os vivos em estado de alerta. Enterro sem cortejo era sinal de mau presságio. A comitiva fúnebre saiu ao pôr do sol, símbolo do fim do dia, hora em que a luz dá lugar às trevas.

Há muito tempo não se via tanta gente numa cerimônia como aquela. O vigário de São Domingos do Capim foi chamado para dizer a ladainha e conduzir o séquito até o cemitério. Dezenas de velas foram distribuídas para que os acompanhantes iluminassem o caminho do morto até o campo santo. O corpo de Elias, envolto em uma mortalha de algodão cru, foi transportado em uma rede carregada por dois escravos cedidos por Martines. Um grande pano mortuário preto cobria a rede, decorado com uma cruz branca.

O vigário José Fernandes nunca mais voltou à vila que, com o tempo, foi retomando sua calma costumeira, preguiçosa. Alguns diziam que o exorcista havia fugido para a Bahia onde o diabo andava solto. Outros afirmavam de pés juntos que o avistaram lá pelas bandas de Cametá exorcizando outra escrava negra, anãzinha, acusada de possessão. O povo de Ourém continuou a rezar por Santa Maria Mártir, a acender velas e a depositar pedrinhas junto à sepultura da finada Maria do Nascimento. Enquanto isso, no mercado da vila, as vendeiras continuavam a apregoar seus produtos mágicos-curativos, maravilhosos:

— Não vá pra casa sem levar o seu cheiro-cheiroso...!
— Olha o "mocó" de olho de boto pra segurar amor...!
— Olha o sangue de jumento com erva cidreira pra afugentá os achaques do demônio!
— Olha lá...!?

NOTA AO LEITOR

O romance histórico *Os Diabos de Ourém* é, antes de mais nada, uma expressão dos dilemas de uma historiadora que se viu indecisa entre as fronteiras do histórico e do literário, do real e do imaginário[1]. Dilemas que ela, em razão da natureza científica de sua profissão, tentou se desgarrar da precisão do registro histórico e se permitiu dar asas à imaginação. Não foi uma tarefa fácil. Assim, considero este romance uma narrativa histórica balizada por datas e documentos relativos aos fatos ocorridos no ano de 1860, e que de certa forma foram imersos em um enredo ficcional.

Os fatos a que me refiro tiveram existência real no tempo e no espaço, sendo comprovados por um núcleo de documentos manuscritos encontrados por acaso em 1975 quando fazia pesquisas no arquivo da Arquidiocese de Belém do Pará. Ali estavam, esquecidos entre centenas de processos de habilitação de Gênere, Vita e Moribus, os *Autos de Inquirição em que É Accusado o Vigário José Maria Fernandes*, do ano de 1860. Um dos

---

1. Estes aspectos foram discutidos por Maria Tereza de Freitas em seu trabalho *Literatura e História* (Editora Atual, 1986) no qual a autora analisa o romance revolucionário de André Malraux, *Les Conquérants, La Condition Humaine, L'Espoir*. Suas reflexões a respeito das fronteiras do real e da ficção inspirou-me a "pensar" a construção da narrativa. Umberto Eco, por sua vez, com seu *Seis Passeios pelos Bosques da Ficção* (Companhia das Letras, 1999), incentivou-me a (re)pensar este romance histórico.

autos foi acionado pela Justiça Secular, a quem coube promulgar a sentença final, e o outro deve-se à Justiça Eclesiástica, que se limitou a coletar depoimentos daqueles que testemunharam os fatos *in loco*.

Anos depois, em 1998, em uma pesquisa no Instituto Histórico e Geográfico Brasileiro do Rio de Janeiro encontrei um ofício da Secretaria da Polícia do Pará, datado de 5 de setembro de 1860, encaminhando ao secretário do Instituto Histórico da Corte do Rio de Janeiro um folheto intitulado *Averiguações Policiais sobre os Fatos Praticados na Vila de Ourém a Pretexto de Possessão do Demônio*. Infelizmente, o folheto anexo havia desaparecido. A partir daí acabei reunindo um *corpus* documental rico em elementos fictícios que acabaram por estimular minha ação literária, colaborando para a transfiguração do real. *Os Diabos de Ourém* é, portanto, uma (re)criação histórica onde o real interage com o imaginário.

Os fatos documentados e o elenco de personagens citados nos autos nos fazem relembrar cenas do filme *O Exorcista*, inspirado na obra de William Peter Blatty[2], ou do romance *Demônios da Loucura*, de Aldous Huxley[3]. Nem filme, nem literatura: os eventos aqui citados realmente ocorreram na vila paraense de Ourém, fundada no século XVIII a 170 quilômetros de Santa Maria do Belém do Pará, então capital da Província. Em 1860 a vila contava com cerca de dois mil habitantes entre lavradores, comerciantes e escravos espalhados por todo o perímetro urbano e rural.

A preocupação em manter a veracidade dos fatos foi uma constante durante o processo de escrita e, talvez, minha maior

2. William Peter Blatty, *O Exorcista*, Rio de Janeiro, Editora Eco, 1975.
3. Aldous Huxley, *Demônios da Loucura*, trad. Marcos de Vicenzi, Rio de Janeiro, Companhia Editora Americana, 1972.

barreira. Em alguns momentos invadi o universo da História e, em outros, deixei-me levar pela pulsação da imaginação. Considerando que o conteúdo dos documentos encontrados nas pesquisas é contemporâneo aos fatos, optei por incorporar alguns fragmentos no corpo do texto, citados na íntegra através da fala dos personagens, então depoentes dos autos.

O fio condutor da narrativa é o da possessão do homem pelo Diabo que, por uma tradição moralizadora da civilização ocidental, nos remete à prática do exorcismo como profilaxia espiritual e à organização da morte. O Diabo integra um conjunto de mitos cristãos unificados por teólogos dos séculos XII-XIII, recriados por demonólogos cristãos, inquisidores, desenhistas, gravuristas, poetas, escritores, teatrólogos etc.

O Diabo está entre os personagens principais deste romance, ora invisível ora manifesto, mas sempre presente como expressão de uma mentalidade supersticiosa modelada por valores cristãos e pela tradição popular, ambos seculares. Sombras, uivos, cheiros, sangue, medo e ruídos são formas que segundo os crédulos atestam sua presença, configurando uma imagem lapidada pela moral e pelo medo de pecar, pré-determinadas pelo protótipo de Satanás.

Exorcismos, demônios, espíritos de Herodes, almas penadas vagando do Inferno ao Purgatório e deste ao Céu, profanação de cadáveres, penitências, flagelação, credulidade, superstição e charlatanice. Tudo isto somado a uma população confusa e aterrorizada, contida pelo misticismo que não lhe permitia distinguir a verdade da fraude, a realidade da ilusão.

Diabo, Lúcifer, Belzebu, Demo, Satã, Satanás e outras tantas denominações, sempre nos conduzem à mesma figura emblemática, um modelo imaginário identificado com o signo do Mal: um ser fantástico com corpo rubro e peludo, pés de bode, olhos

OS DIABOS DE OURÉM

esfogueados, chifres, rabo, língua avermelhada, asas de morcego e um tridente na mão. Labaredas e cheiro de enxofre fazem parte de seu *habitat*. Ao longo da narrativa é este o protótipo que se transforma em referencial comum e elo entre esta autora e o leitor, visto que o Diabo, apesar de fictício como personagem, é real como mito, fazendo parte das discussões teológicas e do imaginário coletivo da sociedade ocidental. Imaginário este delineado pelos dogmas da Igreja Católica que, por sua vez, também precisa do Diabo para explicar seus enigmas: Céu, Inferno, D'us, Virgem Santa, pecados capitais etc.

Com exceção de Sabá, dona Benedita, Januária e Zé Coveiro — personagens coadjuvantes —, nenhum outro é fictício. O vigário José Maria Fernandes, Elias e Martinha são peças-chave da trama dos fatos que tomaram conta da pacata vila de Ourém no século xix. Inexpressivos nos autos, foi preciso impregná-los de sentimentos e dar forma ao aspecto físico de cada um deles, procurando manter, sempre que possível, a autenticidade dos diálogos registrados. Também foi necessário colocar a ação dos personagens no exato local geográfico onde os fatos ocorreram. Tentei ir além do universo físico visível levando em consideração que o homem, por tradição, constrói seu próprio universo simbólico a partir de quatro elementos fundamentais: terra, água, fogo e ar. E a estes elementos adicionei o medo do desconhecido, do inexplicável, do misterioso.

Em *Os Diabos de Ourém*, esses elementos assumem um caráter mágico com atribuições que extrapolam os limites da natureza: o torrão de terra que cai do teto da matriz de Ourém é um "sinal do Céu"; o ar com cheiro de enxofre atesta a presença do demônio; a água, quando benzida, extirpa o pecado e expulsa os maus espíritos; e o fogo que "queima no corpo" é sintoma de possessão. Outro fogo, o da fogueira de um auto de fé inquisitorial, tinha o poder de purificação, como era o pensamento reinante nos séculos XVI-XVIII.

O enredo também se guia pela ideia de que o homem pode ser transfigurado e moldado à imagem de um mundo de mitos que instigam o ódio e geram dúvidas. Assim, podemos considerar que a rotina de Ourém foi alterada pela notícia de que a vila estava sendo assaltada por espíritos malignos – elementos que atestam a ruptura da evidência – e salva por uma "santa" que conseguiu romper um dogma sagrado: saiu das Trevas e chegou ao Céu, fenômeno impossível de acontecer segundo as doutrinas da Igreja Católica, muitas vezes ameaçadas pelos "hereges", cidadãos fora da ordem.

A manifestação do fenômeno da possessão que dominou Ourém deve ser considerada – do ponto de vista ideológico – como uma ruptura da ordem estabelecida, isto é, da ordem dogmática e não política. Do ponto de vista pragmático, os diálogos incitam o leitor a duvidar e a repensar o seu universo místico que, neste século XXI, sofreu mutações. Por trás dos enigmas citados na narrativa, detecta-se a luta da Igreja Católica que tenta sustentar suas verdades absolutas. O texto assume uma trajetória única com o objetivo de demonstrar como as informações sobre um mesmo fato podem ser alteradas pela interferência de dogmas, de superstições, de emoções – medo, inveja, sexo, ódio – e de interesses econômicos e sociais.

O tema da possessão pelo Diabo é pertinente ao discurso histórico, mas também está inscrito no discurso da ficção. Ao longo da História pode-se verificar que nesse mito cristão existem fragmentos de uma realidade facilmente reconhecível no contexto cultural de cada época. Por esta razão, ao citar os acontecimentos procurei reconstruir as conexões (lembrando aqui Foucault), os bloqueios, os jogos de forças, as estratégias de difusão dos poderes nefastos do Maligno[4]. Portanto, no contexto deste romance, Satanás é a figura que faz a ligação entre o tempo da ficção e o tempo da História manifestando-se de duas formas:

Explícita: quando denunciado como fenômeno sobrenatural manifesto sob a forma de um "acontecimento" inserido num tempo de curta duração: entre 12 de abril e 19 de setembro de 1860. Assim, o conteúdo dos autos permitiu recuperar parte do universo místico do homem brasileiro do século XIX reencontrando velhas crenças comuns à cultura ocidental mescladas ao universo da cultura popular regional.

Implícita: como fenômeno secular expressivo da trajetória de um mito inserido num tempo de longa duração[5]. Em busca das raízes – da gênese do fenômeno – retrocedemos até a Idade Média; daí a descrição do espetáculo do exorcismo como uma cena medievalista modelado pelo medo do Diabo e da Morte.

A figura do Diabo, identificada na mentalidade do homem brasileiro do século XIX, tem como modelo o "Diabo europeu" da Reforma Católica, diluído pelo nosso cotidiano colonial. Segundo Carlos Figueiredo Nogueira, estudioso do tema, esse personagem assumiu tropicalmente a imagem de um "tentador medíocre" – por vezes até risível – como consequência da fusão cultural gerada pelo processo de colonização[6].

Os demônios de Ourém citados nos autos foram concebidos segundo a imagem desse "diabo europeu tropicalizado", compondo um quadro de comportamentos semelhantes àqueles citados nos processos de bruxaria e feitiçaria característicos da

---

4. Michel Foucalt, *El Discurso del Poder*, México, Folios Ediciones, 1983.
5. Maria Luiza Tucci Carneiro, *Dez Mitos sobre os Judeus*, 2ª ed., São Paulo, Ateliê Editorial, 2010.
6. Carlos Roberto Figueiredo Nogueira, "O Diabo Cordial (Grandezas e Misérias do Demônio nos Trópicos)", *Leopoldianum*, Santos, v. 23, n. 8, p. 75, 1981.

França dos séculos XVI e XVII[7]. Através do prisma comportamental de cada um dos personagens descritos nos autos temos condições de perceber:

- A figura imaginária do diabo, diluída no discurso acusatório dos inquiridores e das testemunhas, expressivo dos valores culturais da comunidade religiosa;
- A persistência do "mito da possessão demoníaca" (identificação dos sintomas) que passou a manipular a mentalidade de toda uma população amedrontada;
- A ideia de pacto com o diabo;
- A crença na prática do exorcismo como terapia religiosa;
- O exorcismo como um espetáculo público envolvo de magia e simbolismo;
- O papel pedagógico da Igreja Católica como a principal responsável pela manutenção da crença no Diabo, símbolo do Mal.

Analisando a possessão como um fenômeno coletivo verificamos que nos diálogos dos testemunhos registrados nos autos existem elementos que permitem construir um perfil dos valo-

7. Ver Robert Mandrou, *Magistrados e Feiticeiros na França do Século XVII: uma Análise de Psicologia-histórica*, São Paulo, Perspectiva, 1979. Sobre esse tema no Brasil tratou Laura de Mello e Souza em seus dois estudos: *O Diabo e a Terra de Santa Cruz*, São Paulo, Companhia das Letras, 1986; e *Inferno Atlântico: Demonologia e Colonização — Séculos XVI-XVII*, São Paulo, Companhia das Letras, 1993. Temos ainda Ronaldo Vainfas, *Trópico dos Pecados: Moral, Sexualidade e Inquisição no Brasil*, Rio de Janeiro, Campus, 1989. Sobre a organização da morte serviu-me de guia o artigo de João José Reis "O Cotidiano da Morte no Brasil Oitocentista", em Luiz Felipe de Alencastro (org.), *História da Vida Privada no Brasil Império: A Corte e a Modernidade Nacional*, São Paulo, Companhia das Letras, 1997, pp. 95-142.

res e do comportamento do homem brasileiro (branco, indígena, africano ou afrodescendente) em face do sagrado e do profano, evidenciando a continuidade dos mitos e a persistência de enigmas. A narrativa encontra-se envolta por um clima de magia, simbolismo e dogmatismo com o objetivo de recompor um universo simbólico dominado por valores cristãos e medievais, distinguindo o domínio sacrorreligioso, sob a responsabilidade de D'us, do domínio profano, sob a responsabilidade do homem[8].

Na "Ourém dourada" as fronteiras do sagrado e do profano encontram-se delimitadas pelo próprio traçado urbano da vila: no alto, o cemitério (campo santo); ao nível do rio, a pequena matriz (campo dos rituais); o mercado, o pátio da matriz e as ruas (chão de todos). Procurei chamar a atenção do leitor para o conflito e o sincretismo entre o sacro e o mundano, além de aguçar dúvidas que geralmente desestabilizam os pilares que sustentam os dogmas católicos: a crença no Céu e no Inferno, o conceito de "Virgem Santa" e de "Santa Mártir", a força dos símbolos (água benta, oração, crucifixo) traduzidos pelas manifestações da fé.

Pela leitura dos autos originais constata-se que a imagem demoníaca persistiu ao longo dos séculos, ainda que diluída no universo cultural da Amazônia brasileira. Nesse mundo mágico dominado pelas crenças e pela Mãe Natureza, o Diabo conservou sua silhueta antropomórfica e personalidade maligna, principalmente quando reforçadas por autoridades representativas do pensamento cristão. Pierre Francastel lembra que desde a Idade Média o Diabo sempre foi apresentado figurativamente como um espírito ou um gênio – símbolo da tentação do Mal – tendo

---

8. Roger Callois, *L'Homme et le Sacré*, Paris, Gallimard, 1950; Mircea Eliade, *O Sagrado e o Profano: A Essência das Religiões*, Lisboa, Livros do Brasil, s/d; João Carvalhal Ribas, *As Fronteiras da Demonologia e da Psiquiatria*, São Paulo, Edigraf, 1964, p. 94.

a capacidade de "habitar o coração e o corpo do homem onde permanece sempre como um elemento estranho, ocasionando mutações no comportamento da pessoa possuída"[9].

Com o propósito de traçar uma correlação da imagem da possessão demoníaca em circulação desde a Idade Média com o discurso das testemunhas e dos inquiridores (delegado Olyntho, cônego Ismael Nery e reverendo Honorato) relacionei algumas das manifestações enumeradas no *Capítulo do Exorcismo do Tratado Sacerdotal de Samaritanus*[10]. A coincidência entre estes textos permite verificar a persistência de tais ideias na mentalidade coletiva da população brasileira do século XIX. Segundo este tratado, o indivíduo possesso:

- Apresenta fisionomia assustada, olhar espantado e aspecto hediondo;
- Não consegue pronunciar o santo nome de Jesus ou de qualquer outro santo;
- Exprime-se em grego, latim ou outro idioma que jamais havia aprendido;
- Ao ser exorcizado sente, descabidamente, um vento frio ou quente na cabeça, nos ombros e nos rins;
- Experimenta sensações como a de vermes, formigas e rãs a comerem desde sua cabeça até o resto do corpo;
- Deixa de assistir ao serviço divino, de fazer orações de acordo com o seu hábito, de tomar água benta, de ouvir a palavra de D'us;
- Quando é exorcizado, faz meneios, se curva e se contorce[11].

---

9. Pierre Francastel, *A Realidade Figurativa: Elementos Estruturais de Sociologia da Arte*, São Paulo, Perspectiva/Edusp, 1973, p. 352.
10. João Carvalhal Ribas, *op. cit.*
11. *Idem*, p. 112.

Sabemos que a figura do Diabo foi concebida segundo a tradição hebraica, que forneceu à religião cristã os elementos necessários para a configuração desse personagem cujo mito ganhou forças no decorrer da Idade Média e Moderna na Europa ocidental[12]. Nesse período, a concepção de gênios diabólicos entrando e saindo de corpos humanos dominou as telas dos artistas, fortemente influenciados pela tradição teológica e popular. A iconografia europeia é rica em exemplos desse tipo, compondo com os processos inquisitoriais contra "bruxas" e "feiticeiras" um rico manancial histórico que nos permite recuperar imagens e conceitos acerca do tema da possessão. O tema da possessão não pode ser ignorado pelas classes cultas europeias que ali encontraram uma rica fonte de inspiração, povoando com figuras satânicas a literatura, a arte, o teatro e os sermões inquisitoriais. Assim, o mito ganhou forças em uma época em que a Europa passava por uma grave crise religiosa e moral, além da instabilidade política e social.

A partir do século XV a Europa ocidental viveu uma intensa onda de perseguição às tais bruxas e feiticeiras acusadas de pactuar com o Diabo. Multiplicaram-se os processos e as fogueiras, iniciando-se uma verdadeira guerra contra as astúcias do demônio. Especificamente no caso da França, verificou-se uma verdadeira epidemia de tratados sobre o assunto, cabendo aos magistrados a repressão contra esse tipo de delito. Robert Mandrou em sua obra *Magistrados e Feiticeiros na França do Século XVII* considera que a presença do Diabo na vida cotidiana europeia a partir do século XV se deve a duas fontes essenciais: uma

---

12. Carlos Roberto Figueiredo Nogueira, *op. cit.*, pp. 66-73; V. D. S. Hemmiger, "El adversario de Dios en los pueblos primitivos", em Lefèvre *et al*, *Satán: Estudios sobre el Adversario de Dios*, Barcelona, Les Ediciones Liberales, 1975, pp. 59-79.

rica literatura jurídica e teológica onde se destacava o *Malleus Maleficarum*, de Jacob Sprenger, na sua versão latina e várias traduções; e uma imensa tradição oral mesclada às tradições cristãs que foram alimentadas pelo "ensinamento dominical do sermão, pelas representações figuradas nas igrejas, pelas recordações de processos, fogueiras e histórias sem fim"[13].

Este mito atravessou o oceano e, unindo-se à bagagem de superstições trazidas pelo colonizador europeu, compôs um universo simbólico adaptado à realidade brasileira afro-indígena, dominando a imaginação de todos através da linguagem doutrinária da Igreja e da tradição oral. Dada a complexidade do fenômeno e da extensão das crenças diabólicas na memória coletiva da população brasileira, a figura do Diabo não pode ser compreendida de forma aleatória e distanciada dos ensinamentos tradicionais da Igreja Católica.

Durante séculos a Igreja foi a responsável pela vigência de uma doutrina de repressão, valendo-se de sua posição privilegiada junto às esferas do poder. Jogando com ideias antagônicas acerca do Bem e do Mal, de D'us e do Diabo, do Céu e do Inferno – tanto na Europa como no Brasil – esta instituição jamais abriu mão de Satã, personagem indispensável à sua liturgia. Apesar de diluído e enfraquecido nas terras do Novo Mundo, o mito da possessão manteve-se presente no imaginário coletivo, interferindo nos hábitos e atitudes da população brasileira.

No caso de Ourém, onde a prática do exorcismo público favoreceu a manutenção da crença no demônio, configurando a tradicional luta entre o Bem e o Mal, identificamos sintomas se-

---

13. Robert Mandrou, *op. cit.*, p. 70; E. Brouette, "*La Civilizacion Cristiana del Siglo XVI ante el Problema Satánico*", em Lefèvre *et al*, *op. cit.*, pp. 138-139; Pierre Francastel, "Encenação e Consciência: O Diabo na Rua no Fim da Idade Média", *A Realidade Figurativa*, pp. 351-421.

melhantes àqueles citados nos tratados e processos de bruxaria e feitiçaria da Europa ocidental. Devemos considerar também que no caso brasileiro uma forte dose de influência de valores religiosos africanos interferiu de forma expressiva nas crenças que dominaram as áreas de concentração de mão de obra escrava: daí Exu, personagem típico do candomblé brasileiro; daí centenas de "trabalhos" receitados pelos babalaôs, recentemente recuperados e registrados por Pierre Verger em sua monumental obra *Ewé: o Uso das Plantas na Sociedade Iorubá*[14].

Referências à figura do Diabo podem ser identificadas na literatura de cordel, nas xilogravuras nordestinas, nas expressões populares, nas pregações sustentadas pela Igreja Universal e nas clássicas obras da literatura brasileira, dentre as quais *Tereza Batista, Cansada de Guerra* e *Dona Flor e Seus Dois Maridos*, ambos de Jorge Amado[15].

Desta forma, o Diabo – como componente do imaginário coletivo – faz parte do cotidiano brasileiro marcado pela miséria, fome, violência, desnutrição e corrupção. Como signo do Mal, foi recuperado pelas igrejas evangélicas e pelas seitas populares que lhe atribuem a culpa por tudo o que é ruim: alcoolismo, Aids, traição, corrupção, dívidas, drogas etc. E no que tange à cultura popular, não há quem não tenha ouvido alguma destas frases: "Ele comeu o pão que o diabo amassou!", "O diabo que te carregue!", "Aprontou os diabos!", "Fulano, tem pacto com o demônio!", "Fulano? É ruim como o capeta", ou ainda "Se o Inferno existe, é aqui!". E nos dias atuais, principalmente neste ano de

14. Pierre Fatumbi Verger, *Ewé: O Uso das Plantas na Sociedade Iorubá*, São Paulo, Companhia das Letras, 1995.

15. Jorge Amado, *Tereza Batista, Cansada de Guerra*, São Paulo, Martins Fontes, 1972; *Dona Flor e Seus Dois Maridos*, 10ª ed., São Paulo, Martins Fontes, 1969.

2020 em que nos confrontamos com uma pandemia gerada pela proliferação de um novo vírus mortal, o que nos resta afirmar é:

O DIABO CONTINUA SOLTO.

Título	Os Diabos de Ourém
Autor	Maria Luiza Tucci Carneiro
Editor	Plinio Martins Filho
Produção editorial	Millena Machado
Capa	Jorge Buzzo
Editoração eletrônica	Jorge Buzzo
Revisão	Vera Lucia Belluzzo Bolognani
Formato	14 X 21 cm
Tipologia	Minion Pro (miolo)
	Baskerville Display PT (capa)
Ilustração	O Inferno, circa 1505-1530, autor desconhecido, pertencente ao Museu Nacional de Arte Antiga, Lisboa, Portugal
Papel	Cartão Supremo 250 g/m² (capa) Chambril Avena 80 g/m² (miolo)
Número de páginas	256
Impressão e acabamento	Bartira Gráfica